평론가 매혈기

국립중앙도서관 출판시도서목록(CIP)

평론가 매혈기 / 김영진. – 서울 : 마음산
책, 2007
p. ; cm

ISBN 978-89-6090-019-6 03810 : ₩11000

814.6-KDC4
895.745-DDC21   CIP2007002920

평론가 매혈기

김영진

마음산책

평론가 매혈기

1판 1쇄 발행 2007년 9월 30일
1판 2쇄 발행 2011년 3월 5일

지은이 | 김영진
펴낸이 | 정은숙
펴낸곳 | 마음산책

등록 | 2000년 7월 28일(제13 – 653호)
주소 | 서울시 마포구 서교동 395 – 114 (우121 – 840)
전화 | 대표 362 – 1452 편집 362 – 1451   팩스 | 362 – 1455
홈페이지 | http://www.maumsan.com
전자우편 | maum@maumsan.com

ISBN 978 – 89 – 6090 – 019 – 6 03810

영화를 보고 그 느낌과 감동을 글로 써서 먹고사는 평론가에게는
결국 영화가 남을 것이다. 좋아하고 지지했던 영화들이 담아낸
삶의 자취가 몸에 배어 있을 것이다.

언젠가 영화감독 정윤철과 인터뷰를 했을 때, 그가 내게 영화평론이 무엇이냐고 물었다. 나는 영화와 연애하는 것과 비슷하다고 말했다. 어떤 대상을 좋아하면 더 다가서서 더 많은 것을 알고 싶듯이 좋은 영화를 대할 때도 누구보다 먼저 글을 써서 자세히 들여다보고 싶은 마음이 든다. 직업평론가로 사는 것은 그런 점에서 횡재다. 남들보다 먼저 영화를 챙겨보는 데다 빨리 지면에 글을 쓰라고 잡지 편집장들이 성화를 해대는 직업이니 말이다.

그 일로 십수 년을 벌어먹고 살았던 것은 기분 좋은 일이지만 직업평론가라고 해서 늘 영화와 연애하는 기분으로 살 수 있는 건 아니다. 때로 좋아하지 않는 영화에 대해 써야 할 때는 싫은 소리를 하느라 속이 허해진다. 너무 좋아하는 영화여도 형언할 수 없는 언어의 감옥에 갇혀 헤매다 보면 자기 재능의 한계에 혐오감을 갖게 된다. 탈고하고 나면 청사에 남을 명문이라고 자화자찬하다가 퇴고할 때는 괴로워지고 만다. 마침내 마감이라는 명분을 내건 악마의 독촉이 없으면 글이 써지지 않는 게으름에 사로잡혀 피가 마르는 듯한 초조감 속에 글을 써야 뭔가 제대로 풀리는, 피학의 상태를 즐기는 데까지 이르렀다.

글을 써서 먹고 사는 평론가에서 대학에서 학생들을 가르치는 교수로 신분이 바뀌었어도 내 생활의 중심축은 책을 읽고 연구하는 것보다는 마감이 임박한 글들을 써내기 위한 전전긍긍에서 벗어나지 못했다. 30매의 글을 쓰기 위해 하루 종일 멍하게 빈둥대다 막판에 몰려 자판을 두드리는 생활은 지금도 지속되고 있지만, 그때그때 불꽃이 튄 직관에 의지해 쓴 글을 나는 여전히 영화에 대한 내 연애감정의 농밀한 결과물이라고 스스로 위로하곤 한다.

폭음과 과로의 이중고 속에서도 기계처럼 글을 썼던 한때를 보내고 나니 이제는 기운이 달린다는 것을 느낀다. 마감이 정해지면 정해진 분량의 글을 쓰는 것은 언제든지 자신있었지만 이제는 머릿속이 하얘지는 고통 끝에 겨우 써낸 글들이라야 주변에서 반응이 오는 것이다. 세상에는 공짜가 없다는 것을 실감하게 된다.

고정으로 잡지에 글을 쓰는 일을 정리하고 대학 선생답게 긴 논문의 호흡으로 옮겨가야 하는 것 아니냐고 스스로 채근하고 있는데 〈마음산책〉에서 책을 내자는 전갈을 보내왔다. 냉랭하게 거절했는데도 짧지 않은 시간이 흐른 후 거듭 청하는 제안에 스르륵 마음이 동했다. 김영진이라는 평론가가 주어로 등장하는 책을 원했다. 내가 주어로 등장하는 글을 쓰지 않으리라 생각하고 있었으면서도 바보같이 또 응하고 말았다. 그리하여 『평론가 매혈기』는 영화평론가 김영진의 실체를 드러낸 첫번째 영화산문집이 되었다. 영화와 연애하는 작업인 평론은 일종의 변형된 정신적 매혈 활동이기도 하다. 그 일은 내게 정신의 낡은 피를 뽑고 새 피를 수혈하는 거듭남의 기쁨을 준다.

　프리랜서로 일하는 평론가의 생활은 고달프지만 나는 다행스럽게도 몇 년간의 낭인 생활을 빼면 최저 생계비를 걱정하지 않고 월급을 받으며 술값 걱정하지 않고 살게 해준 직장이 있었다. 《씨네21》과 《필름2.0》의 선후배들에게 감사한다. 특히 평론가였다가 기자였던 나를 다시 평론가로 살게 해주고 넉넉한 인심을 베풀어준 〈미디어2.0〉의 최영재 대표에게 감사한다. 이 책에 실린 글을 비롯해 내 평론의 재료가 되어준 영화를 만든 많은 감독들의 훌륭한 재능에 감사한다. 무례한 필자를 정중한 태도로 감화시킨 〈마음산책〉과, 내 글을 읽어줬고 앞으로도 읽어줄 독자들에게 감사한다.

2007년 9월
김영진

차 례

3

1

나는 은연중에 숱하게 본 영화 속의 삶을, 내 삶의 리듬과

혼동하며 살았다. 연애가 막 불붙기 시작하는 순간처럼

인생을 살았으면 좋겠다고 늘 생각했다.

외국 문화원 막내 세대

영화에 관심이 옅은 관객이라면, 굳이 극장에만 매달리지 않아도 되는 세상을 우리는 살고 있다. 아니, 취향이 독특한 관객일수록 점점 극장에 가는 것이 귀찮아지는 시대를 맞고 있다. 영화를 꼭 영화관에서 보지 않아도 되는 환경이 되면서 영화관에 모여 일종의 동지애를 갖고 영화를 즐기는 것이 점점 어려운 일이 돼가고 있다. 영화를 DVD 플레이어나 컴퓨터로 보는 것이 일상화되면서 특정한 영화공동체도 사이버 공간으로 상당 부분 옮겨갈 것이다. 이럴 때 영화는 특유의 주술적 마력, 집단 최면의 감흥을 잃어버리는 대신 단속적인 관람이 가능한 다른 매체가 돼버린다.

책을 읽으며 밑줄을 긋듯이 컴퓨터로 영화를 보다가 화면을 정지시킨 후 머릿속에 떠오르는 대로 메모를 할 수도 있고, 보다가 흥이 떨어지면 다음에 볼 수도 있다. 서가에 꽂혀 있는 DVD는 책과 같은 기능을 부여받은 채 주인의 처분을 기다리게 된다. 이것이 영화의 미래를 위해 불행한 현상이라고는 생각지 않는다. 어쩌면 이렇게 변화된 환경에서 대안의 영화를 꿈꾸는 이들의 또다른 창작 수용공동체가 만들어질 수도 있을 것이다. 그러나 각자 발품을 팔아 특정한 시간에 특정 공간에 모여 영화를 보는, 오프라인에서 벌어지는 적극적인 관람 의지는 당장은 드러나지 않아도 장차 형성될 영화 문화의 에너지를 위해선 여전히 중요한 행위라는 생각에는 변함이 없다.

개인적인 체험으로는, 스무 살을 전후해 거의 출근하다시피 프랑스 문화원에 드나들었던 시절이 있었다. 80년대 초중반 무렵에는 영화를 보러 따로 갈 데가 마땅치 않았고 저질 시비에 휘말린 한국 영화나 〈람보〉류의 할리우드 상업영화를 제외한 다른 영화를 볼 데라곤 외국 문화원이 거의 유일한 공간이었다. 지금은 제작자가 된 모 씨가 그 당시 프랑스 문화원에서 일하면서 토요일마다 일종의 시네클럽 비슷하게 모임을 운영했고 기술적으로 열악한 누군가의 단편영화를 상영한 뒤 그 자리에 참석한 청년들은 열띤 토론을 벌이곤 했다. 지금 생각하면 유치하고 소아병적인 관념의 성찬이 대다수였지만 그때 그곳에 드나들었던 사람들의 상당수가 영화계로 유입돼 90년대 이후 한국 영화계의 일부를 차지했다.

그 당시에 관한 기억은 꽤 많다. 외국에서 유학을 마치고 돌아온 어느 선배가 소중히 품에 지니고 들어온 오슨 웰스의 〈위대한 앰버슨가〉 비디오테이프를 프랑스 문화원의 조그만 강당에서 프로젝트로 상영하고 난 후 자막도 없이 본 그 영화에 대한 감상평을 교환하느라 허름한 중국 음식점 방에서 술과 혼탁한 말들로 보낸 밤은, 훗날 돌이켜보면 허접한 말의 수준 때문에 창피스럽기 그지없는 것이었지만 좀더 시간이 지난 후엔 미숙한 각자의 관념을 정리하기 위해 필수적으로 거쳐야 했던 귀중한 시간으로 여겨지기도 했던 것이다.

그때 영화를 좋아하고 심지어 나중에 영화로 밥을 먹고살 욕심이 있었던 또래들 사이에선 영화 지식과 정보를 거의 백과사전 수준으로 지니고 있는 몇몇 청년들에 관한 전설이 돌고 있었고 문화원 시사실에서 그들의 모습을 먼발치에서 보면 과연 그들은 무슨 얘기를 하고 있을까 궁금해 솔깃 귀를 세워 엿듣곤 했다.

그들 중 누군가가 장 뤽 고다르의 〈미치광이 피에로〉를 거듭 본 후 자신은 이런 영화를 죽었다 깨어나도 만들 수 없다는 절망감에 시달렸다는 말을 하면 〈미치광이 피에로〉가 그토록 위대한 영화인가 스스로 자문했던 기억도 난다. 〈미치광이 피에로〉는 영화의 어떤 경계에도 속할 수 없는 무정부주의적 열정으로 흘러넘치던 영화였으며 젊은 시절이 아니면 만들 수 없는 그런 색깔을 지니고 있었다. 다른 사람은 젊음을 저런 식으로 영화에 연소해버렸는데 내 청춘은 이렇게 별볼일 없이 흘러가고 있구나, 라며 괜한 상실감도 느끼곤 했다.

외국 문화원에서 본 영화들이 다 좋았다는 것은 아니다. 대개 프랑스 문화원에서 본 영화들 가운데 본토에서 그럭저럭 인정받은 장 피에르 모키와 같은 유형의 감독들의 영화를 보면 코웃음이 나왔다. 프랑스 영화는 예술영화의 본고장으로 알려졌지만 속내를 들춰보면 그렇게 대단한 완성도를 갖추고 있는 영화들이 드물다고 생각했다. 득정 감독, 특정 사조에 속한 작품들만 좋았다.

프랑스 영화에 대한 호감은 1년여 그곳을 출입하면서 서서히 무너졌다. 알렉산더 클루게의 영화로부터 받은 감동에서 촉발된 독일 영화에 대한 관심도 그들의 고압적인 주지주의에 조금씩 질리는 경험으로 바뀌어갔다. 맹목적인 열정으로부터 걸러진 영화 애호는 그렇게 조금씩 자신의 취향에 맞춰 자리잡았다. 누벨바그 초기의 영화는 언제나 좋고 베르트랑 타베르니에의 일부 영화도 아주 훌륭하며, 다소 유치한 구석이 없지 않지만 장 피에르 멜빌의 영화는 언제나 근사하다는 식으로 말이다.

이런 과정에서 특정 영화에 대한 호오를 통해 자연스레 맺어지는 우정의 관계가 생기는 법이다. 프랑수아 트뤼포의 〈피아니스트를 쏴라〉에서 남자 주인공 샤를르가 자신이 일하는 카페의 여급 레나와 사랑을 나눌 때, 이례적으로 길게 지속되는 디졸브 효과는 황폐한 환경에서 시작된 이들 사랑의 절박한 낭만적 열정을 오로지 화면의 시각화만으로 강조하고 있다. 그건 젊은 감성에서만 가능한 실험적 의지의 소산으로 보였다. 트뤼포는 청춘 세대의 영원한 형과 같은 위치에 있지 않을까, 라고 함께 영화를 본 친구에게 말했더니 그도 전폭적인 동의를 표하며 자신은 영화 말미에 레나가 죽을 때 카메라가 빠르게 패닝하는 스위치팬 효과에서 그런 젊은 기분을 느꼈다고 되받았다. 이런 식의 대화를 나누며 예전 프랑스 문화원이 있었던 경복궁 뒷길을 걸어나올 때 세상은 마치 우리 것 같았고 언제든 마음만 먹으면 영화를 만들 수 있는 패기가 솟아나는 것 같았다.

그 당시의 내게 외국 문화원은 일종의 시네마테크였다. 시네마테크에서 영화를 보는 것은 바로 이렇게 극장 안에서, 그리고 극장 바깥에서 조금씩 쌓이는 공동체의 우정을 경험할 수 있다는 점에서 매력적이다. 훗날 프랑스의 누벨바그 영화인들이 20대 초반 시절 시네마테크에서 함께 영화를 보며 내공을 쌓았다는 사실을 알게 됐을 때 느낀 동질감도 이와 비슷했다. 세상은 몰라주는 영화를 우리들만 발견한 것 같은 그 은밀한 희열의 축적 속에서 일종의 영화공동체가 형성되는 것이다. 천대받던 미국 영화를 제멋대로 재평가하고 주류 언론에서 크게 대접받지 못했던 막스 오퓔스와 같은 감독에 열광하면서 새로운 비평적 기준을 세웠던 1950년대의 프랑스 청년들이 글로, 영화로 자신들의 영화관을 증명하고 발전시키면서 새로운 시대가 열린 것이다. 존재하는 모든 영화에서 자신들의 취향에 맞는 영화를 발견하는 일, 거기서 새로운 의미와 감성을 건져내는 일, 그걸 오늘의 감성으로 번역해 재창조하는 일이 바로 이런 시네마테크, 또는 그와 유사한 극장 체험에서 일어나는 것이다.

요즘의 젊은이들에게 그런 역할을 하는 곳은 서울아트시네마지만 자주 가보지는 못한다. 그곳 프래그래머인 김성욱 씨와 사적으로 친하다면 친한 사이여서 사역 비슷하게 상영작을 소개하고 해설하는 자리에 곧잘 불려나가는데도 그렇다. 가끔 그곳에서 관객들과 대화하면서 문득 현재의 시네필들은 어떤 꿈을 꾸고 있을까 궁금해지는 동시에 그들이 부럽기도 하다. 영화에 관한 평을 쓰는 것이 직업이 되면서, 그리고 가정사에 매달린 생활인이 되면서 예전보다 훨씬 영화를 덜 보게 된 자신을 알기 때문이다. 극장에 가서 영화를 보기보다는 집 서가에서 챙겨봐주길 기다리고 있는 DVD와 비디오에 더 눈이 가게 된다. 개인적으로는 어느 시점부터 이런 영화관람 공동체에서 완전히 이탈해버렸던 것이다.

지난 수년간 서울아트시네마에서 상영된 영화들의 목록을 살펴보면 어떤 어지럼증 같은 것이 닥쳐온다. 오래 전에는 교과서에서만 볼 수 있었던 영화들, 자막 없이 봐야만 했던 영화들을 이제 누군가는 자막 있는 필름으로 보고 있는 것이다. 그렇게 영화를 차곡차곡 본 사람들은 아마도 예전에 비해 훨씬 두꺼워진 영화 교양과 감성을 갖추고 있을 것이다. 어떤 프로그램을 틀어도 꾸준하게 모이는 그들이 앞으로 영화 문화의 현장에서 어떤 역할을 하게 될 날이 올 것이다.

하워드 혹스의 〈리오 브라보〉나 루키노 비스콘티의 〈레오파드〉, 세르지오 레오네의 〈석양의 무법자〉와 같은 고전을 보면서 오늘의 젊은 관객들은 어떤 감성으로 받아들이고 재해석하고 있을까, 궁금해진다. 영화는 시체 같은 것이 아니다. 과거의 영화를 오늘 시점으로 불러내, 달라진 관객들의 눈과 마음을 통해 다시 피와 살을 붙인다. 그 되풀이되는 관람의 경험 속에서 영화 100년의 역사는 씌어졌다. 한국에서 영화 역사 쓰기는 이제부터 시작일지도 모른다.

■ 영화관에서 ■

나에게 영화관은 꿈꾸는 공간이자 은밀한 밤밤이의 환경이다.

일상에 대한 태도

한때 나는 내게도 일상이 있었으면 좋겠다고 투덜거리면서 동시에 으스대던 시절이 있었다. 20대 후반부터 30대 후반까지 그랬다. 일하고 또 일하고 집에 들어가면 그저 밀린 잠이나 때우고 기어나왔다. 지금 제대로 살고 있는 걸까, 가끔 자문하곤 했다. 대학원을 졸업하고 지방대학의 시간강사 일을 시작했을 때부터 늘 그런 식이었다.

1994년 무렵이던가, 부산에 있는 대학에 이틀 출강했는데 어느 날은 오전 11시에 원고를 마치고 오후 4시에는 또다른 원고를 마치고, 잠시 자다가 다음날 새벽까지 밤새워 또다른 원고를 쓴 후 서울역으로 달려가 부산행 새마을호를 타기도 했다. 피곤하지는 않았다. 오히려 내 젊은 시절의 경력이 이렇게 시작된다는 생각에 뿌듯했던 것이다. 이런 식으로 살아도 직업이 되겠구나. 내가 쓰는 글이 아무리 잡문이더라도 여하튼 청하는 곳이 있으니 괜찮다는 심정이었다. 그때부터 몸을 혹사해야 안심이 되는 습관이 붙었다.

내 기억에 도장처럼 찍혀 있는 것 하나는 대학원에 다니며 푼돈이나마 원고료를 받던 무렵에 데이트 비용이 없는 동생에게 호기 있게 용돈을 주겠다고 큰소리쳤다가 정작 통장에 땡전 한푼 없는 걸 확인해야 했던 순간의 낭패감이었다. 나는 대학원을 졸업하면 어떻게 살아야 할지를 몰랐다. 그냥 어떻게 되겠지, 라는 심정이었지만 집안 식구들은 그런 나를 혹시 고등백수가 되지는 않을까 불안하게 바라봤다. 동생과 함께 은행에 들렀다가 통장정리기에 찍혀 나온, 잔액이 거의 없는 내 통장 잔고를 보자 동생은 괜찮아, 빈손으로 가도 상관없어, 그런 말을 하고 갔다. 그때부터 여하튼 이 일로 밥을 먹을 수 있을까, 라는 회의가 늘 있었다. 바쁘지 않으면 불안해지는 증상은 사실은 자신감 없음의 반증일지도 몰랐다.

언제부터인가 그렇게 바쁘게 살아온 삶에 뭔가 문제가 있지는 않을까 자문했다. 영화를 보고서도 그런 생각이 들었다. 박흥식 감독의 데뷔작인 〈나도 아내가 있었으면 좋겠다〉를 봤을 때 나는 주인공인 노총각 봉수에 대해 킬킬거리며 그가 나와는 하등 상관도 없는 인물인 것처럼 여기는 자신을 보고 좀 한심해졌다. 사실은 너도 저렇게 별볼일 없는 삶을 사는 거란 말야, 괜히 잘난 척하지만 너도 저렇게 모자라고 빈틈이 많은데도 괜히 바쁘고 잘 나가는 척 꾸미고 있을 뿐이란 말이야.

그 영화에서 봉수가 일요일에 온종일 소파에 누워 자고 있는 장면을 보니 심지어 화가 나는 것이었다. 나에게는 지금 저런 즐거움도 없는 것이로구나. 토요일 오후나 일요일 정오에 빈둥거리며 소파에 누워 TV를 보다가 스르륵 잠이 드는 그 휴식의 시간, 귓가에는 바깥에서 노는 아이들의 왁자지껄한 소리가 희미하게 들리고 심심한 휴식의 분위기에 취해 아무것도 할 게 없는 상황의 나른함을 즐기는 그 평화 말이다.

이게 어떻게 된 거지? 시간을 충실하게 느끼며 살아가겠다고 자기최면을 걸었던 자의 30대 삶이 이렇게 흘러갔던 것이다. 나는 은연중에 숱하게 본 영화 속의 삶을, 내 삶의 리듬과 혼동하며 살았다. 연애가 막 불붙기 시작하는 순간처럼 인생을 살았으면 좋겠다고 늘 생각했다. 일상의 이벤트는 술과 연애이며 그밖의 여흥은 다 접고 일에만 미쳐 살았다. 다른 건 다 그저그런 공허한 일과의 반복일 뿐이니까, 라는 건방진 마음이 있었다. 그런데 내가 했던 일이 뭐 별볼일 있는 것도 아니었다. 이것 역시 기계적인 일과의 반복이며, 긴장과 자극에 시달리고 때로는 즐기며 사는 습관일 뿐이었다.

젊은 부부의 멜로드라마적 삶을 다룬 〈하루〉라는 한국 영화를 봤을 때도 경험의 부족을 느꼈다. 그 영화의 여주인공은 아이를 갖기 위해 안달하고 뱃속에 든 아이가 무뇌아인 걸 알면서도 억지로 낳으려 들 만큼 무모하며 그렇게 해서 낳은 아기가 곧 죽게 됐을 때 예상했던 격렬한 슬픔에 휩싸인다. 한두 번은 나도 울 뻔했지만 내 누선이 자극받은 것은 신경의 반응이지 마음이 움직인 게 아니었다. 이런 유형의 영화는 파블로프의 조건반사처럼 내 신경의 어디를 누르면 반응할지 이미 알고 있는 것 같아서 은근히 불쾌해지기도 한다. 뭐야 이건, 아무리 직업이라지만 이런 영화를 보며 울어야 돼, 라는 생각에 표정이 굳어진 채 사무실로 돌아오는데 선배 한 사람이 말했다. "저건 경험 없으면 모른다. 내 첫 애가 나오다가 죽었잖니. 그 생각 나서 혼났다."

난 역시 이 분야에 대해서도 할 말이 없었던 것이다. 내가 모르는 삶의 부분이었던 것이다. 영화를 보며 느끼는 감정과 실제 삶의 괴리도 곧잘 거기서 나온다. 나는 〈대부〉의 초반 40여 분간 펼쳐지는 결혼식 장면이나 〈디어 헌터〉의 중반에 장장 50여 분간 이어지는 결혼식 장면을 좋아한다. 마피아 보스의 대저택 안뜰에서 밝은 햇살 아래 말론 브랜도가 연기하는 비토 꼴레오네와 그의 딸 코니가 아주 낭만적으로 정겨운 춤을 추고 있는 장면은 집안의 경사가 삶의 가장 큰 행복이 되는 순간을 만끽하는 것의 표상이다. 그거야 워낙 미화된 장면이니 그렇다 치고 〈디어 헌터〉의 결혼식 장면은 소란스런 잔치 이면의 구질구질함과 피곤함과 티격태격을 담으면서도 여하튼 그렇게 부대끼는 것이 우정의 중요한 요소임을 설득시키고 있다. 실제 생활에서의 나는 어떤가 하면, 지금도 사람들이 많이 모여 있는 장소는 딱 질색인지라 결혼식에 가면 대충 얼굴만 비치고는 쫓기듯이 빠져나온다.

부대끼는 것, 구질구질한 것, 피곤한 것, 티격태격하는 것, 여하간 그것들이 삶의 요소가 아닐까. 내가 좋아하는 영화 목록에 꼭 들어가는 프랑수아 트뤼포의 〈아메리카의 밤〉은 영화 만들기를 낭만적으로 찬양하고 있지만 그 영화에 직접 극중 영화감독 역으로 출연한 트뤼포는 이런 말을 한다. "영화 만들기는 서부시대의 역마차 여행과 같다. 떠날 때는 근사한 여행을 계획하지만 막상 여행을 떠나면 무사히 여행을 끝내고 도착했으면 하는 심정뿐이다."

〈아메리카의 밤〉에서 보여준 영화제작 과정은 그야말로 난장판이다. 온갖 신경증 환자들을 다 모아놓은 것 같은 현장에서 감독의 역할은 창의적인 기를 발휘하고 다른 사람의 창조력을 모으는 그런 우아한 일이 아니라 이런저런 불만으로 토라지고 마음이 다른 데 가 있는 배우와 스태프를 다독여가며 어떻게든 영화를 만들어내야 하는 조정자일 뿐이다. 창의력이 샘솟는 희열은커녕 인내와 짜증으로 기력은 소진되어간다. 그런데도 놀라운 건 영화 말미의 영화 속 영화의 클라이맥스 촬영 장면에서 감동이 전해진다는 것이다. 몇 번씩 되풀이되는 그 클라이맥스 장면 촬영은 온갖 소소한 짜증으로 점철된 영화작업이 마음을 움직이는 마술을 만들어낸다는, 삶의 기이한 아이러니를 보여준다. 그 장면은 참으로 감동적이다. 감독이 큐 사인을 보내면 한 엑스트라 아이가 힘차게 화면 속을 박차고 달린다. 그와 동시에 주위 사람들이 일제히 움직이기 시작하고 배경에는 음악이 깔리며 삼라만상이 조화된 것 같은 운율감으로 가득 채워진다. 멈춰 있던 화면이 움직이면서 풍경 하나하나가 활기와 의미를 얻고 약동하기 시작하는 것이다.

나는 트뤼포의 이 대책 없는 낙관주의를 좋아한다. 또 근사한 여행보다는 무사히 여행을 끝내기를 바라는 그 겸손함도 좋다. 히치콕은

"내 영화는 케이크의 한 조각"이라고 말했지만 내가 자른 삶의 조각이 달콤한 케이크가 아닌 덤덤한 식빵이어도 상관없다. 거기에 딸기잼을 발라먹을 수도 있고 버터를 바를 수도, 때로는 그냥 맨빵만 먹을 수도 있다.

일밖에 모르는 직장인이던 나는 결혼해서 아이를 키우게 되면서부터 가정에서 보내는 시간을 필수적으로 많이 가져야 한다는 생각을 갖게 되었다. 지금 나는 빵이 늘 딸기잼을 바른 것이어야만 한다는 허세는 버렸다. 근사한 영화에서 커트된, 구질구질하고 지루하고 티격태격하고 마음이 어긋나는 그 일상의 삶에 충실하겠다고, 아이가 세상에 나오는 순간부터 결심했던 것이다. 아이를 기르는 것의 책임과 사랑도 느껴보고 지지고 볶고 사는 것의 재미도 알아가고 가정을 가꾼다는 것이 얼마나 중요한 인생경영인지를 알아가야지. 그러나 솔직히 그게 그렇게 흥미로운 것만은 아니다. 인생에 소심해지고 통장 잔고에 신경을 쓰며 다섯 명이 넘는 회식 자리에 가면 예전처럼 호기 있게 계산하지도 못한다.

시간이 날 때면 아침에 산보를 나가 이 유부남의 일상을 생각한다. 다른 사람들과 비슷하게 살아가는 이 삶의 질을 어떻게 가늠할 수 있을까를 생각한다. 여하튼 나한테는 영화가 있다고 해야겠지만 꿈꾸는 것만큼이나 현실이란 것이 무엇인지를 생각한다. 이제는 주위의 흐름에 밀려 질주하는 삶이 아니라 이게 잘 되어가고 있는 것인지를 일상 속에서 묻게 되는 것이다.

송강호가 주연한 〈우아한 세계〉라는 영화를 보며 그런 생각이 들었다. 가부장의 고통을 조폭 코미디 멜로 장르의 분위기에 실어 묘사하는 이 영화에서 중산층 삶에 편입되고 싶어한 가장은 결국 아내와 아이들을 유학 보낸다. 그는 이곳을 지옥으로 만들어놓고 천국이라고 생각되는 저곳으로 가족을 보낸다. 자기가 속한 삶의 지저분한 전쟁터에서 돌아오면 집의 텔레비전 화면에선 외국에서 영화 같은 삶을 보내고 있는 듯한 가족들의 일상이 담긴 비디오 동영상이 흐른다. 그들이 다시 돌아오면 이곳 지옥의 질서는 확대 연장되고 그런 식으로 세상의 꼴은 확고해질 것이다. 영화는 그에 대해 가부장의 슬픔을 감상적으로 제시하고 있었지만 거기서 더 나아가지 않는 것이 아쉬웠다. 그것 이상의 할 말은 없었을까.

영화와 일상을 겹쳐 보게 되면서 영화를 보는 것이 점점 힘이 든다. 촌스럽게도 영화 속에서 아슬아슬한 순간이 묘사돼도 참아내기가 어렵다. 누군가의 고통을 다루는 것은 더 그렇다. 갓난아기를 던져 죽이는 어떤 영화를 보고 그 감독이 굉장히 미워졌다. DVD로 영화를 볼 때면 서둘러 결말을 알아보고 차분하게 다시 처음부터 영화를 보기도 한다. 시간예술인 영화의 속성을 거부하고 점점 노예처럼 화면 이미지에 굴종해 영화를 따라가는 것이 싫어진다. 왜 이렇게 참을성 없는 관객이 되어버렸을까 자문해본다. 영화에서 다루는 기쁨과 행복과 위로가 때로는 너무 시시한 거짓말이라는 생각이 들기 때문이다.

영화가 점점 어른의 매체가 아니라 아이들의 오락이 되어가고 있는 것은 아닌지 의심이 든다. 고통과 불행과 배려를 다루는 영화일 경우 때로 텔레비전의 SOS 프로그램처럼 관객의 감정을 착취하는 것은 아닌지 의심이 생긴다. 결국 영화가 거짓말이라는 생각이 드는 순간 관심은 사라진다. 거짓말하지 않는 영화에만 흥미가 생긴다. 그게 중년의 가장으로 일상을 살아가는 내 처지와 무관하지 않다는 생각이 드는 것이다.

평론가 매혈기

　　『인생』, 『허삼관 매혈기』의 작가 위화를 만난 적이 있다. 그가 2000년 부산국제영화제에 왔을 때였다. 〈햇빛 찬란한 날들〉로 유명한 배우 겸 감독 지앙웬을 따라온 것인데, 소설과는 달리 주눅 든 듯한 표정으로 일행의 술자리 구석에서 얌전하게 앉아 있는 모습이 의외였다. 어디로 보나 외국 문물이 어색해 움츠러든 시골 촌놈 행색이었지만 말문을 열면 위풍당당해졌다. 큰소리로 웃지도 않고 딱딱한 표정으로 말하는데 기개가 있었다.

　　내가 좋아하는 소설 『허삼관 매혈기』가 정신적, 육체적으로 피를 매혈하는 우리네 삶의 은유를 보여준 것이라 인상 깊었다고 말했더니 그것도 중요한 관점이긴 하지만 중국에서는 피를 파는 것이 일상에서 흔한 일이다, 아주 평범하고 흔한 소재라 차용해 쓴 것이다, 작가는 그걸 소재로 인간을 보여주는 것이다, 라고 그는 심상하게 말했다.

그는 자신의 소설에 대해 말하는 것을 즐기는 작가가 아니었다. 그보다 자기가 겪은 일을 말할 때 뜻밖의 통찰을 줬다. 이를테면 어렸을 적 겪은 문화혁명에 관해 그는 공포이자 기쁨을 준 시기로 기억했다. 그때는 어른들이 아이들을 돌봐주지 않았으니까 아이들이 자유로웠고 공부를 하지 않아도 누가 뭐라는 사람 없이 매일 놀 수 있으니 즐거웠지만 다른 한편으로는 길거리에서 사람 여러 명을 때려죽이는 일이 다반사였으니까 그걸 보는 게 무서웠다는 것이다. 문화혁명은 그렇게 절망적인 일도, 기쁜 일도 아니지만 사람들에게 준 무거운 느낌이 자신의 세대에게 여전히 깔려 있다고 그는 말했다.

그 당시에 기성세대를 숙청한 홍위병들에 대해 그는 자신도 어렸을 때 기성세대의 작품을 싫어했고 읽지도 않았으며 지금 세대도 자신들을 그렇게 대하고 있다고, 그게 모든 사람의 숙명이라고 담담하게 말했다. 나이가 들면 물러서는 것이라고, 노인의 입장에서 보면 희망이라는 건 자신의 추억뿐이라고, 자신은 마음의 준비가 돼 있노라고, 그래야 결국 늙어서 모든 이가 자신을 원치 않아도 살아갈 수 있다는 것이다. 그는 작가에게는 한 시대의 경험만으로도 충분하며 쓸수록 그 경험은 불어나는 것이고 자신에게는 죽을 때까지 쓸 수 있는 것들이 충분하다고 호언했다. 이런 불퇴전의 정신은 내가 읽은 그의 대표작 『허삼관 매혈기』를 지탱하고 있는 것이기도 하다. 직가 위화의 그런 호기가 부러웠다. 평론가에게도 그런 호기가 가능할 수 있을까. 무엇보다 영화들이 시시각각으로 변하는데 그것들을 어떻게 봐야 할지 종종 혼란스럽다.

『허삼관 매혈기』에 관한 얘기를 좀더 해보자면, 주인공 허삼관이 인생의 고비마다 자기 피를 팔아 연명하는 얘기다. 허삼관이 청년 시절에 피를 팔아 장가 밑천 마련하는 것으로 시작해 결혼하고 자식을 낳고 이웃과 싸우고 자기 씨가 아닌 자식을 구박하다가 화해하고 문화혁명을 겪고 아들이 병에 걸려 위중해지고 그러다 아들은 살아나고 그렇게 세월이 흘러 어느덧 먹고살 만해지자 이제는 너무 늙어 피를 팔려고 해도 받아주지 않더라는 결말에 이르게 된다.

근대 이전의 삶을 다룬 고색창연한 분위기가 나지만 동시에 사람 사는 냄새가 난다. 포스트 모던 사이버 버추얼 리얼리티 어쩌구 하는 삭막한 도시적 상상력과는 비교되지 않는 인간의 박진감 넘치는 모습이 있다. 독자를 울렸다가 웃기고 다시 울리는데, 그 감정의 기복은 동전의 양면처럼 뗄려야 뗄 수 없는 것으로 삶과 얽혀 있다. 젊은 시절의 허삼관이 피를 뽑아 받는 돈이 한 달 내내 노동한 것보다 더 많다는 것을 알고 어리석은 동료들의 충고에 따라 피를 더 잘 뽑으려고 오줌보가 터지기 직전까지 물로 속을 채운 후에야 피를 뽑는 대목에서는 깔깔대지 않을 수 없다. 혈기 왕성한 시절에 그렇게 버는 돈은 은총이지만 허삼관이 더이상 젊지 않은 나이에 처절한 생존 수단으로써 피를 뽑는 중간 대목에서는 마음이 이상해졌다. 여하튼 살아야 하는 것이다.

산다는 것은 누구에게나 일종의 변형된 '허삼관 매혈기'다. 허삼관은 실제로 피를 뽑았지만 우리는 지식을 팔거나 육체를 판다. 정신적, 육체적 매혈 행위로 매일매일 밥을 먹고산다. 나도 그렇다. 20대에 집어넣은 지식의 부스러기와 거스름돈으로 아직까지 밥을 벌어 먹는다. 늦을 때까지 글을 써서 밥을 벌고 싶지만 때로는 내 글이 그만한 가치가 있는 것인가, 라는 생각에 모골이 송연해지고 도대체 어떻게 신선한 피를 수혈할 것인가 고민하게 된다. 내가 지금 성숙으로 가고 있는 것인가, 아니면 주위의 급변하는 영화문화 환경에 애매하게 한 다리 걸쳐놓고 유행을 읽어내는 척하고 있는 것은 아닌가, 라고 자문하는 것이다. 앞으로 내가 정신적 피를 파는 재료가 과연 뭐가 될지 가끔은 헷갈린다는 것이다.

영화를 정말 열심히 보던 시절, 나는 프랑스 문화원이나 서강대 도서관에서 살다시피 했다. 극장에 걸리는 영화 이외의 다른 영화를 볼 수 있는 곳은 문화원밖에 없었으니까. 서점에 가면 옛날 영화진흥공사에서 발간한, 오자투성이의 엉터리 번역 영화이론서가 한 줌밖에 되지 않던 시절이었으니까. 대학 도서관에 서구의 영화이론서가 수백 권 꽂혀 있는 데가 별로 없었으니까. 나는 다분한 지적 허영기로 뜻도 모르는 책을 열심히 읽었다, 라고 하면 거짓말이고 꽤 열심히 훑어보기는 했다. 그때 몸에 받아둔 지식과 정보가 훗날 90년대 초에서 중반에 이르는 영화비평의 계몽주의 시대에 쓸 만한 먹고살 거리가 됐다.

세상이 많이 변했다. 이제는 영화 지식과 정보의 독점보다는 해석이 중요하다. 무엇보다 영화의 패러다임이 변하고 있다. 1999년 베니스 영화제에 갔을 때 나는 그때까지 국내 개봉을 못하고 있던 〈아이즈 와이드 셧〉을 보면서 히니의 화면에 저렇게 공력을 들인, 완벽한 전통적 미학은 이제 소멸하는 것이구나, 라고 생각했다. 며칠 뒤 하모니 코린이라는 젊은 감독의 〈줄리안 동키 보이〉를 보았다. '퍽 큐 시네마'라고 불리는, 세상과 기존 영화문법에 엿 먹이는 태도로 일관하는 그 영화를 보면서 현기증을 느꼈다. 이건가? 이제 세상에 저항하는 영화의 방법은 이건가? 나는 거기에 적응할 수 없는데, 라고 중얼거렸다. 미국에서 공부하다가 베니스에 놀러 온 당시의 어느 한국 유학생은 그런 나를 비웃었다. 나는 디지털로 찍은 〈줄리안 동키 보이〉의 거친 화면과 그 화면만큼이나 거칠고 안하무인인 영화의 염세적이고 병든 내용을 불평했지만 그 유학생은 말했다. "그건 당신이 이제 젊지 않기 때문이에요. 요즘 젊은이들은 컴퓨터 화면에 익숙해 있기 때문에 그런 화면이 자연스러워요. 〈줄리안 동키 보이〉는 영화의 현대식 저항방법이에요." 나는 별로 할 말이 없었다.

새로운 세대가 출현하고 있다. 감독도, 관객도 함께 변하고 있다. 미국 영화계의 '신동 세대'를 대표했던 스필버그가 이제 할리우드의 어른이 됐다. 그 세대만 해도 전통을 충분히 의식하고 있었다. 존 포드, 윌리엄 와일러, 데이비드 린의 영화와 겨루고 싶다는 야심 말이다. 이제는 그런 영화가 있었는지조차 신경 쓰지 않는 감독들이 새로운 영화를 만들고 있다.

나는 좀 애매하게 걸쳐 있는 인간이다. 60년대가 영화가 가장 영광스러웠던 시대라고 생각하며 그 시대의 감독에게서 오히려 동질감을 느낀다. 2000년 부천판타스틱영화제에서 만난 일흔 살의 일본 감독 시노다 마사히로 감독은 그런 나를 귀여워했다. "네 질문은 내 심금을 울린다." 그는 현실의 변화를 열망했지만 그것이 쉽지 않았고 그래서 끊임없이 시대극으로 도망쳤다고 말했다. "평생 도망쳤기 때문에 내가 영화감독으로 먹고살 수 있었는지도 모른다." 동시대의 감독 오기사 나시마가 정치를 직접 공격했던 것과는 달리 그는 탐미적인 시선으로 현실을 거둬냈다. 지금 돌이켜볼 때 오시마와 시노다의 길 중 어느 것이 옳았다고 생각하느냐고 묻자 그는 미소를 지으며 이렇게 답했다. "둘 다 곤란한 길이었다고 생각한다."

글로 먹고사는 것도 곤란한 길일 것이다. 손바닥만한 영화시장에서 영화전문 기자나 평론가의 밥줄이 보장될 수 있는 것인지, 그래도 되는 것인지조차 확신이 없었다. 그런 가운데 나는 어떤 것이 성숙으로 가는 길인지 스스로 의심하고 있었다. 후배들 가운데는 제법 잘난 척하면서 마흔이 넘으면 글을 쓰지 않을 것이라고 하는 이도 있었다. "젊은 애들 감성에 맞출 자신도 없고, 나이 들면 글 쓰지 말고 다른 걸로 먹고살아야죠." 그때 그는 여전히 젊다고 생각해서 그런 말을 했을 것이다. 아직 성숙이 뭔지 고민할 필요가 없었던 것이다. 하지만 그런 말을 했던 그도 이제는 젊지만은 않으니 요즘 같으면 글로 먹고사는 문제로 꽤 심각한 고통을 겪고 있을 것이다.

다시 『허삼관 매혈기』로 돌아가서, 병에 걸려 상하이의 병원에 입원해 있는 아들을 찾아가는 길에 중년의 허삼관은 아들 병원비를 마련하려고 여러 번 피를 판다. 그것이 그의 일생에서 가장 힘들게 피를 판 극적인 경험이었다. 육체는 지쳐가고 있는데 생존은 더 절박해지는 것이다. 말년에 허삼관은 문득 사기 사신을 위해서 피를 팔고 싶다는 생각에, 기분 좋게 피를 판 돈으로 홍주와 볶은 돼지간을 먹고 싶다는 생각에 병원에 갔다가 새파랗게 젊은 남자에게 조롱을 당한다. 허삼관의 늙은 피는 이미 죽은 피가 많이 섞여 있어서 가구 칠하는 데나 쓸 수 있을 거라고. 허삼관은 절망하지만 사실 그는 피를 팔 이유가 없다. 피를 팔지 않고도 홍주와 돼지간을 사먹을 수 있는 여유가 생긴 것이다. 그것이 힘들게 산 그의 인생에서 얻은 유일하고도 굉장한 보상이었다.

영화를 보고 그 느낌과 감동을 글로 써서 먹고사는 평론가에게는 결국 영화가 남을 것이다. 좋아하고 지지했던 영화들이 담아낸 삶의 자취가 몸에 배어 있을 것이다. 나에게는 볶은 돼지간과 홍주보다는 몇 권의 책과 영화가 남아 있으면 좋겠다.

깨끗한 문장의 매력

누구나 그랬던 건 아니겠지만, 중고등학생 시절 서가에 꽂혀 있던 세계명작전집을 나는 뜻도 모르고 읽은 것이 많았다. 대체로 왜 그 책들이 위대한 고전인지는 가늠하지 못한 채로 그저 공부하듯이 전투적으로 읽었다. 그렇게 해서 읽은 책들은 온전히 내 몸과 마음에 접수되지 못했을 것이다. 부분적으로, 때로는 어떤 문장의 조각들로 불완전하게 내게 다가왔던 것이다.

그 시절의 독서는 누가 어떤 책을 읽었냐고 물어보면 '그럼, 그 정도는 기본이지'라고 으쓱대는 과시용 수준을 넘어서지 못했다. 아니, 이건 좀 지나친 말 같다. 그때의 독서는 학교에서 배우는 교과목 외에 다른 가치는 없을까, 라고 불만을 품고 두리번거리던 사춘기 시절의 필사적인 반항기에 긍정적인 영향을 미쳤다. 일본 감독 오즈 야스지로의 영화 중에 〈대이나기는 했지만…〉이런 제목의 영화가 있는데,

물론 그 다음 생략부호에 들어갈 말은 뻔하다. 태어났지만 별볼일 없다던가, 대학은 나왔지만 인생의 의미는 못 깨우쳤다는 식으로 말이다. 그렇게 본다면 청소년기와 청년기에 걸친 독서는 굳이 신세한탄하지 않고도 다른 이의 인생관, 태도에 대해 배울 수 있는 좋은 기회였을 것이다.

초등학교 시절 나는 친척집에 놀러 가도 밥을 먹을 때도 뭔가를 읽는 아이였다. 하여튼 무엇이든 이야기가 있는 것이면 다락방을 뒤져서라도 찾아 읽었다. 그랬던 아이가 중학교에 입학할 무렵에는 책을 읽는 것보다는 밖에서 노는 것에 더 마음이 팔렸다. 몸은 펄펄 뛰었고 방과 후에 공이라도 차지 않으면 연소되지 않은 몸의 기운 때문에 짜증이 났다. 그렇게 아무 생각 없이 신나게 놀면서 툭하면 교무실에 불려가 벌을 서던 말썽꾸러기였는데 그 시절의 나는 사실 좀 허전한 상태, 사람들이 사춘기의 감상이라고 부르는 것에 서서히 감염되고 있었다.

어른들은 모두 잔소리꾼들이었으며 학교는 따분했고 선생님들은 무서웠다. 그 중 거의 유일하게 온기를 느낄 수 있었던 국어 시간에 나는 잊고 있던 세계문학전집에의 갈망을 다시 찾았다. 그때부터 시작된 세계명작 순례는 앞서 말한 대로 발견과 희열의 연속이 아니라 때로 인내의 시험장이었다. 물론 다 그랬다는 것은 아니다. 세계명작 가운데서도 좀 말랑말랑한 소설들, 이를테면 에리히 레마르크의 『개선문』이나 『서부 전선 이상 없다』, 서머셋 몸의 『과자와 맥주』, 『인간의 굴레』 등은 멋진 문구가 나오면 밑줄 긋고 노트에 필기해가면서 읽었다.

그러나 도스토예프스키의 『죄와 벌』, 앙드레 지드의 『좁은 문』 등은 그 당시에 내게 별로 감흥을 주지 못했다. 특히 『좁은 문』에 묘사된 남녀 주인공의 정신적인 사랑은 나를 안타깝게, 화나게 하는 것이었다. 나는 그 소설에 묘사된 사랑이 좀 병적인 것이며 심지어는 거짓말일 거라고 생각했다. 주제넘게 발칙했고 나 자신의 미성숙을 깨닫지 못한 것은 아마도 사춘기 시절의 육욕 때문이었을 것이다. 주간지 표지에 나온 여배우의 사진만 봐도 가슴이 두근거리던 때였으니 서로 좋아하는 감정을 한없이 억누르며 죽음에 이르는 『좁은 문』의 그 억제된 사랑 감정의 극단적인 승화를 알 도리가 없었던 것이다. 아무리 책을 읽어도 인생의 의미가 무엇인지 모르겠고, 그걸 알려고 평생 간다는 것도 한심하게 여겨졌다. 정작 관심은 남녀공학 수업시간에 먼발치로 보이는 소녀의 뒷덜미에 가 있던 소년의 마음에 평화를 준 것은 헤밍웨이의 소설이었다. 헤밍웨이의 소설은 어떤 것이든 재미있었다.

『노인과 바다』를 읽고 그 비정한 문체에 감동한 나는 그 후로도 헤밍웨이의 국내 번역본이 눈에 띄면 닥치는 대로 사 모았다. 청계천 중고 책방을 돌아다니다가 휘문 출판사에서 나온 절판된 헤밍웨이 전집을 이윽고 찾아냈을 때의 기쁨은 지금도 생생하다. 심중당 문고편을 시작으로 동화출판공사의 세계문학전집 판본을 비교하는 가운데 나는 비정의 문체라고 불리는 헤밍웨이의 간결한 글투를 누가 더 잘 살려내는지, 내 입맛에는 어떤 분의 번역이 너 맞는지 알게 되었다.

헤밍웨이의 단편소설 중에 대표작으로 꼽히는 「살인자들」을 놓고 비교하자면 이런 것이다.

　　헨리 식당의 문이 열리더니 두 명의 사나이가 들어섰다. 그들은 카운터 앞에 마주 앉았다. "무엇을 드릴까요?" 조지가 그들에게 물었다. "모르겠다." 그 중 하나가 말했다. "여보게 앨, 자네는 무엇을 들겠나?" "모르겠어. 나도 내가 무엇이 먹고 싶은지 모르겠어." 식당 밖은 날이 어두워 가고 있었다. 창 밖에는 가로등에 불이 들어 왔다. 카운터에 앉은 두 사나이는 메뉴를 읽었다. 카운터 저 편 끝에서는 닉 애덤즈가 그들을 바라보고 있었다. 닉은 이 자들이 들어올 때까지 조오지하고 지껄이고 있었던 참이었다.

　　이것은 휘문 출판사에서 나온 헤밍웨이 전집에 실려 있는 단편소설 「살인자들」의 도입부로, 황찬호 씨가 번역했다. 이 전집에서 그와 공역으로 단편소설집 『여자 없는 세계』를 맡았던 정병조 씨는 삼중당 문고판에서 「살인자들」들과 「5만 달러」, 「이탈리아 기행」을 다시 번역했다. 그가 번역한 「살인자들」의 도입부는 이렇다.

　　헨리네 식당 문이 열리더니 두 사나이가 들어섰다. 그들은 카운터 앞에 앉았다. "뭘 드릴까요?" 조오지가 그들에게 물었다. "모르겠어." 하고 그 중 하나가 말했다. "뭘 먹을 텐가, 엘?" "모르겠어." 하고 엘이 말했다. "난 내가 뭘 먹고 싶은지 모르겠어." 바깥은 어두워가고 있었다. 창 밖 가로등에 불이 들어왔다. 카운터 앞에 앉은 두 사나이는 메뉴를 읽었다. 카운터 저쪽 끝에서 닉 아담즈가 그들을 지켜보았다. 그들이 들어왔을 때 그는 조오지하고 이야기를 하고 있었다.

별 차이가 없는 듯하지만 후자가 훨씬 잘 읽힌다. 반복으로 리듬을 만들고, 바깥의 정경묘사에서 예기치 않은 긴장을 만들어내는 헤밍웨이의 문체가 후자에 훨씬 잘 살아 있다. 읽으면 읽을수록 헤밍웨이의 소설에 반하게 되는 것도 이런 문체의 멋 때문이다. '아'와 '어'가 어떻게 다른지, 그의 문장에선 똑똑히 느낄 수 있는 것이다. 아무튼 사춘기에서 청년기에 이르는 동안, 적어도 1년에 한두 번은 다시 들춰보게 만들 만큼 헤밍웨이 소설은 매력적이었다.

형용사와 부사를 거의 쓰지 않는 명료한 문장을 통해 헤밍웨이는 언제나 단도직입적으로 사물을 묘사한다. 단편소설 「살인자들」에서 어린 소년 닉이 식당 단골손님을 죽이러 온 살인 청부업자들을 보고 공포에 질리는 순간을 묘사할 때도 헤밍웨이의 문체는 결코 흥분하지 않는다. 닉은 자신이 일하는 식당의 평화를 깨트리는 그자들을 이해할 수 없지만 어쨌든 인생에서 가장 잔인한 순간을 목격한다. 그런데도 심심하게 그 상황을 묘사하는 일종의 초연함이 독자에게는 더 섬뜩하게 다가오는 것이다.

퇴물 복서가 경기를 앞두고 자신이 지는 쪽에 내기 도박을 걸었다가 링에서 경기할 때는 자기 삶을 건 자존심 때문에 결국 승리한다는 내용을 담은 또다른 단편 「5만 달러」를 읽을 때도 느끼는 감흥은 비슷한 것이었다. 인생이란 자신이 이길 수 없는 게임을 뜻하기도 한다. 그러나 결국 중요한 것은 위엄을 지키는 것이다. 표 나지 않게.

『누구를 위하여 종은 울리나』에서 남자 주인공이 여주인공을 떠나보내면서 말하는 대사, "네가 가면 나도 가는 거야"라는 식의 단문을 주술처럼 되풀이하는 그 최면적인 리듬에는 자신의 삶을 남이 대신 해줄 수 없다는 매우 강직한 윤리적 태도가 배어 있다. 사랑은 인생에서 가장 행복한 경험을 안겨주는 감정이지만 그것조차도 자신의 윤리를 위해 포기하지 않으면 안된다. 스페인 내전 게릴라 투쟁을 벌이는 영국인 로버트 조던은 자신은 남고 연인 마리아를 떠나보내려 한다. 지금 이별하면 그들은 다시는 만날 수 없다. 로버트 조던은 아마도 죽게 될 것이다. 시간이 별로 없는 상태에서 조던은 자기 감정을 있는 힘껏 짜내어 정수만 전달한다. 마리아와 헤어지는 순간에 조단의 마음을 전달하는 헤밍웨이의 문장은 이렇다.

"이제부터 하는 얘기를 잘 들어요." 하고 조단은 말했다. 아주 서둘러서 이야기를 해야겠다는 것도 알고 있었다. 땀도 몹시 흘러내렸지만, 이것만은, 말해서 그녀가 잘 알아듣도록 해야겠다고 생각했다. "이봐, 토끼(마리아의 별명—인용자), 당신은 가야 해. 하지만 난 당신의 곁을 떠나는 건 아냐. 둘 중 하나가 있는 한 둘 다 거기 있는 것이 되는 거야. 알았어?" "싫어요. 난 당신 곁에 남겠어요." "안돼. 토끼. 이제부터 내가 할 일은 나 혼자서만 해야 하는 거야. 당신이 있으면 오히려 방해만 될 뿐이야. 당신이 떠나주면, 그러면 나도 가는 거야. 왜 그런

지 모르겠나? 두 사람 중 어느 쪽이 있는 곳에는 언제나 두 사람이 함께 있는 거야.”“당신 곁에 남겠어요, 난.”“안된다니까. 토끼. 내 말을 잘 들어봐. 이것만큼은 남과 같이 할 수 없는 거야. 어떻게 해서라도 자기 혼자서 하지 않으면 안돼. 하지만 당신이 가 준다면 나도 당신과 함께 가는 것이 되는 거야. 나도 간다는 건 그렇기 때문이야. 응, 이젠 가겠지? 당신은 착하고 친절하니까. 우리 두 사람을 위해 당신은 가야 해.”—양병택 역, 『누구를 위하여 종은 울리나』(동화출판공사, 세계문학대전집)

별다른 의미 없이 감정만을 담고 있는 조던의 말은 계속 되풀이된다. 그 반복은 쌓여 더 큰 감정이 되고 '이것만큼은 남과 같이 할 수 없는 거야. 어떻게 해서라도 자기 혼자서 하지 않으면 안돼. 하지만 당신이 가 준다면 나도 당신과 함께 가는 것이 되는 거야' 라는 말이 뇌리에 박힌다. 헤밍웨이의 소설을 요약한다면 바로 그 태도였다. 남이 할 수 없는 걸 자신 혼자 짊어지는 것, 그렇지만 명예롭게 해내야 한다는 것이다. 이 단순한 불패정신은 청소년기의 소년에게도 꽂힐 만큼 감동적인 것이었으며 헤밍웨이의 대표작 『노인과 바다』에서 그 불패정신은 거의 종교적 열정으로까지 고양된다.

바다에서의 사두 끝에 간신히 잡은 다랑어를 상어 떼에게 뜯기고 거대한 다랑어 뼈만 갖고 귀항한 후에도 산티아고 노인은 “내일은 더 큰 작살을 준비해야겠다”고 중얼거린다. 예수가 십자가를 지고 골고다 언덕에 오르듯이 산티아고 노인은 돛을 짊어지고 여러 빈 쓰리지며 자기 집으로 돌아온다. 그러고는 사자의 꿈을 꾸며 잠든다.

그는 바다에 나가 대어를 잡느라고 고투했지만 아무 것도 얻지 못했다. 그러나 그는 이 고투를 의연하게 참아냈다. 그에겐 승패가 문제가 아니다. 결국 인간의 육체는 모두 죽어가는 것이고 생물은 자신이 살기 위해서는 다른 생물을 죽이지 않으면 안된다는 세계관을 지닌 이 노인은 자연의 섭리가 용인하는 범위 내에서 바다를 비롯한 모든 생물과 대화할 수 있는 범애정신을 지닌 인물이다. 동시에 그런 자연의 섭리 속에서도 인간은 패배할 수 없다는 강인한 긍정에 도달하는 이가 소설 속의 산티아고 노인이었다.

어떤 사상적 어휘도 동원되고 있진 않지만『노인과 바다』의 단순하면서도 명료한 문장에 응축된 세계관은 소설 속에서 노인을 향해 존경을 표하는 소년 마놀린과 마찬가지로 이 책을 읽은 한 소년에게도 어떤 태도의 지침을 마련해줬던 것이다. 그 후로 인생을 살아오면서 세상의 도덕을 다 인정하진 못더라도 적어도 자기만의 윤리를 지키는 데 따르는 명예의 준수가 얼마나 중요한 것인지를 내가 부지불식간에 체화한 데는 헤밍웨이의 소설이 준 영향이 컸다.

어쨌거나 이런 주제도 주제지만 나는 헤밍웨이의 문체가 아니었으면 그를 좋아하지 않았을 것이다. 때로 나는 헤밍웨이를 좋아하는 나의 독서 취향을 주위에 강권하기도 했다. 첫번째 희생자는 내 여동생이었다. 그녀는 내가 권한『무기여 잘 있거라』를 읽은 다음날 울어서 퉁퉁 부은 눈으로 아침 식탁에 앉아 있었다. 개인적으로『무기여 잘 있거라』가 헤밍웨이의 작품 중에 뛰어난 것은 아니라고 생각하지만

(헤밍웨이 소설은 역시 중단편이 더 맛있다) 그런데도 나는 소설을 읽고 감동해 운 여동생의 반응이 궁금했다. "도대체 왜 울었니?" "응, 그냥 심심하게 읽었는데…… 그 마지막 문장 있잖아. 여주인공이 죽고 난 후 남자 주인공이 돌아가는데 글쎄, 어쩜 그렇게 무정할 수 있지? 그 마지막 문장을 읽고 갑자기 눈물이 쏟아졌어." 소설에서 주인공 헨리는 사랑하는 아내 캐서린이 아이를 낳다 죽는 걸 목격한다. 그러곤 캐서린이 죽어 있는 방 안에서 다른 사람들을 내보낸다. 그밖에 달리 할 것이 없다. 이 소설의 마지막 문장은 이렇다.

그들을 내보내고 문을 닫고 불을 꺼보았으나 아무 소용도 없었다. 그건 마치 조상彫像에게 작별인사를 하는 것과 같았다. 잠시 후에 나는 밖으로 나와 병원을 뒤로 하고 비를 맞으면서 호텔로 걸어 돌아왔다.

'비를 맞으면서 호텔로 걸어 돌아왔다.' 바로 이것이다, 헤밍웨이 소설의 매력은. 철이 들어 수많은 문장가와 사상가의 책을 접하고 감동과 좌절을 거듭하는 지금도 나는 곧잘 낡은 헤밍웨이 소설책을 꺼내 몇 줄 읽는다. 깨끗한 문장의 매력은 그런 것이다. 그 순간 마음이 깨끗해지는 것이다.

■ 영화 포스터 앞에서 ■

한 편의 영화와 만나는 것은 또 한번 세상과 인연을 맺는 것이다.

평론가의 각오

나는 훌륭한 평론가가 아니다. 이건 겸손의 표현이 아니다. 실제로도 그렇다고 생각한다. 내가 처음 일했던 영화주간지 《씨네 21》에서 난 편집부 서열 3위였는데 그걸 빗대 농담처럼 자주 "난 넘버 3야"라고 말하곤 했다. 이는 내 글이 삼류임을 빗대 자학하는 농담이었지만 사실 "아니야, 너는 삼류가 아니야"라고 정정받고 싶은 마음이 있었을 것이다. 어떤 이에게는 나의 넘버 3 운운이 자학하는 표현처럼 들렸겠지만 그 말에는 시건방진 자만도 깔린 것이었다. 세상에 일류의 삶은 별로 보이지 않는데 서로 일류인 척하는 것이 못마땅하다. 그렇다면 나는 삼류임을 기꺼이 인정하겠다, 라는 다짐인 것이나. "삼류지만 내 글에는 진심이 있고 때로는 감동도 있다"는 객쩍은 농담도 곧잘 했다.

그런데 그만 일이 벌어졌다. 어느 스트리트 페이퍼의 좌담에 나았다가 나는 그 자학적이면서 시건방진 농담을 또 해버리고 말았다. 그 날 좌담은 교수와 선배 기자, 단편영화 감독과 대화를 나누되, 취중 방담의 형식으로 마음껏 지껄여보자는 취지로 주최 측에서 술값을 낸다는 조건하에 이뤄졌다. 그 자리 이전에 선약이 있었던 나는 거나하게 취기가 오른 상태로 좌담에 참석했다가 좌충우돌 사람들과 부딪치며 시종일관 넘버3를 입에 올리는 내 특유의 술자리 화술을 구사하고 말았다.

나중에 그 좌담이 실린 기사를 보니, 담당기자는 얼씨구나 하는 심정으로 내 삼류 운운 발언에 지문을 붙여 억양까지 살려서 그대로 실어놓은 것이었다. "아니 이런 삼류 기자가 있나"라고 통탄했지만 때는 이미 늦었다. 졸지에 술자리에서 삼류라고 외치던 나는 공식적으로 삼류임을 인정한 셈이 됐다. 그래서 그 다음부터는 삼류라고 떠벌리지 않는다. 속으로는 자그마한 목소리로 '사실 이류 평론가는 되지 않는가' 라고 위안하고 있는 것이다.

고금의 훌륭한 문필가의 저작을 곁눈질해 봤다면 나날의 일과에 쫓기며 썼던 그 보잘것없는 고통과 혜맴의 자취인 자신의 글을 놓고 천하의 걸작이라고 여기는 가련한 자만심은 양심이 허락하지 않을 것이다. 마루야마 겐지의 산문집 『소설가의 각오』를 읽고 기가 질린 적이 있는데, '뭐야 이거, 자기말고는 다 나가 죽으란 소리 아냐?' 란 심정이 절로 들었던 것이다.

소설가 마루야마는 거의 산사의 수도승처럼 매일 몸을 단련하고 아주 검소하게 살며 시골에 틀어박혀서 웬만해서는 도시에 나오지도 않는다. 쓰겠다고 마음먹은 게 있으면 세상과 담을 쌓은 채 기한을 정해두고 매일 끈질기고 철저하게 정해진 원고량을 쓴다. 돈도 별로 쓰지 않으며 술도 먹지 않는다. 그러다가 매일 방구석에 처박혀 글을 쓰는 것이 남자답지 못하다는 생각이 들면 하루 종일 산등성이를 달리거나 오토바이를 모는 것이다. 『소설가의 각오』는 단련으로 이골이 났으며 세상과 담을 싼 소설가가 거침없이 내지르는 일갈이다. '죽기 살기로 글을 쓰겠다는 마음이 없으면 당장 때려치워라!'

나로 말할 것 같으면 늘 마감이 닥쳐야 글이 써지는 벼락치기형이며 한때는 일주일에 한두 번은 꼭 폭음으로 스트레스를 푸는 못된 습관을 붙여서 체력이 달려 스스로 그만두기까지는 꽤 오래 그런 식으로 살았다. 학생들에게 공부하지 않는다고 거드름을 피우며 잔소리를 해도 본인은 책 한 권 읽기를 마치 무슨 팔만대장경 읽듯이 힘겨워하는 산만한 인간이다.

언젠가 누군가는 내 평론글을 한데 묶어 흔들면 알코올이 뚝뚝 떨어질 것이라고 말했는데 사실 그 말이 약간은 맞다. 숙취가 가시지 않은 상태에서, 밤새 술을 마시고 화장실에서 토하고 난 뒤에 책상에 앉아 속을 다 비워낸 것 같은 공허감 속에서 글을 쓴 적도 곧잘 있었다. 나는 그게 다 나를 비워가는 과정이며 마루야마 겐지의 그것과는 정반대의 자기 단련법이라고 스스로 강변하곤 했다. 어느 쪽도 에너지다. 단련하는 것도 에너지며 망가지는 것도 에너지다. 그럴 만한 기가 없으면 단련도, 망가짐도 가능하지 않다. 그런데 문득 두려워지곤 한다. 이거, 자꾸 비워만 가다가 고갈되는 게 아닌가.

나는 고갈되지 않는 에너지를 지닌 인간에게 경외감을 갖는다. 대학원 박사과정 수업에서 본 하라 가즈오의 다큐멘터리 〈가자, 가자 신군〉이라는 영화는 그런 인간을 다룬 영화 중에 으뜸이었다. 이 영화는 천황 생일에 파친코 알을 쐈다가 복역하고 나온 후 스스로 하늘의 군대, 신군의 일원이라고 믿고 천황을 비방하는 문구를 써붙인 차를 몰고 다니며 선전 투쟁을 하는 한편으로 대동아 전쟁 때의 전우와 상관을 찾아다니면서 그 당시 인육을 먹었던 상관들의 만행을 폭로하려고 애쓰는 오쿠사키 겐조의 삶을 담은 다큐멘터리다.

일본 사회에서 신격화된 존재인 천황에게 파친코 알을 던져 상해를 입히려 한 오쿠사키 겐조는 굉장한 배짱을 지닌 인간이다. 그는 자기 얘기를 영화로 만들어달라고 이마무라 쇼헤이 감독에게 부탁했는데 결기로는 오쿠사키 못지않을 듯한 이마무라도 이 천하에 두려울 것이 없는 오쿠사키의 정신상태에 은근히 겁이 났다. 이마무라는 당시 자기 영화의 조감독을 하고 있던 하라에게 오쿠사키의 다큐멘터리 제작을 대신 맡겼던 것이다.

나는 이 영화를 연출한 하라 가즈오 감독을 직접 만난 적이 있다. "요즘 일본 사회는 심심하다. 오쿠사키만한 괴짜가 점점 드물어진다. 그런 사람을 만나면 언제든지 다시 새 영화를 찍을 것"이라고 그는 말했다. 그렇게 말하는 하라 가즈오도 그 일이 마냥 즐겁지는 않았던 모양이다. 아마도 오쿠사키가 두려웠을 것이다.

〈가자, 가자 신군〉의 말미에는 동료의 인육을 먹으라고 지시한 상관을 죽이려다 실패한 오쿠사키의 에피소드가 들어 있지만 화면에는 구체적으로 나오지 않는다. 대신 신문기사를 잡은 화면처리로 간략히 넘어간다. 살인을 결행하기로 결심했을 때 오쿠사키는 하라를 불러 말했다고 한다. "하라 군, 나는 이제부터 상관을 죽이러 간다. 하라 군, 너는 그 광경을 카메라로 찍어라. 찍지 않으면 너를 죽이겠다." 하라는 그 순간에 카메라를 든 사람의 도덕을 고민했다. 그는 카메라로 그 장면을 찍는 대신 몰래 오쿠사키의 계획을 상대에게 알려줬다. 그러나 오쿠사키는 계획을 실행에 옮겼고 상관을 죽이는 대신 그의 아들에게 단총으로 중상을 입혔다.

하라의 회고를 들을 때 나는 그렇게 말하는 일본 사람의 정신상태가 다소 무섭게 느껴졌다. 하라 가즈오나 오쿠사키 겐조나 보통사람들은 아니다. 〈가자 가자 신군〉을 다시 보니 이 영화는 카메라를 든 하라 가즈오와 카메라 앞에서 '연기하는' 오쿠사키 겐조의 기 겨루기처럼 보이는 것이었다.

오쿠사키는 언제나 하라의 카메라가 옆에서 지켜보고 있다는 사실을 의식하면서 행동한다. 그는 상대보다 더 많이 말하려고 안달이 나 있으며 툭하면 "나는 천황에게 파친코 알을 쏜 사람이다. 내가 너를 패주는 것은 방귀 뀌는 것보다 쉬운 일이다"라는 투의 말을 장황하게 내뱉는다. 다큐멘터리였지만 카메라가 따라붙는 그 순간부터 그는 지금 막 벌어지고 있는 현실에서 미리 방향이 짜여지지 않은 즉흥연기를 시작하는 것이다. 오쿠사키는 사전 연락도 없이 대동아 전쟁 당시의 전우나 상관의 집을 불쑥 방문한 뒤에 카메라 앞에서 그 당시 병사들이 동료의 인육을 먹은 경위를 밝히고 막무가내로 진술을 받아내기 위해 돌진한다. 말로 때로는 행동으로. 영화의 어느 한 단락에서 오쿠사키는 상대를 주먹으로 때리다가 소란을 듣고 달려온 이웃들의 제지를 받고 밑에 깔렸다. 용감한 신군으로 화면에 보이고 싶었던 오쿠사키는 카메라를 치우라고 열심히 손짓하는 것이었다.

오쿠사키의 싸움은 잘못된 것이다. 천황은 일본의 실제 권력이 아니기 때문이다. 오쿠사키는 가상의 상징적 권력과 싸우고 있었다. 그게 오쿠사키에게 중요하진 않았을 것이다. 오쿠사키는 자신의 명예를 높이기 위해 노출증 환자에 가까운 정신상태로 카메라의 주역을 애서 자청했다. 그가 자랑스럽게 싸우는 동안 그의 가련한 아내는 그를 보좌하느라 인생을 허비한다. 좋아할 수 있는 인간은 아니지만 오쿠사키라는 인간 자체가 대단한 스펙터클이다.

하라 가즈오가 1974년에 발표한 초기작이자 하라의 애인이었던 여자의 삶을 담은 다큐멘터리 〈극사적 에로스〉에서도 나는 그런 모습을 어렴풋이 엿보았다. 이 영화에서 하라의 애인은 일본의 식민지인 오키나와에 가서 새로운 삶을 시작하겠다고, 그러니 그걸 다큐멘터리로 찍으라고 하라에게 부탁한다. 미군 기지가 있는 그곳에서 양공주들과 함께 생활하면서 스트리퍼로 살아가는 그 여자의 삶은 진흙탕에 뒹굴면서 자기를 시험하는 일종의 개인적인 모험이다. 나는 거창한 명분을 내걸지 않은 그 여자의 모험을 완전히 이해할 수 없었지만 그 처절함만은 굉장했다.

영화 말미에 여자는 직접 방 안에서 홀로 아기를 낳는데 난산이다. 하라는 도와줄 생각은 않고 카메라로 찍는다. 혹시 자기 아이가 아닐까 걱정하던 하라는 이윽고 고통 끝에 태어난 아기를 보자 소리친다. "휴, 내 아이가 아니다." 그 아기의 살색은 검었다. 하라와 헤어진 직후 흑인병사와의 사이에서 생긴 아이였던 것이다.

일본 사회는 어느 쪽으로든 극단적인 구석이 있다. 앞서 말한 일본 영화들은, 비록 일본 영화계의 다수가 아니라 소수파 독립영화이기는 하지만 일본이라는 국민적 정체성을 벗어나 자기만의 유토피아를 찾으려는 소수 일본인들의 마음을 대변하는 것으로 보였다. 어떤 일본인들은 일본을 갑갑해하고 있다, 라는 것이다. 오늘의 일본 사회가 여하튼 개인의 자유를 더 많이 누리는 쪽으로 혹시 가고 있다면 그건 굉장한 기를 지닌 무명의 개인들이 사회 구석에서 자기만의 모험을 한 끝에 나온 결과가 아닐까. 하라 가즈오나 마루야마 겐지처럼 일본 사회에는 자기 에너지를 관리하면서 굉장한 뚝심으로 살아가는 인간들이 있는 것이다.

그럼 나는 어떤가. 나는 그만한 결기는 없고 그저 할 수 있는 데까지 버티고 싶다. '고작 그게 희망이란 말인가' 라고 힐난해도 할 수 없다. 시사회장에서 원로 평론가 선생들을 만날 때마다 나는 두려워진다. 비례를 무릅쓰고 말해 죄송하지만 쓸 지면도 없는 상황에서 원로 대접을 받으며 시사회를 찾는 노평론가의 삶이라면, 재미없을 것이다. 평론가의 글을 사회가 원하지 않는데도 굳이 글을 써서 팔겠다면 그거야말로 과분한 희망이다. 그럼에도 나는 이 바닥에서 버티면서 경험을 쌓고 동시에 시대의 호흡도 놓치고 싶지 않다. 그게 쉽지 않다는 것도 안다. 동료나 후배 기자들에게 "당신 글은 곧 시효가 다할 거야" 란 말을 가끔

들었으니 마루야마 겐지식으로 꾸짖는다면 나도 정신 차려야 한다. 언젠가 고은 시인이 "내 인생은 질주다"라고 말했는데 나도 그러고 싶었다. 그러나 나는 사실 시늉만 하고 살았다. 질주하는 인생을 흉내내보고 싶었으나 사실은 술만 먹은 데 지나지 않았던 것이다. 그걸 깨달은 다음에 정신을 차리자고 다짐하고 있는 것이다.

전업평론가의 길에서 한 걸음 물러나 대학 강단에서 학생들을 가르치는 일이 주업이 된 지금도 그런 다짐의 마음은 변함이 없다. 한때 영화 보기를 잠자는 것만큼이나 좋아한다고 믿었던 시절도 있었지만 평론가가 된 이후의 나에게는 영화를 사랑하는 태도보다 평론이라는 일을 더 중요하게 여기는 태도가 필요했다. 괴롭지만 그 두 가지 태도가 늘 평화롭게 공존했던 것은 아니다.

결국 영화에 관한 사랑도 무엇이 좋고 나쁜지를 놓고 토론하는 가운데 표현되는 것이다. 나는 영화를 사랑하지만 세상의 모든 영화를 사랑하는 것은 아니다. 그리고 어떤 영화를 좋아했다면 그 좋아하는 감정이 영속될 것인지 확신할 수도 없다. 지금의 내가 미래의 나와 똑같다면 그것만큼 끔찍한 일이 또 있을까. 마찬가지로 지금 좋아하는 영화가 미래에도 좋아할 영화인지 나는 확신할 수 없다. 그러니 영화가 좋고 나쁘다고 말할 때 흥분하지 않기 위해 나 자신과 영화 사이에 어떻게 거리를 두지 않을 수 있겠는가. 앞으로도 나는 자기 판단에 확신을 가질 수 없는 이류 평론가의 진심으로, 마루야마 겐지처럼 극단적으로까지는 아니더라도 최선을 다해 글을 쓸 도리밖에는 없는 것이다.

미성년자 관람불가 영화중독자

미성년자 관람불가 영화를 미성년자 시절에 몰래 보는 쾌감은 해보지 않으면 모른다. 특히 교복을 입고 성인영화를 보는 쾌감은. 1970년대 후반, 중학교에 시절의 나는 곧잘 미성년자 관람불가 간판이 걸린 극장을 출입했는데 그때 〈속 별들의 고향〉, 〈나는 77번 아가씨〉, 〈아침에 퇴근하는 여자〉류의 성인 멜로영화를 보았다.

한번은 친구 몇 명을 부추겨 함께 극장에 들어갔다가 단속 나온 선생님에게 걸리는 바람에 다음날 아침 조례 시간에 담임선생에게 시범 케이스로 엄청 기합을 받은 적이 있다. 지금도 기억난다. 교실에 들어오자마자 담임선생은 거두절미하고 말했다. "튀어나와." 군대 내무반에서 점호받다 잘못을 저지른 졸병처럼 후다닥 뛰어나가 교탁 앞에 일렬로 줄을 선 우리에게 담임선생은 물었다. "주동자가 누구야?" 나는 쭈뼛거리며 앞으로 나갔다. "전데요……." 담임선생의 뺨

때리기가 시작됐다. 그가 따귀를 때리는 자세는 마치 권투선수 같았다. 그는 오른손을 내렸다가 체중을 실어 펄쩍 뛰어오르며 뺨을 때렸다. 정작 맞아보니 긴장 때문인지 하나도 아프지 않았다. 나는 뭐, 맞아보니 별것 아니군, 속으로 생각하면서도 억울한 마음을 금할 수 없었다.

나는 내가 본 미성년자 관람불가의 성인영화가 사실은 여주인공의 가슴도 온전히 노출되지 않은 건전한 영화라는 게, 그리고 그런 영화를 봤다는 게 죄가 되는 현실이 억울했다. 중고등학교 시절에 몰래 본 한국 성인영화에 여배우의 노출은 금기였다. 성 묘사가 나오더라도 그저 살짝 시늉만 하고 호스티스와 창녀를 비련의 여주인공으로 설정해서 상황 자체만 성인용인 성인영화를 나는 봤던 것이다. 영화에서 노출에 대한 규제는 그 후로도 오랫동안 지속됐다. 그건 참 이상했다. 마음만 먹으면 청계천에 가 외설 서적을 마음껏 구해볼 수 있었는데도 말이다. 더욱이 비디오가 나오면서부터는 불법 복제된 포르노를 집 안 거실에서 보는 게 공공연한 일상이 되는 시대가 됐는데도 말이다.

80년대 내내 영화 검열의 가혹한 통제는 그다지 수그러들지 않았다. 내가 처음 여배우의 벗은 가슴을 접한 건 브라이언 드 팔마의 〈드레스 투 킬〉이 상영됐던, 지금은 멀티플렉스로 새로 지어진 대한극장의 거대한 스크린에서였다. 주연을 맡은 앤지 디킨슨이 샤워를 하며 자기 육체에 반한 듯 몸을 쓰다듬는 장면에서 느낀 충격과 흥분이란! 훗날 비디오로 다시 보면서 그 장면이 앤지 디킨슨이 아닌 대역의 연기라는 걸 알았지만 어쨌거나 상관없었다.

그 장면은 여주인공의 성적 갈망을 드러내면서 관객의 동일시 시선을 유도하는 동시에 바로 그 성적 갈망 때문에 불길한 일이 벌어질 거라는 복선이기도 했다. 영화를 다 보고 나면 그걸 깨닫는다. 그러곤 휴, 한숨이 나오는 것이다. 그 당시는 5공화국이 출범한 지 얼마 안된 시기로, 사회 모든 면에서 유화적인 정책을 시행하던 때였다. 그러나 영화 검열은 곧 예전의 완고한 틀로 되돌아갔다. 좀처럼 스크린에서 배우의 노출을 볼 수 없었다.

그런 와중에 1985년 무렵인가 독일 문화원에서 원판으로 본 폴커 슐렌도르프의 〈양철북〉은 땅이 뒤집히는 듯한 충격을 주었다. 스스로 성장을 멈춰버린 난쟁이 소년의 가족사에 독일 현대사를 비유한 그 작품은 귄터 그라스의 소설을 영화로 만든 것이었다. 나는 독일 현대사에 무지했지만 적어도 그 영화에서 묘사된 압도적인 이미지와 거기에 깔린 섬뜩한 허무에는 오관이 얼어붙는 듯한 느낌이었다.

주인공 소년의 어머니가 친척 남자와 불륜을 저지르는 장면에서 나는 그때 포르노가 아닌 보통 극영화에서는 처음으로 여성의 온전한 나신을 보았다. 겉으로는 정숙한 주부처럼 보이던 그녀가 비명을 지르며 성교에 몰두하는 모습은, 그리고 그걸 있는 그대로 찍어낸 연출은 억눌린 본능이 어떻게 분출하는지 생생히 목격하는 느낌을 주었다. 이 영화에 묘사된 다른 정사장면도 모두 노골적이면서 뒤틀린 느낌을 주는 세상의 만화경이었다.

나중에 화면이 모자이크 처리되고 툭툭 잘려나간 출시 비디오를 나시 봤을 때 그 영화가 원래 지녔던 충격의 강도는 좀처럼 찾아볼 수 없었다. 영화 〈양철북〉이 비유한 나치 치하의 독일 현대사 묘사가 얼마나 정치적으로 올바른 것인지 비평하기는 어렵지만 국내 개봉판을 가지고서 논하는 건 분명 난센스였다. 그건 마치 곳곳을 찢어내거나 빨간 펜으로 가린 소설책을 읽는 경험 같은 것이다.

꼭 성적 관능에 관한 노출 묘사가 아니더라도 때로 노출은 우리가 좀처럼 접하기 힘든 진실을 목격하는 체험을 안겨주기도 한다. 알렉산더 클루게의 〈어느 여자 노예의 임시부업〉이라는 독일 영화가 생각난다. 클루게의 여동생이 직접 출연한 이 영화는 직업이 주부인 여성의 삶을 노예의 삶에 견준, 내용이나 형식이 진보적인 작품이었다.

영화 중반에 여주인공이 낙태를 하는 장면이 나온다. 전혀 예상치 못했지만, 영화는 그 수술 장면을 있는 그대로 다 보여준다. 여성의 성기에 ㄴ자 모양의 도구를 집어넣고 손가락 크기만한, 아직 생명의 형체를 다 갖추지 못한 태아를 자궁에서 꺼내는 그 광경을. 아이를 꺼내 핀셋으로 집어 바닥에 놓았을 때 그 미완의 생명체가 움찔하는 것 같았다. 나뿐만 아니라 그 장면을 본 모든 사람이 전율을 느꼈다.

〈어느 여자 노예의 임시부업〉은 브레히트의 소격효과를 응용한 급진적인 스타일의 영화이며 여성의 삶에 대한 정치한 분석을 내놓고 있었지만 나는 그 영화를 떠올릴 때면 영화에 대한 허다한 지적인 논평보다 그 낙태 장면이 가장 먼저 떠오른다. 여성의 육체 안에 잉태된 생명이 말 그대로 부서지는 광경을 있는 그대로 보여줌으로써, 여성의 육체에 가해지는 폭력과 부당한 삶의 조건을 매우 생생하게 웅변했던 것이다.

나체를 보고 성적인 흥분이 일어나는 건 자연스러운 현상이며 우리 삶의 관능을 만끽하는 하나의 방법일 수도 있다. 또, 나체를 본다고 반드시 성적 흥분이 일어나는 것도 아니다. 때로는 〈어느 여자 노예의 임시부업〉처럼 육체의 노출이 사회적 맥락을 폭로하는 수단이 되기도 한다. 사실 더 외설적인 것은, 스크린에서의 노출은 음탕한 것으로 보면서 룸살롱에서 남성 고객이 접대 여성의 허벅지를 만지는 풍경은 있을 수 있는 일이라고 여기는 우리 사회의 통념이다. 그건 관능을 자연스레 만끽하는 게 아니라 돈과 권력에 따라 욕망을 사고파는, 정말로 우중충하고 음탕한 우리 사회의 풍경이라고 생각한다. 스크린에 비친 사람의 벗은 몸이 불경하며 위험하다는 선입견은 도대체 어디서 오는지 모르겠다. 나는 아름다운 나체를 보는 게 즐겁다. 아름다운 육체를 지닌 사람이나 그걸 바라보는 사람이나 모두 그건 축복이라고 생각한다.

한참이 지난 후 세상이 많이 좋아져서 〈파리에서의 마지막 탱고〉, 〈감각의 제국〉, 〈로망스〉, 심지어 한국 영화인 〈거짓말〉도 극장에서 볼 수 있게 됐지만, 또한 여배우의 벗은 가슴을 볼 수 없었던 시절을 떠올리면 격세지감이지만, 모자이크 처리된 화면, 남녀의 음모가 조금만 비쳐도 가로막지 못해 쩔쩔매는 가련한 화면의 안개는 아직도 망령처럼 떠돈다. 이를테면 카트린 브레이야의 영화 〈로망스〉를 모자이크 처리된 화면으로 보는 건 난센스였다. 여성의 성기 노출을 부끄럽게 여기는 게 남성중심 사회의 완강한 통념이라고 생각하는 감독이 일부러 화면에 노골적으로 여성의 성기를 드러낸 것인데 결국 뭐가 뭔지 알아볼 수 없는 뿌연 화면으로 가려지고 만 것이다. 피터 그리너웨이의 〈8 1/2 우먼〉 역시 모자이크 처리된 화면으로만 본다면 우리는 역사상 가장 육체적인 동시에 정신적인 태도로 영화를 만드는 감독의 영화를 반쪽만 보게 되는 것이다.

스크린 위의 노출을 보고 흥분하는 것보다 스크린에 모자이크로 가려진 것들에서 압박감을 느끼는 것이 더 위험하다. 스크린을 통해 느끼는 욕망은 근본적으로 결핍된 욕망이다. 나는 스크린 위의 여성을 욕망하지만 스크린 위의 여성은 나를 욕망하지 않는다. 스크린을 통한 동일시는 잠시 동안 백일몽에 젖을 수 있게 해주는 것이다. 그 백일몽에서 해방감을 느낀다면, 때로는 그 백일몽에서 우리가 벌건 대낮에 보지 못하는 진실을 본다면, 스크린 바깥의 우리 삶은 더욱 환해질 것이다.

정말로 위험한 것은 스크린에서 관능을, 진실을 접할 기회를 주지 않는 억압된 문명이다. 문명이라는 가치 아래 금욕을 강제하는 사회는 병든 사회다. 나는 우리 사회에 좀더 많은 외설영화가 나왔으면 좋겠다. 더 세게 사람들의 욕망을 자극하고 풀어헤치는 영화가 더 많이 만들어졌으면 좋겠다. 눈치 보지 않고 대부분의 장면이 전신 나체로 채워져 있는 그런 영화가 많이 만들어졌으면 좋겠다. 인간의 나체를 보는 걸 두려워하는 사람에게서는 왠지 불감증의 가련한 증세가 풍긴다. 그 불감증은 세상의 아름다운 것과 추한 것을 분간할 줄 모르고 추한 것에서 진실을 볼 줄 모르는 사회의 모든 고상한 척하는 도덕률이, 사실 권력의 우산 아래 조종되고 있다는 걸 모르는 데서 나오는 것이다. 박물관 구석에 전시된 우아한 나체상보다는 밝은 대낮에 공공연히 볼 수 있는 살아 있는 나체를 보고 싶다. 아니, 그전에 모자이크로 가리지 않은 온전한 나체를 스크린에서 보고 싶다.

어린이의 세상

    나는 어린이날에 얽힌 추억이 별로 없다. 어린이날이라고 특별히 챙기면서 지낼 만큼 가정 형편이 그렇게 넉넉한 편은 아니었다. 유일하게 남아 있는 기억은 초등학교 4학년 때 우리 반 대표로 효창운동장에서 하는 어린이날 행사에 초대받은 일이다. 그날 아침은 날씨가 참 애매했다. 금방 비가 올 것 같았지만 내리지 않는 그런 날씨였다. 행사가 취소될 것이라 짐작한 아버지는 영 탐탁지 않은 눈치였지만 내 성화에 못 이겨 결국 길을 나섰다. 버스를 몇 번이나 갈아타고 도착한 효창운동장은 안타깝게도 한산했다. 행사는 열리지 않았다. 아쉬웠지만 하는 수 없었다. 그것만이 기억난다. 굉장히 아쉬웠던 그 기분 말이다.

    그날 아버지와 나는 남산 근처를 구경했으며 허름한 어느 분식집에서 튀긴 달걀을 먹었다. 그건 처음 먹어보는 음식이었다. 처음 경험한 것은 또 있었다. 남산을 내려와 걷던 남대문 근처 빌딩의 위용은 어린 나를 압도하는 것이었다. 뭐랄까, 매일 집 근처 동산에서 뛰어놀던 게 고작이던 나는 세상의 또다른 진짜 모습, 내가 알지 못하는 어른들의 세상을 슬쩍 엿본 기분이었다. 그건 어린이날에 불려지는, '5월은 어린이날 우리들 세상'이라는 노래말과 별로 어울리지 않는 기분이었다.

어린 시절이 우울했다는 말은 아니다. 어리다는 것, 젊다는 것은 그 자체만으로 바깥 세상의 질서에 눌리지 않는 어떤 활기를 떠올리게 한다. 프랑수아 트뤼포의 초기 영화인 〈400번의 구타〉나 〈피아니스트를 쏴라〉를 처음 봤을 때 인상적이었던 것은 달리는 아이들의 이미지였다. 영화 내용의 줄기와는 전혀 상관없이 아이들의 달리는 모습에 담긴 활력은 감독이 화면 이면에 깔고 있는 낙관적인 삶의 긍정을 느끼게 하는 것이었다.

감옥 같은 학교와 학교 같은 집을 오가며 인생의 아무런 낙이 없는 소년 앙투안의 어린 시절을 담은 〈400번의 구타〉는 물론 슬픈 성장영화다. 어린아이에게 벌써 아무 데도 발 붙일 곳이 없다는 자각이 오는 건 잔인한 일이기 때문이다. 영화의 말미에 앙투안은 소년원에서 몰래 빠져나와 하염없이 달린다. 카메라는 달리는 소년의 무표정한 얼굴을 오래, 아주 오래 비춘다. 이윽고 소년이 당도한 곳은 바닷기디. 소년이 원을 그리며 바닷가 근처를 달릴 때 소년의 얼굴은 웃지 않지만, 어딘가 먼 곳을 응시하고 있어도 초점은 없는 듯이 보이지만, 그 눈동사에는 근본적인 낙관이 묻어 있다. 이 아이는 잎으로도 어디론가 달릴 수 있는 기회가 많이 있을 것이다. 그게 그 시절에 내린 유일한 축복이기도 할 것이다.

나는 물론 그렇게 불우한 성장기를 보내지 않았으며 오히려 너무 평범해서 이야깃거리가 없는 그런 시절을 보냈다. 아무런 생각 없이 그저 조금이라도 더 놀고 싶어 안달하는 어린 시절을 보냈던 것이다. 내가 어렸을 때는 요즘처럼 학원 바람이 심하지 않았다. 머리가 좋아진다고 주산학원을 다닌 적이 있었지만 머리가 나빴는지 번번이 주산 3급 시험에 떨어졌다. 나는 주산학원에 다니는 것보다는 주산학원 앞마당에서 가끔 축구를 할 때가 더 신이 나서, 축구를 하지 않는 날이면 크게 실망해 학원 수업도 받는 둥 마는 둥 했다. 어머니도 별 수 없이 포기했다. 어머니는 내 성적이 떨어질 때마다 매를 드셨지만 틈만 나면 공놀이에 정신이 팔린 나는 그 매의 두려움을 놀이의 유혹으로 이겨냈다.

나에게 장래희망은 까마득히 먼 미래의 얘기였고 게다가 툭하면 바뀌었다. 초등학교 6학년 때는 몬트리올 올림픽에서 장거리 종목 3관왕이었던 핀란드 선수 비렌의 뛰는 모습에 반해 장거리 주자를 꿈꾼 적도 있다. 뙤약볕에도 매일 마라톤을 한답시고 달리는 나를 보다 못해 동네 사람들이 어머니에게 이른 적도 있었다. 저러다 애 더위 먹어서 실성할라, 귀띔을 해주면 어머니가 길가에 달려나와 미친 듯이 달리는 나를 꾸짖었다. 그래도 나는 달리기를 포기하지 않는데, 그해 가을 학급 테스트에서 핸드볼 선수였던 같은 반 친구에게 일등을 빼앗기면서 싱겁게 장거리 주자의 꿈을 포기했다. 아무리 악을 쓰며 달려도 그 친구를 따라잡지 못하는 내 몸에 실망해서, '올림픽은 무슨 올림픽, 반 일등도 못하는 주제에'라며 포기했던 것이다. 그 다음엔 축구선수를 꿈꿨지만 그것도 접었다. 운동장에서 펄펄 날듯이 뛰어다니는, 나보다 한 뼘은 더 큰 어떤 아이의 축구 실력을 못 당했던 것이다. 좋아하는 걸 하고 싶지만 그걸 즐길 수 있을 만한 실력이 되지 않는다고 생각되면 나는 잽싸게 장래희망을 포기했다. 그래도 되는 시절이었던 것이다.

요즘의 아이들을 보면서 나는 감옥 같은 학교와 학교 같은 집을 오갔던 〈400번의 구타〉의 그 앙투안의 모습을 떠올린다. 유치원 때부터 아이들을 온갖 학원에 몰아넣느라 바쁜, 살인적인 성장 스케줄에 따라 이토록 아이들을 다그치는 곳은 지구상에 또 없을 것이다. 중고등학교가 평준화되지 않은 예전에도 과외 열풍이 있긴 했지만 이 정도는 아니었을 것이다.

사회제도는 평준화란 이름으로 평등의 표식을 달기 위해 안달이지만 그건 가짜 시늉이다. 세상이 평등하지 않은데 학교만 평등할 리 없기 때문이다. 부모들은 평준화란 이름의 그 획일적인 세상의 질서에서 조금 더 튀는 존재로 만들기 위해 아이들을 삭막한 학원괴담의 주인공으로 만들고 있다. 요즘 아이들이 내 어린 시절처럼 놀 수 있을까? 학원에 가지 않고 놀려고 해도 친구가 없어서 곤란하지 않을까? 노는 아이들이 많지 않은 세상은 곤란한 세상이다. 그저 자기 식대로 노는 애들이 많아져야 한다. 훗날 개개인이 서로 다른 다양한 성장 스토리를 풀어놓을 수 있어야 세상이 풍요로워진다. 모두 함께 거내한 사회의 훈육체계에 억눌린 기억밖에 없는 사회는 불행할 것이다. 그 미래를 생각하면 좀 우울하지만 매년 5월 5일에는 어김없이 이 노래가 들린다. '5월은 어린이날 우리들 세상.'

샘 페킨파와 스티브 맥퀸

내가 가장 자주 만나는 감독 중에 〈킬리만자로〉의 오승욱 감독이 있다. 그는 〈킬리만자로〉 이후 척박한 한국 영화계의 희생자가 되어 좀처럼 후속작을 만들지 못하고 있는데 내가 봤을 때 그의 영화 내공은 웬만한 중견 감독의 수준을 훨씬 뛰어넘는다. 그런 그가 영화에 대해 좀 안다고 자부하는 젊은 투자담당자들의 비위에 맞지 않는다는 이유로, 혹은 상업성이 없다는 이유로 자신이 쓴 근사한 시나리오가 헤아릴 수 없이 검열당하고, 그것도 모자라 새 영화를 만드는 데 어려움을 겪고 있다는 것이 르네상스를 맞았다는 한국 영화계의 현실이나. 슬픈 일이 아닐 수 없다.

각설하고, 그와 나는 술자리에서 가끔 조심스레 서로의 취향을 염탐하면서 좋아하는 영화 목록을 상호검색하곤 하는데 선호하는 대상이 너무 비슷해 소름이 돋을 만큼 깜짝 놀라곤 한다. 그와 내가 우징을 본격적으로 나누게 된 것은 샘 페킨파의 영화들에 대한 추억 때문이었다. 〈와일드 번치〉와 같은 그의 대표작뿐만 아니라, 텔레비전에서 방영한 시기까지 거론하며 그의 모든 영화들을 보고 좋아했던 기억이 우리를 뭉치게 했던 것이다.

지금도 페킨파의 영화를 텔레비전에서 우연히 보게 되면 끝까지 다 보게 된다. 고등학교에 다닐 때는 페킨파야말로 영화 역사에서 유일한 거장인 줄 알았다. 80년대 초 당시에는 좋은 영화를 볼 기회도 장소도 별로 없었다. 비디오는 아직 일상화되지 않았고 외국영화는 연간 수입 편수가 제한돼 있던 시절이었으며 텔레비전에서는 닳고 닳은 옛날 영화만을 틀어주고 있었던 시대였으니까. 나는 그때 고 하길종 감독의 평론집 『영상 인간 구원의 메시지』를 성서처럼 겉장이 해질 때까지 읽고 또 읽었다. 그 책을 통해 뉴 아메리칸 시네마에 관한 논문을 읽은 나는 감독들의 이름을 달달 외웠는데 그 중에는 훗날 '폭력의 피카소'란 별명을 들은 페킨파의 이름도 있었다.

페킨파의 영화는 사춘기 시절 내 정서와 딱 맞았다. 비록 텔레비전 방영에 맞게 삭제된 것이긴 했지만 스티브 맥퀸과 알리 맥그로가 나온 〈겟어웨이〉는 거대한 충격을 주었다. 영화 말미에 남녀 주인공이 국경을 넘어 멕시코로 향한다. 그들은 범죄자들이지만 잡히지 않는다. 그 결말이 충격적이었다. 부당한 세상에 부당한 방법으로 맞선 사람들이 멋지게 세상에서 살아남은 것이다. 이 영화말고도 〈어둠의 표적Straw Dog〉, 〈던디 대령〉, 〈철십자 훈장〉 등의 영화는 한국·홍콩 합작의 싸구려 무술영화에 익숙했던 내게 복음을 주었다. 페킨파의 폭력영화에는 멋이 있었다. 소년은 그 멋, 자신이 발 담글 수 없는 그 세계의 멋에 취했던 것이다.

페킨파의 후기작 〈철십자 훈장〉은 독일군의 관점에서 바라본 전쟁영화다. 이 영화에서 가장 흥미로운 장면은 제임스 코번이 연기하는 주인공 스타이너 상사가 부상을 입고 격렬한 전쟁터에서 병원으로 후송된 후 거기서 조용하고 매력적인 간호사와 몸과 마음을 나누는 장면이다. 센타 버거라는 이름의 퍽 독특한 매력이 있는 여배우가 연기하는 간호사는 어쩌면 스타이너와의 관계가 오래가기를 바라는 듯하지만 무뚝뚝한 스타이너 상사는 무슨 생각을 하는지, 그녀를 좋아하기나 하는 것인지 알 도리가 없다. 간호사와 함께 밤을 보낸 스타이너는 베란다에 나왔다가 다시 전쟁터로 떠나는 동료 병사를 본 후 거두절미하고 그를 따라나선다.

"전쟁이 그렇게 좋아요?"라고 묻는 센타 버거에게 스타이너는 대답하지 않는다. 세상에, 그런 인간이 제대로 된 인간일까. 평생을 걸려도 만나기 힘든 여자를 두고 떠나는 남자는 바보다. 그는 그녀를 좋아하지만 그럼에도 불구하고 아무 말 없이 전쟁터로 떠난다. 그건 체념이다. 행복한 삶을 살 수 없다는 체념이다. 전봇대 불빛에 모여드는 부나방 같은 인간의 숙명을 받아들이는 것이며 죽을 줄 알면서도 목숨을 건 자동차 경주에 도전하는 카레이서의 마음가짐 같은 것이다. 말로 구구절절 풀어놓지 않고 행동으로 드러내는 것은 샘 페킨파 감독의 하드보일드한 감성 탓일 것이다. 겉은 무뚝뚝하지만 속은 부드러우며 그렇다고 결코 감상에 빠지지 않는 것, 그게 페킨파 영화의 본령이다.

〈철십자 훈장〉에는 독일군 상사인 스타이너가 포로로 잡은 러시아군 소년 병사를 풀어주는 장면이 나온다. 소년은 고마움의 표시로 갖고 있던 하모니카를 스타이너에게 말없이 건네준다. 소년이 달려나갈 때, 화면은 갑자기 침묵으로 덮이고 저 앞에 기습을 감행한 적군의 무리가 삼삼오오 이쪽으로 침투해오고 있는 것이 보인다. 스타이너의 놀란 표정이 진정될 사이도 없이 스르륵 소리 없이 진군해오는 적군들의 모습에 이어 정적을 깨는 총소리가 들리고, 빗발치듯 날아드는 총알을 맞고 나뒹구는 소년의 몸에선 피가 튄다. 그때 화면은 페킨파가 즐겨 쓰는 슬로 모션으로 바뀐다. 아이의 연약한 몸은 피투성이가 되고 걸레처럼 나뒹군다.

페킨파 영화에는 어떻게 해도 폭력의 순환을 끊을 수 없을 것이라는 체념이 들어 있다. 그럴 때 할 수 있는 것이라곤, 멋과 슬픔을 동시에 자아내는 슬로 모션 기법으로 폼을 잡는 것뿐이다. 요즘은 그런 폼이 그립다. 페킨파 선생을 흉내낸 제자 오우삼의 영화에는 그런 하드보일드한 기운이 약하다. 조금 더 감상적이고 틀에 박힌 윤리로 돌아갔다고 할까. 페킨파의 영화에서 폭력이 그토록 강렬한 잔상을 남기는 것은 그게 낙오자의 폭력이기 때문이다. 시대를 잘못 만난, 또는 시대를 놓쳐버린 자의 부질없는 행동과 정서가 페킨파의 영화에는 깔려 있다.

오늘날 페킨파의 영화가 (자주 기억되고 있는지는 모르겠지만) 그래도 얼마간 기억되고 있다고 한다면, 페킨파의 영화에도 나왔던 배우 스티브 맥퀸은 정말 기억되고 있지 않은 것 같다. 페킨파의 영화를 관통하는 낙오자의 정서를 담백하게 연기했던 배우였는데 이상하게도 죽은 이후로는 셰인의 기억에서 잊혀져버렸다. 앞서 말한 페킨파의 〈겟어웨이〉라는 영화가 주는 매력은 스티브 맥퀸이 나오지 않았더라면 상당히 반감됐을 것이다. 생존에의 몰두, 자신의 미래의 행복을 위해 돈을 걸고 대결을 벌이는 맥퀸의 모습은 이전 영화에서 숱하게 찬미됐던, 어떤 명분을 걸고 싸우는 액션 영웅들의 모습과는 확연히 선을 그은 채, 찬양할 수는 없으나 어떤 장엄한 희생보다 훨씬 공감하게 되는 놀라운 사실적 매력으로 관객을 사로잡는다.

그런데도 맥퀸은 이 과정에서 특별히 격렬하게 분출하는 감정을 보여주지 않는다. 그는 약간 눈살을 찌푸린 채 말을 아끼고 성큼성큼 나아가는 특유의 걸음걸이로 세상의 도덕 따위는 안중에도 없이 자신의 생존을 위해 헌신하는 초라한 영웅적 미덕의 끄트머리를 붙잡고 있다. 이 사소한 영웅적 자질, 결국 자신을 보호하는 데 성공하는 남자의 이야기가 관심을 끄는 것은 모든 명분과 이념 따윈 나와는 상관없다는 투로 세상의 주변부에서 묵묵히 생존의 길을 걷는 한 인간의 진실이 담겨 있기 때문이다.

맥퀸은 동시대의 스타였던 폴 뉴먼이나 로버트 레드포드와는 달리 주로 액션영화 쪽에서 관객들의 호감을 샀으나 이상하게도 어떤 초월적 매력을 풍겼던 배우이기도 했다. 뉴먼이나 레드포드가 부잣집 자식 분위기를 풍기는 잘생긴 외모를 바탕으로 기성 제도에 곧잘 내드는 반항적인 이미지로 스타가 됐다면 스티브 맥퀸은 아무것도 가진 게 없는 노동자 계급의 티를 내지만 그런 것쯤 별로 상관없다는 투로 스크린에서 씩씩하게 걸어다니는 액션 영웅이었나.

그는 과시하거나 으스대는 분위기가 없었고 어떤 상황에서든 평정심을 잃지 않는 특이한 자기 집중력을 보여주는 인물을 연기했다. 그의 초기 출세작인 〈대탈주〉에서 그는 2차대전 당시 포로수용소에 갇힌 다른 연합군 포로들의 무리에 속해 있으면서도 어딘가 모르게 그들과는 따로 떨어져 존재하는 듯한 개별성을 지닌 존재로 관객에게 다가서는 매력을 보여주었다. 탈출에 실패했을 때도 경쾌한 걸음걸이로 돌아와서는 독방에 갇혀 캐치볼을 하며 아무 일도 없었다는 듯이 구는 소년의 명랑함 같은 것이 보는 이에게 해방감을 주는 것이다. 바로 이런 티 내지 않는 민첩성, 겉으로 요란을 떨지는 않지만 효율적인 방식으로 스크린에서 민첩성을 증명하는 맥퀸의 액션 스타로서의 자질은 실생활에서의 그의 모습과도 상당 부분 겹쳐지는 것으로 대중에게 비쳐짐으로써 더 효과를 얻었다.

맥퀸은 죽음과 종이 한 장 차이의 경계를 느끼면서 질주한다는 것에 큰 매력을 느낀다고 말한 프로 자동차 레이서이기도 했다. 영화를 찍지 않을 때 그는 경주용 자동차를 몰았다. 대중에게 유일하게 노출되는 그의 사생활은 자동차 레이싱에 나선 모습이었다. 이러한 면모는 삶에 전력하지만 그게 잘못돼도 크게 괘념치 않는다는 식의, 삶과 죽음의 경계에서 자유로운 듯한 맥퀸의 이미지에 큰 방점을 찍어준다.

영화에서 어떤 역할을 맡든 맥퀸은 세상의 무리들과는 한 발 동떨어져서 홀로 날렵하게 일을 처리하는 전문가의 단독자적 아름다움을 풍겼다. 모든 제도의 가치가 의심받던 60년대의 미국 사회에서 그가 추앙받는 스타가 된 것은 자연스러운 일이었다. 그는 무리에서 떨어져 나온, 무리에 속해 있어도 늘 예외적인 고립감을 풍기는 단독자의 고독을 즐기는 듯한 이미지로 스타의 지위에 올랐고 그걸 자신의 삶을 보호하는 무기로 삼았다. 그의 출연료는 올라갔고 그럴수록 영화에서도 멀어졌다. 70년대 중반 이후 그는 영화계에서 일시적으로 은퇴했다는 소문이 돌 만큼 할리우드에서 동떨어진 삶을 살았다. 그는 수염을 덥수룩하게 기른 채 날렵했던 초기와는 달리 퉁퉁 부은 몸집으로 카레이싱에만 몰두하는 모습으로 가끔 언론에 비치곤 했다. 그리고 암에 걸린 상태에서 그는 죽음의 신과 사투하는 듯한 모습을 보이며 둔한 액션을 펼친 〈헌터〉를 끝으로 세상을 떠났다. 1980년, 50세의 나이였다.

과묵한 민첩성, 또는 생색내지 않는 초연한 배짱이 스티브 맥퀸의 매력이었다. 아무것도 믿지 않으나 자신의 직분에 충실함으로써 자기 존재를 증명하는 고독한 전문가주의가 맥퀸의 트레이드 마크였다. 샘 페킨파와 스티브 맥퀸의 영화에서 우리가 자주 감동하곤 했던 매력, 사회적으로는 매우 불순한 반항심을 품은 이런 매력이 실은 어렸을 적부터 내가 봐온 영화에서 느낀 주요 뿌리가 아닐까 한다. 내가 좋아했던 영화들, 오승욱 감독과 친구가 될 수 있게 한 그 취향의 정체라는 것이 그렇다. 한껏 과시하는 영웅담의 홍수 속에서 조용히 세상의 기존 가치를 물리치는 낙오자, 소수에게만 인정받는 전문가, 안티히어로의 존재가 영화에 매력을 드리우는 요소임을 확인하게 된다.

■ 영화관을 나서며 ■

영화를 보고 나면 나는 늘 혼자 있고 싶어진다.

무협영화 키드의 주장

　나는 무협영화를 좋아했다. 한때 좋아하지 않는 척할 때도 있었지만, 그랬다. 류승완 감독이 데뷔작 〈죽거나 혹은 나쁘거나〉로 막 주목받을 때 그를 만나 인터뷰했던 나는 갑자기 오랫동안 가슴에 묻어뒀던 무협영화에의 기억이 새삼스레 떠올라 흥분되는 걸 느꼈다. 류승완 감독이 신이 나서 흠모했던 액션영화의 목록을 나열할 때 나보다 여덟 살 아래인 그와 내가 좋아하는 영화목록이 겹치는 부분이 신기했다. 류승완이 말했다. "다른 인터뷰와는 조금 다른 것 같아요. 이렇게 액션영화를 얘기한 적이 없거든요." 그러고 보니 나도 액션영화 키드였던 것이다.

　주머니에 용돈을 넣고 다닐 수 있게 된 중학생 시절부터 나는 뻔질나게 영화관을 드나들었는데 주로 홍콩이나 한국·홍콩 합작의 액션영화를 보러 다녔다. 혼자 다니면 심심하니까 창상 친구들을 몰고 다

넜다. 미성년자 관람불가 영화의 벽을 뚫기 위해 비교적 감시가 느슨했던 부천, 부평, 인천의 영화관을 순례하며 샅샅이 신작 액션영화를 훑기도 했다. 〈유성호접검〉, 〈무림천하〉, 〈사학비권〉, 〈소림사 10대 제자〉, 〈소림사 18동인〉, 〈생사결〉……. 그 중 걸작은 물론 이소룡의 〈정무문〉과 〈용쟁호투〉였다.

그런데 대학과 대학원을 거치는 동안 왜 액션영화를 좋아하지 않는 척했을까. 아마 질투심 때문이었을 것이다. 이소룡과 성룡으로 이어지는 내 무협영화 관람 계보는, 영화청년으로 불리던 80년대 중반에는 프랑수아 트뤼포와 장 뤽 고다르의 프랑스 누벨바그 영화를 좋아하는 학구적인 영화관람 계보로 바뀌어 있었다.

80년대 중반 이후 장안의 화제를 모았던 주윤발의 갱영화에 주변의 공부 잘했던 영화청년들이 열광하는 모습을 보고도 나는 묘한 질투감을 느꼈다. '어, 저건 예전에는 내 전공이었는데, 이제 저자들이 나만의 은밀한 컬트를 빼앗아가려 하는구나' 라는. 서극이 제작하거나 연출한 〈황비홍〉 시리즈와 〈동방불패〉 시리즈가 인기를 끌 때도 마찬가지였다. 〈황비홍〉에 사람들이 열광할 때, '새삼스레 이제 와서. 그 정수는 이미 옛날에 보여줬던 것인데' 라는 심정이 있었던 것이다. 무엇보다 먹물들에게는 어울리지 않는 강호의 의리나 비장미 같은 뒷골목 정서조차도 먹물들이 나눠 갖고 현학적인 말로 치장하는 것에 마음이 언짢았다. 나도 돼먹지 않은 먹물인데 말이다.

방위병으로 복무했던 1986년 겨울, 헌병대 보일러실에 파견 근무했던 나는 밤샘 근무를 마치고 아침에 퇴근할 때면 일부러 11시 무렵까지 기다렸다가 서울의 재개봉관을 순례하며 홍콩 영화를 놓치지 않고 보러 다녔다. 지금은 없어진 용산 극장, 청계천의 해천 극장, 노량진의 이름이 기억나지 않는 극장, 신촌 극장, 아현 극장, 대흥 극장…… 꽤 많았다.

그때 나는 다시 초중고생으로 돌아간 듯한 착각마저 들었다. 초중고생의 취향에 맞았던 홍콩 액션영화의 수준은 그때 다시 20대 청년에게 맞을 만한 수준으로 업그레이드돼 있었던 것이다. 그래도 나는 내가 액션영화광이라는 사실을 주위에 알리지 않았다. 그때의 내 지력으로는 도무지 그걸 말로 설명할 수 없었다. 무엇보다도 한참 방위병으로 구박 받으면서 생활하고 있는 현실의 나와 스크린 속의 액션영웅과는 거리가 멀었던 것이다.

무협영화 영웅의 시조로 통하는 왕우의 영화는 내게 단편적인 이미지밖에 남아 있지 않다. 조금 더 나이가 든 중학 2년생 무렵 본 〈유성호접검〉은 홍콩 무협영화와 잊을 수 없는 열광의 끈을 맺어줬다. 〈유성호접검〉이 우리 세대의 무협영화 걸작으로 지금까지 회자되는 데는 상대적으로 복수와 음모의 플롯이 짜임새 있었기 때문이 아닐까. 나는 그 영화를 세 번 봤지만 내가 억지로 데리고 간 인천의 한 영화관에서 그 영화를 본 친구들은 영화에 실망한 눈치였다. 장면 묘사를 곁들이며 근사하게 그 영화에 대한 환상을 부추겨 영화관으로 꼬드긴 내 거짓말에 속았다는 표정이었다.

또 기억나는 영화가 있다. 1977년 지금은 사라진 국제극장에서 상영했던 〈무림천하〉. 천하의 무림 고수들이 온갖 함정이 숨어 있는 무림탑에 올라가 천신만고 끝에 최고수를 가린다는 내용의 그 영화는 무사들이 하늘을 날고 주인공의 한 주먹에 상대편 무사들이 천지를 가르며 날아 떨어지는 압도적인 예고편에 비해 본편이 아주 시시했고 특히 결말은 아주 실망스러웠다.

그때도 친구들을 꼬드긴 나는 개봉관 입장료를 감당하느라 거액의 돈을 투자한 뒤 전회 매진의 장벽을 뚫고 간신히 마지막 회 입장에 성공했다. 그러나 나와 친구들은 마침내 무림 최고수 두 명이 무림탑에 올라가 벌인 결투의 결말에 실망해서 어쩔 줄 몰랐다. 두 고수가 하늘을 날아 일합을 겨룬 뒤 한 무사가 이렇게 말하는 것이었다. "이제 강호의 진정한 고수를 만났으니 나는 초야에 묻히겠다." 그 무사는 하늘을 날며 무림탑을 떠난다. '아니, 저럴 수가. 어쩜 저럴 수가. 그 높은 탑에 올라갔으면 목숨을 걸고 멋진 결투를 보여줘야지. 이렇게 관객을 실망시킬 수가.'

훗날 지방대학에 출강하던 무렵, 기차 안에서 시간을 때우기에는 무협지만큼 좋은 게 없다는 걸 실감하면서 읽었던 무협지는 〈무림천하〉의 결말에 깔린 심오한 뜻을 쉽게 일러줬다. 강호의 고수들은 정정당당하게 겨루기 위해 서로 어떤 초식을 쓰는지 정보를 교환하고 일전을 벌인다. 누구든지 일합을 겨루면 상대가 얼마나 심후한 내공을 갖고 있는지 알 수 있다. 대부분의 하수들은 그럴 때 암기를 쓴다. 그럼 강호가 혼탁해지며 진정한 고수를 가리는 합 겨루기가 무의미해지는 것이다. 〈무림천하〉에서 강호를 떠나겠다고 천명한 그 고수는 진정한 협객이었다. 일합을 겨루면 굳이 결투할 필요가 없을 때도 있다. 무협영화에도 도가 있는 것이다.

　사방이 온통 군사문화의 흔적으로 둘러싸인 70년대와 80년대를 보내면서 무협영화에 열광했던 것은 우리 세대의 통과의례 같은 것이었다. 폭력을 폭력으로 푸는 복수극의 단순한 플롯을 지닌 무협영화에 열광했던 것은 내 또래의 정신적 미성숙을 증명하는 것이자 얼마간은 그 시대의 문화적 미성숙을 증명하는 것이기도 할 것이다. 폭력이 폭력을 낳고, 말과 논리로 갈등을 풀어낼 수 없는 것은 바로 그 시대의 특징이기도 했으니까. 7, 80년대는 끔찍한 폭력의 시대였다. 흰옷을 입은 검객 왕우가 끝내 피투성이로 죽어가는 〈금연자〉나 이소룡이 일본군 앞에서 공중으로 박차고 올라가며 죽는 〈정무문〉의 끝장면은 뭔가 비감한 시대의 표정과 통하는 게 있었을 것이다.

　대개 뒷골목 정서라는 것은, 또는 무협영화의 정서라는 것은 아무리 멋있게 포장하더라도 이성의 그릇으로 접수할 수 없는 갈등의 면면을 폭력으로 푸는 것에 다름아니다. 그건 우리 사회의 모습이기도 하다. 언론도, 시민 개개인의 논리도 전후좌우를 재는 것이라기보다는 이기적이며 요령부득인 경우가 많다. 그럼 어떤 형태로든 폭력의 순환에 빠져들 것이며 대개 피해자는 약자들이다.

　이안의 〈와호장룡〉을 좋아했던 것도 그 때문이었다. 이안 감독은 혼탁한 강호를 대하는 진성한 협객의 사세를 보여주면서 과묵한 사색의 여백을 불어넣었다. 영화 초반, 깊은 내공을 연마하고 북경에 돌아온 강호 최고수 리무바이는 무술을 연마하는 도중에 얻은 경험을 수련에게 말한다. "갑자기 사방이 짐묵으로 뒤넓었어." 수련이 "나침

내 도를 깨치셨군요"라고 묻자 리무바이는 완곡하게 부정한다. "그건 아니야. 그건 마치 죽음과도 같은 침묵이었어."

느린 리듬으로 리무바이와 수련을 소개한 이 처음 10여 분이 지나면 지붕 위를 날아다니며 싸우는, 벌어진 입을 다물지 못하게 하는 액션 장면이 펼쳐진다. 정중동의 고른 호흡으로 〈와호장룡〉은 평온한 드라마와 격렬한 액션을 오간다. '웅크린 호랑이와 숨은 용'이란 뜻의 제목처럼 평정을 다스리는 강호 고수들의 내면에서 용틀임하는 감정의 흐름을 따라가는 것이다. 심후한 내공을 얻기 위해 몸과 마음을 다스리는 강호 고수들의 내면은 평정하지만 그건 죽음과 닮은 어떤 것이다. 동서양을 오가며 작업한 이안은 흥미로운 해석을 덧붙인다. 리무바이와 수련의 세계가 해탈의 경지에 가까운 평정의 세계라면 그것은 행복한 삶일까?

은퇴를 결심한 리무바이의 보검 청명검을 장난삼아 훔친, 옥대인의 젊은 딸이자 무술 고수인 용은 리무바이나 수련과는 다른 삶을 살아간다. 용의 내면은 욕망으로 질주하는 역동적인 활기로 가득 차 있다. 용과 사랑하는 사이인 마적단 두목 호의 내면도 마찬가지다. 아직 스스로를 다스릴 필요를 느끼지 않는, 자기 내면의 욕망을 따라 적극적인 행동으로 옮기고 싶어하는 행동주의에 충실한 인간인 것이다. 리무바이가 용을 처음 본 순간, 그리고 그녀가 자신의 사부를 죽인 '푸른 여우'의 수제자라는 것을 알고 난 후에도, 그녀를 수제자로 삼고 싶어하는 것은 바로 그 때문이다. 리무바이는 용에게서 그가 억누르고 있던 욕망의 젊고 역동적인 활기를 본 것이다.

〈와호장룡〉은 욕망을 다스림으로써 행복해질 수 있는 것인가, 아니면 욕망에 충실함으로써 행복해질 수 있는 것인가, 라는 무협영화에선 좀처럼 볼 수 없었던 통찰을 끄집어낸다. 〈와호장룡〉의 드라마는 이야기의 틈새에 화려한 무협액션을 배치해놓고 등장인물의 몸동작을 따라 욕망을 다스린 자와 욕망에 충실한 자가 의사소통하는 안무를 꾸며낸다. 그러나 발산하는 욕망과 인내하는 평정심의 조화는 〈와호장룡〉의 누구도 얻어내지 못했다. 사랑하지만 서로 끝내 그 마음을 표현하지 못했던 리무바이와 수련의 관계는 물론이고, 젊은 용과 호도 끝내 사랑을 완성하지 못했다.

영화 초반, 용은 수련에게 말한다. "강호는 자유롭다지요. 나도 강호를 떠돌며 살고 싶어요." 수련은 "며칠 동안 목욕도 못하고 모기에게 뜯기면서 자는 생활이 강호의 삶이라고 책에는 씌어 있지 않을 거야"라고 일러준다. 자유와 그것에 따르는 고독감. 모든 것을 초월했다고 느낀 순간에 리무바이에게 찾아든 진공과도 같은 천상의 해탈감도 그렇지만 스승인 푸른 여우를 속이면서까지 몰래 무술을 연마해 강호 최고수를 꿈꿨던 용의 야망 역시 근원적인 결핍감에서 벗어날 수 없다.

영화의 절정부에 리무바이와 용은 대나무 잎을 밟으며 싸움을 벌인다. 대나무를 휘청거리게 하는 용의 힘은 대나무의 중력을 이용하는, 물 흐르듯이 사뿐한 리무바이의 내공을 이겨내지 못한다. 용은 강호를 다스리려는 욕망에 불탔지만 최고의 무공에 이르지 못했고 리무바이는 강호를 떠나려던 그 순간에 최고의 무공에 도달했다. 그것이 세상 이치다. 최고의 무공은 다스리지 않고 조화하며 삼라만상의 기운과 조응하는 자기 내면의 기를 끌어낼 때 완성되는 것이다. 그러나 그것을 깨달은 리무바이도 용의 질주하는 욕망, 젊음의 활기를 은근히 부러워한다. 그것도 세상 이치다. 어느 쪽도 결핍이다. 진정한 자유는 그 결핍을 인정하는 것이다. 영화 마지막에는 그 결핍을 초월하는 용의 해결방식이 나온다. 이런 것을 보며 무협영화를 좋아했던 내 취향을 긍정하게 되는 것이다.

왕우의 진면목

내가 어렸을 적 왕우는 이미 전설 속의 스타였다. 부모님을 졸라 용돈을 타내거나 아무도 몰래 저금통을 털어 극장에 갈 수 있었던 시절에는 이소룡의 유행이 휘몰아쳤다. 동네 삼류극장에서 본 〈용쟁호투〉에 취해 기합소리를 내며 동네 어귀에서 애들과 놀고 있으면 동네 형들은 "임마, 이소룡은 왕우에 비하면 잽도 안돼"라고 비웃곤 했다. 나는 도대체 왕우가 얼마나 대단한 고수이기에 초인적인 파괴력을 지닌 이소룡도 당해내지 못한단 말인가라고 의아해했다. 동네 형들은 흰 옷을 입은 왕우가 수십 명의 적들과 맞서 싸우다 온몸이 너덜너덜해진 채 적들을 모두 해치우고 장렬히 죽어가는 결말을 떠벌리며 자랑하곤 했지만 내가 나중에 본 왕우의 영화는 전성기가 한참 지난 둔한 몸짓으로 거의 슬로 비디오를 보는 것 같은 지루한 동작을 보여주는 〈유성검〉과 같은 영화들뿐이었다. 도대체 왕우는 어디가 대단하다는 거야, 라고 나는 투덜대곤 했다.

이 점에 관한 한 전문가가 바로 오승욱 감독이다. 그는 〈8월의 크리스마스〉와 같은 절제된 멜로드라마 시나리오를 쓴 섬세한 영혼의 소유자이기도 하지만, 연출 데뷔작 〈킬리만자로〉에서 잘 드러난 것처럼 강한 남성적 취향을 품은 영화를 좋아하는 감독이기도 하다. 우리는 만남이 거듭되면서 서로의 영화 취향이 너무 비슷하다는 사실에 전율을 느꼈으나, 이런 공통점에도 불구하고 내가 그를 따라가지 못하는 부분이 있으니 그건 그가 왕년의 홍콩 무협스타 왕우에 대한 기억을 무진장 저장하고 있다는 점이다.

오승욱 감독은 바로 그 전성기의 왕우 영화를 대다수 섭렵한 것말고도 장철 감독에게서 독립한 왕우가 스스로 제작하고 주연한 영화들까지 두루 꿰고 있는 진정한 고수였다. 그는 내가 1990년대 후반에 뒤늦게 수소문해 본 〈독비도〉의 비극적 파토스를 일찍이 어린 나이부터 이해하고 있던 성숙한 관객이었다. 그와 얘기를 나눌 때면 나는 왕우의 스크린 밖 일화를 수없이 들으며 유년 시절의 무구한 영화체험의 즐거움을 다시 만끽하는 기분이었다. 우리는 언젠가 살아생전에 왕우를 직접 만나볼 기회가 틀림없이 있을 거라고 믿었다.

그리고 그 기회가 우연히 찾아왔다. 2006년 부천판타스틱영화제 10주년 기념 특별회고전의 주인공으로 한국에 온 왕우를 먼발치서 볼 수 있었다. 〈금연자〉의 상영이 있던 날 관객과 대화를 하기에 앞서 기다리던 그를 잠깐 만나 인사를 나누었다. 왕우는 그날 관객들 앞에서 대단한 쇼맨십을 보였다. 그는 예전의 홍콩 무협영화와 오늘날의 홍콩 무협영화의 차이를 묻는 어느 관객의 질문에 "예전의 배우들은 실제 무술로 단련된 몸으로 연기를 했다. 오늘날의 배우들도 잘하지만 대개는 기예 차원의 연기"라고 말하면서 세 개의 동전을 손바닥에 올려놓고 공중에 던진 후 차례차례 받는 묘기를 선보였다. 한 번에 되지 않자 세 번 연거푸 시도해 결국은 성공했다. 관객들의 카메라 플래시 세례 때문에 눈이 부셔서 잘 되지 않는다는 변명과 함께 두번째에도 실패하자 그는 될 때까지 거듭 시도해 동전 받기 시범에 성공하고야 말았다. 자존심이 대단히 강한 분이라는 생각이 들었다.

그날 왕우가 약속한 저녁 식사에 합석하려 했다가 어떤 사정으로 무산된 후에 나는 오승욱 감독과 함께 쏟아지는 빗줄기를 또다른 친구로 삼아 극장 근처의 삼겹살집에서 소주를 마시며 다시 왕우에 관한 그의 애정의 일단락을 들었다. 아무리 들어도 질리지 않는 아이템이었다. 그는 중국의 전설적인 협객 마영정의 최후를 영화화한 진상티 감독의 〈패왕권〉에 관한 얘기를 특히 많이 했다.

한국에 〈흑호문〉이란 제목으로 개봉한 이 영화는 왕우가 대만에 가서 제작하고 주연한 권격액션이다. 도박장과 매음굴을 운영하는 악당들에 맞서 매음굴에 팔려간 두 여인을 구하려다 위기에 빠지는 마영정의 활약을 그린 것인데, 왕우의 대다수 영화가 그렇듯이 마지막 장면에서 기진할 때까지 계속되는 액션의 끝을 보여준다. 그 장면에서 왕우는 혈혈단신으로 동막당이라는 악당들의 소굴로 들어가 수백 명의 악당과 맨손으로 대결하는데 평소 귀여워하던 버찌를 파는 소년에게 배신당한다. 어머니가 위독해 병원에 입원해 있던 소년은 어머니의 병을 치료해준다던 악당들의 말에 넘어가 석회가루가 든 버찌 판매대를 들고 왕우에게 접근한다. 위급한 대결의 순간에 나타난 소년을 보고 황망한 표정을 감추지 못하던 왕우는 순식간에 소년이 뿌린 석회가루를 얼굴에 뒤집어쓰고 악당들에게 두들겨맞기 시작한다. 주전자와 술독을 찾아내 겨우 눈을 뜨는가 싶으면 재차 악당들의 석회가루 공격을 뒤집어쓰고 왕우는 그야말로 힘겹게 그들을 상대하며 서서히 무너져간다.

영화역사상 어떤 영웅도 이렇게 비참하게 석회가루를 쓴 초라한 모습으로 악전고투하는 장면에 출연하기는 쉽지 않았을 것이다. 그 장면의 끝에서 왕우는 동막당 간판을 도끼로 부순 후 장렬하게 죽고 왕우를 배신한 소년은 널브러진 왕우의 시체를 앞에 두고 엄마를 외치며 목 놓아 운다. 이게 〈흑호문〉의 끝장면이었다. 다음날 오승욱 감독에게서 빌려본 DVD로 〈흑호문〉이 걸작이라는 그의 말이 겉치레가 아니었음을 확인할 수 있었다. 장철 감독의 그림자에 가려 덜 평가된 왕우의 진면목이 거기 있었다. 스스로 무술 액션 장면을 연출하는 데 크게 관여했다는 자부심이 만들어낸 광채가 거기 있었다.

액션이 시작되면 카메라 이동을 통해 길게 이어지는 화면에서 왕우는 일 대 다로 처절한 혈투를 벌인다. 일 대 다 혈투는 장철의 무협영화에서부터 이미 전매특허처럼 된 것이고 한 번 시작되면 10분, 15분간 이어지는 대단한 에너지를 품고 있는 것이지만 칼로 베는 것보다 맨 주먹으로 벌이는 혈투를 보니 새삼 그의 고독한 반영웅적 기운의 실체가 생생하게 다가오는 것이었다. 세계 영화사의 흐름에서 그 당시 기류가 모두 안티히어로에 기울고 있었던 것은 대세였지만 어느 쪽도 왕우의 처절한 비장미에 맞설 것은 못 됐다. 뉴 할리우드 영화에서, 마카로니 웨스턴에서, 장 피에르 멜빌의 영화 등에서 형상화된 고독한 반영웅의 캐릭터는 동북아시아의 끝에서 가장 처절하고 극단적인 형태로 왕우의 육체를 통해 구현되고 있었던 것이다.

왕우의 액션은 점액질이다. 상대와의 대결에서 피 한 방울 묻히는 정도에서 끝나는 이소룡의 결투 장면과는 달리 왕우는 마조히스틱하게 자기 육체의 곳곳이 찢어지고 잘린 틈에서 흘러나온 피가 한 됫박은 넘어야 비로소 결투가 끝나는 그런 액션을 지향했다. 과장됐지만 과장됐다고 생각할 겨를도 없이 관객이 됐다고 하는 순간에 한 번 두 번 더 극단의 시련으로 뛰어든다. 거의 종교적인 법열 단계까지 체험하는 착각에 빠질 무렵에야 악의 실체와 겨루는 그의 고독한 싸움은 겨우 끝이 난다.

이소룡에게 열광하던 어린 시절 나는 이소룡이 맨손 권격액션의 효시를 연 왕우의 〈용호의 결투〉를 LA의 어느 차이나타운 극장에서 보고 "왕우의 발은 서 있기 위한 발에 지나지 않아. 나 같으면 발을 쓰겠다. 발을……"이라며 안절부절 못했다는 일화를 떠올리며 왕우가 구시대적 액션의 영웅이라고 생각했다. 그게 장철의 검술 무협영화를 보며 깨졌다. 오히려 이소룡의 액션은 현실성을 내세우지만 이소룡 자신은 피 한 방울 흘리지 않는 슈퍼히어로를 지향한다는 점에서 비현실적이라는 걸 깨달았다. 왕우의 액션은 철저하게 대지에 발을 디딘 영웅의 고투기였다. 그의 영화에서 영웅은 결코 쉽게 이기지 못한다. 영웅은 자신의 몸을 희생하고서야 겨우 악의 미미한 흔적 하나를 지워낼 수 있을 뿐이다. 아마도 이것 때문에 오늘날까지 우리가 왕우에게 호감을 품고 있는 것은 아닐까 추측하게 된다.

전성기의 왕우와 가쓰 신타로가 공동주연을 맡은 〈외팔이와 맹협〉에 애정을 가졌던 이유도 비슷하다. 가쓰 신타로는 맹인 검객이고 왕우는 외팔이 검객이다. 그들은 불구의 몸으로 멀쩡한 세상에 맞서 싸운다. 이 영화의 플롯은 두 검객이 서로의 언어가 달랐기 때문에 생긴 오해로 마지막에 가서 대결한다는 것이지만 악당들을 다 처치하고 그들 두 사람이 싸워 결판이 난 후 그들은 이렇게 말한다. "우리가 서로 말이 통했더라면 이렇게 싸우지는 않았을 텐데……." 보기에 따라 웃음이 나오는 유치한 결말이지만 이상하게도 그 말이 심금을 울렸다.

장님 낭인이나 외팔이 검객이나 불구의 형상을 한 영웅들이 그 당시 동남아시아에서 선풍적인 인기를 끌었던 까닭이 있을 것이다. 일본에서 사무라이 검술영화의 유행에 다시 불을 지른 구로사와 아키라의 〈요짐보〉나 〈쓰바키 산주로〉는 전세계적으로 인기를 끌었다. 그에 자극받아 만들어진 맹인 검객 '자토이치 시리즈'나 '자토이치 시리즈'에 자극받아 만들어진 홍콩의 '외팔이 검객 시리즈'는 다른 방향을 지향했다.

〈자토이치〉의 가쓰 신타로나 〈외팔이 검객〉의 왕우는 〈요짐보〉의 미후네 도시로와 같은 영웅이 아니었다. 반듯하고 단정한 영웅이라기보다는 어딘가 악인의 풍모에 근접해 있는 구석이 있을 만큼 거친 영웅이었다. 〈금연자〉에서 왕우가 피도 눈물도 없는 킬러의 면모를 보이는 것이나 〈자토이치〉에서 가쓰 신타로가 도박으로 생활하면서 외형적으로는 저잣거리의 속인들과 다르지 않은 행동을 하는 것이 그렇다. 이들은 악의 울타리를 부수는 초월적인 영웅이 아니라 악의 기운에 허물어질 듯한 위기감 속에서 자신의 정의를 지키는 영웅이었다.

특히 왕우의 고독한 주인공 캐릭터는 늘 자멸을 택하는 불나방 같다. 그는 죽을 것을 알면서 돌진하는 캐릭터를 주로 연기했다. 매번 영화에 출연할 때마다 손발이 잘리거나 눈알이 뽑히는 가운데 10분 이상 고통스럽게 죽어가는 라스트를 묘사하곤 했다. 이 자멸적인 캐릭터는 오랫동안 영화역사에서 추구된 실패한 영웅의 이상주의를 가장 개인주의적 형태로 극단화해 묘사한 것이다. 이것이 당대의 젊은이들과 공명한 것은, 그리고 아마도 오늘날에도 한국의 젊은 영화인들이나 관객들에게서 공감을 끌어낼 수 있는 부분이 있다는 것은 그가 실패한 영웅을 연기했다는 점 때문일 것이다.

수년 전 부천을 방문했던 홍콩 영상자료원 연구원 웡아이링의 글에는 그런 자멸적인 영웅의 뿌리를 읽어낼 수 있는 장철의 회고담이 실려 있다. 장철의 기억에 따르면 왕우가 주연한 어두운 분위기의 영화 〈대자객〉이 만들어진 1967년은 홍콩에서 폭동이 일어났다가 진압된 해였다. 그때 장철은 영화 촬영 현장에 나오다가 사제폭탄의 위협에 직면했다. 〈대자객〉의 열렬함, 폭력, 호전성은 당시 67 폭동에서 영감을 받았다는 것이다.

왕우의 다른 대표작에서와 마찬가지로 〈대자객〉에서는 마지막 10 여 분간 굉장한 액션 신이 펼쳐진다. 왕우가 연기하는 자객이 궁에 들어가 수백 명의 병사와 대결하는 장면이 숨쉴 틈 없이 펼쳐진다. 몰려드는 병사들을 베고 찌르면서 왕우는 결국 목적을 달성하지만 그 역시 탈출하지 못한다. 그는 추적하는 병사들의 칼을 한두 번 허용하면서 이윽고 자신의 배를 칼로 가른 뒤 강보에 덮인 시체로 영화에서 퇴장한다. 이런 예를 들면 끝도 없을 것이다.

왕우의 비장미는 분노의 시각적 표현이다. 뭐라 쉽게 언어화할 수 없는, 말로써 수식할 수 없는 세상의 불공한 기운에 맞서 추상적이지만 영화로만 가능한 엄청난 시각적 에너지로 많은 사람들에게 개인적인 욕구불만 해소에서 사회적 분노의 대리충족으로까지 고루 다가섰을 것이다. 어느 때나 그렇지만 젊음으로 가득한 호전성과 민초의 분노라는 것은 쉽게 언어화되기 힘든 것이다. 오락의 형태로 이런 것을 시각화했던 시대가 행복했던 것인지 불행했던 것인지는 모르겠다. 그러나 세상이 잘 되어가고 있다는 위로가 횡행하던 때에 단호하게 아니라고 표현할 수 있었던 재능은 희귀한 재능이다. 왕우가 바로 그런 재능의 소유자였다.

자신을 망가뜨림으로써 영웅이 된다는 것은 시대적 소명이기도 했다. 왕우가 전성기를 누렸던 1960년대 말과 70년대 초의 분위기가 그랬다. 세상은 달콤하고 매끈한 영웅을 원하지 않았다. 바로 옆에서 유혈참극이 벌어지고 있는데 너무 태평한 스크린 속 정의담은 사람들의 시선을 끌지 못했다. 이는 여전히 해피엔딩보다는 언해피엔딩에

쏠리는 경향을 보이는 현대 한국 영화의 경향과도 어느 정도 근친관계가 있을 것이다. 한국에서는 여전히 사회적 불만이 팽배해 있고 갈등이 봉합되기는커녕 심화되며 사방에서 살기 힘들다고 아우성이다. 이것이 거꾸로 한국 영화의 역동적인 소재의 원천이 될 수도 있다는 것을 왕우 선생의 과거 걸작목록은 암시해주고 있다.

사방이 불온한 폭력의 기운으로 가득 차 있는 시대에 왕우는 악의 현현과 정의의 실패라는 세상의 이치를 장엄하게 자신의 육체로 웅변했다. 세상이 본질적으로 달라지지 않았다고 믿는 사람들에게 왕우는 여전히 영웅이다. 거대한 권력의 질서가 보이지 않는 힘으로 세상을 다스릴 때 일각에서는 세상에 정의가 있다고 세인들을 현혹하지만, 그런 순간에도 세상은 부조리하게 흘러가고 있다고 생각하는 사람들에게 왕우의 영화는 언어로 부술 수 없는 권력을 스크린 속 폭력의 힘으로 잠시나마 부딪쳐보는 쾌감을 전해줬던 것이다.

실제로 본 왕우는 예상보다 훨씬 키가 컸다. 우리의 영웅은 늘 스크린에서 수세에 몰린 영웅을 연기했기 때문에 그가 뜻밖에도 키가 크다는 사실이 적지 않게 놀라움을 줬다. 현실 속의 왕우는 기분파 호걸이었다. 어쩌면 스크린 속의 캐릭터로 내게 기억되는 것도 나쁘지 않다는 생각이 들었다.

2

감독이나 그밖에 카메라 뒤에서 작업하는 사람들은 자주 만나고 싶다. 특히 대단한 감독을 만날 때는 그 사람의 작품에 숨은 비밀을 조금이라도 염탐하고 싶어 마음 설레는 것이다.

백발이 될 때까지

박
찬
욱

박찬욱 감독을 나는 대학 1학년 때 그가 재학 중이던 서강대학교의 구내 식당에서 처음 만났다. 그는 나보다 두 살 위인 철학도였다. 그는 내 앞에서 세수도 안한 것 같은 지저분한 몰골에 교련복을 입고 줄담배를 피웠다. 약간 꼴통 기질이 있는 사람일 거라고 의심했다. 그는 나와 인사를 건성으로 하는 둥 마는 둥 하고 옆자리의 후배와 나른한 목소리로 대화를 나눴다. "어제 장 뤽 고다르의 〈경멸〉을 봤는데 말이야, 반 부르주아 카메라 스타일이 뭔지 알겠더라구. 수평으로 카메라가 움직이는데……." 난 이것 봐라, 하는 심정으로 그의 말을 경청했다. 그가 아는 척하기 좋아하는 속물인지 진짜 고수인지 당징은 알 수 없었던 것이다.

박찬욱은 대화에 어울리는 재능을 갖춘 인물이다. 그는 말을 맛있게 하고 상대방의 말노 경청할 줄 안나. 요란하시 않게 상내방의 밀에

지금까지 한결같다.

청년 시절부터 봐온 박찬욱의 이런 태도는

"아, 세수를 안했구나. 뭐 어때, 됐어."

추임새를 넣으며 몰입하는 표정은 대화하는 상대로 하여금 더 신나게 만든다. 대학생 시절에 그는 자기보다 어린 후배의 말이라 해도 무시하지 않고 자기보다 윗사람의 말이라 해도 사리에 맞지 않으면 동의하지 않았다.

박찬욱은 대화 중에 곧잘 책의 글귀를 인용하기를 즐기고 최근 본 영화의 인상 깊었던 점을 쉬지 않고 화제에 올린다. 서강대에서 영화 동아리 학생들을 대상으로 비디오로 상영한 앨프리드 히치콕 영화 감상회를 통해 그는 영화감독으로 자신의 인생을 살 것을 결심했다. 그가 그런 얘기를 하면서 앨프리드 히치콕의 영화에 대한 존경심을 표하는 것을 보노라면 언급한 영화들을 저절로 보고 싶어질 정도였다. 그때 그는 히치콕의 〈현기증〉을 거듭 보며 스크린에 이미지를 만들어내는 감독의 재능이 무엇인지를 실감했다고 주장했다. "제임스 스튜어트와 킴 노박이 키스를 하는데 배경의 파도가 출렁이잖아. 물론 스크린 프로세스지만, 아 히치콕이 '파도야 쳐라' 하면 파도마저도 저렇게 움직여 주는구나, 라는 생각이 들더라니까"라고 그 당시의 박찬욱은 농담처럼 말했다.

대학 시절 박찬욱은 친하게 지내는 친구들을 곧잘 자기 집으로 불러들여 비디오로 영화를 보곤 했다. 유복한 중산층 가문의 교양이 배어 있는 그의 집은 자식들에게 어떤 강요도 하지 않는 자율적이고 방임적인 분위기로 가득 차 있었다. 때로는 그의 부모님이 우리가 보는 영화를 함께 보는 적도 있었다. 그의 집에 놀러 가면 박찬욱은 늘 책을 읽거나 음악을 듣거나 영화를 보고 있거나 아니면 지고 있었다. 그의 집에 있으면 시간이 정지된 듯한 착각에 빠졌다. 한 번은 그의 집에서 하룻밤 자고 놀고 다음날 오후 느지막이·나오는데 그가 엘리베이터에 비친 자기 얼굴을 보며 말했다. "아, 세수를 안했구나. 뭐 어때, 됐어." 청년 시절부터 봐온 박찬욱의 이런 태도는 지금까지 한결같다. 부드럽게 자신을 방임하는 듯 굴지만 알고 보면 예술적 체험으로 단련시키는 일에 중독돼 있었다.

그런 그의 입에서는 곧잘 근자에 읽은 책의 문장이 흘러나오곤 했다. 그의 조감독 출신인 류승완은 사석에서 그의 인용 취미에 현기증을 느낀다고 말한 적이 있다. 이를테면 그는 사람들이 어떤 신인배우를 주목하지 않는 것에 대해 울분을 토하곤 곧바로 이어서 "유명세에 대해 빅토르 위고가 이런 말을 남겼지……"라고 뭔가 멋있는 말을 인용한다. 그는 영화와 문학, 미술, 음악을 즐기는 교양인이며, 자신이 체험한 삶보다는 여타 예술에서 얻은 상상력을 기초로 자기 얘기를 재구성하는 그런 부류의 감독이다.

그가 엉성한 데뷔작 〈달은 해가 꾸는 꿈〉 이후에 다른 취향을 받아들이기 힘든 한국 영화계에서 오랜 국외자 생활을 한 것은 그 때문이다. 영화를 만들기 쉽지 않게 되자 그는 시나리오를 쓰면서 자신만이 걸작이라고 여기는 고금의 영화를 해설하는 평문을 잡지에 실었고 영화를 좋아하는 젊은이들에게 상당한 영향을 끼쳤다. 그러나 평론가 박찬욱의 명성은 영화감독 박찬욱에겐 독이 되었다. 사람들은 그가 평론에서 보여준 논리적이고 세심한 통찰과 세련된 문체에 탄복했지만 그가 만든 데뷔작과 두번째 영화에는 동의하지 않았고 그의 지성과 감성은 동시대 한국에서는 통하지 않는 유별난 것이라고 여겼다. 충무로의 영화제작자들은 박찬욱의 평론에 나타난 코스모폴리탄적 시네필의 열정을 국적불명의 소통불가능한 것으로 치부했다. 그는 한때 충무로의 어느 제작자가 '박찬욱의 영화가 흥행하면 내 손에 장을 지진다'고 호언할 만큼 폐쇄적인 시네필의 대명사였다.

〈공동경비구역 JSA〉의 성공은 컬트 감독 박찬욱이 웰메이드 커머셜 영화를 만들 수 있다고 만천하에 증명한 일종의 사건이었다. 그 영화의 성공으로 박찬욱은 자신이 만들고 싶은 영화의 기획에 도전할 수 있었고 '파괴된 사나이'란 가제를 달고 있는 이 기획은 훗날 〈복수는 나의 것〉으로 세상에 알려지게 되었다. 나는 그때까지 박찬욱이 (실례되지만) 머리는 꽉 차 있으나 손끝은 맵지 않은 감독이며 비평가로서의 재능에 비해 감독의 재능은 미완이라고 생각했었다.

〈공동경비구역 JSA〉의 매끈한 완성도는 제작사인 명필름과의 유기적인 긴장관계에서 나온 것이라고 믿었던 나의 착각은 〈복수는 나의 것〉을 본 후 간단하게 깨어졌다. 시청각적 짜임새의 면에서 〈복수는 나의 것〉은 한시도 보는 사람의 시선을 놓아주지 않는 영화였다. 엔딩 크레딧이 올라갈 때까지 설레는 마음으로 장면이 바뀔 때마다 놀라움을 안고 보았던 체험은 내가 평단에 입문한 이래 드물게 맞은 감격이었다. 그는 내가 모르는 사이에 이미 진정한 영화감독이 된 것이었다. 영화가 끝난 후 나는 박찬욱에게 문자 메시지를 보냈다. "축하! 의심할 수 없는 걸작."

〈복수는 나의 것〉은 흥행에서 재난을 맞았지만 젊은 감독들은 카페에 모여 상업영화의 한계를 뚫고 넘어간 플롯과 스타일을 지닌 이 영화에 대해 놀라움을 표했다. 박찬욱의 성공과 실패는 동시대 한국 영화의 어떤 경계를 드러내는 듯이 보였다. 그리고 바로 그때 모세의 기적 같은 사건이 펼쳐지기 시작했다. 〈복수는 나의 것〉으로 1990년대에 겪은 암흑의 터널에 재입성할 듯이 보였던 박찬욱의 불운은 행운의 반전궤도를 탔다.

〈올드보이〉의 대성공은 박찬욱을 한국사회의 명망가로 만들었다. 칸 영화제에 출장을 갔다가 〈올드보이〉로 경쟁부문에 진출한 박찬욱을 멀리서 주로 구경하는 입장이 되면서, 알고 지낸 지 20년이 되는 사람을 외국에서 그렇게 공식적인 껍질을 쓰고 바라보고 있자니 묘한 기분이었다. 공식 기자회견장에서 본 그는 만면에 미소를 띠고 모든 질문에 유머를 섞어 답변했고 재치가 있었다. 따로 인터뷰를 청한 일급 매체들의 기자들이 빠진 공식 기자회견장은 형식적인 느낌이 강했다. 대개의 질문은 겉돌고 초점을 잃고 있었다. 쿠엔틴 타란티노의 영향을 받은 것이 아니냐는 식의 질문에 대해 박찬욱은 "쿠엔틴 타란티노의 영화를 물론 알고 있다. 그의 영화는 1990년대 중반에 영화를 하려는 한국의 젊은이들에게 큰 감화를 줬다. 그의 영화를 흥미롭다고 생각하지만 영향을 받았다고는 생각하지 않는다. 불운하게도 그의 신작 〈킬빌〉은 한국에서 〈올드보이〉와 동시에 개봉하는 바람에 흥행하지 못했"고 웃으며 말했다. 농담이었다. 그러나 통역을 거치는 순간 아무도 웃지 않았다.

다음날 현지 영화제 데일리에는 '〈킬빌〉을 죽이다' 라는 헤드카피로 오만방자한 한국의 감독 박찬욱의 도발적인 발언을 소개하고 있었다. 말과 문화가 다른 인종들간의 소통의 어려움을 상징적으로 드러내주는 대목이다. 이 모든 장애를 뚫고 〈올드보이〉가 칸 영화제에서 심사위원 대상을 받은 것은 거의 기적적인 일이었다.

〈올드보이〉의 프리프로덕션 과정에서 만난 박찬욱은 동석한 배우 최민식 씨가 〈취화선〉으로 칸에 갔던 일을 회고하던 도중 불쑥 이렇게 말했다. "〈올드보이〉는 칸 같은 고상한 영화제에 갈 수 없는 상업영화라는 거 잘 아시죠?" 그랬던 〈올드보이〉가 칸에 갔다. 소문으로는 칸 영화제의 수석 프로그래머였던 티에리 프레모가 〈올드보이〉의 강력한 지지자였다고 한다. 영화제 내부의 이런 분위기와는 반대로 칸 영화제를 지지하고 감시하는 프랑스 언론들은 〈올드보이〉에 우호적이지 않았다. 〈올드보이〉가 심사위원 대상을 탄 후에 《르몽드》나 《리베라시옹》과 같은 프랑스 주요 일간지 평자들은 노골적인 불만을 드러냈다. 나이 든 프랑스 평자들은 적대적이었고 젊은 평자들은 우호적이었다. 〈올드보이〉의 영광은 그들에게 논쟁의 불씨를 남겨놓았다.

박찬욱이 칸에서 골든벨을 울리고 돌아온 사건은 한국 영화계에도 적지 않은 시사점을 주었다. 박찬욱은 상업영화의 경계를 한 발자국 정도 비껴나면서 자신의 영화세계의 정체성과 스타일을 확립하려 애쓰는 감독이다. 그의 이런 노력은 〈복수는 나의 것〉으로 재앙을 겪었지만 〈올드보이〉로 행운을 얻었다. 〈올드보이〉가 칸에서 영예를 얻은 것은 곧 완강한 폐쇄성, 예술가의 꼿꼿한 비전과 나른한 나르시시즘에 갇힌 서구 영화들 속에서 뭔가 대중에게 소통의 악수를 건네는 시도를 보여준 〈올드보이〉에 손을 들어준 결과였다.

대중에게 손을 건네면서도 그들로 하여금 생각하게 하는 영화를 만드는 것은 쉽지 않은 작업이다. 실은, 칸의 역사를 다시 쓴 위대한 시네아스트들의 영화도 그랬다. 영화가 무엇보다 생각하게 만드는 상품이라는 사실은 오늘날 쉽게 간과된다. 그 양립할 수 없는 모순의 진리를 몸으로 뚫고 나가는 영화로 〈올드보이〉가 간택된 것은 박찬욱 자신에게나 오늘의 한국 영화계에 있어서나 기분 좋은 사건이었다. 동시에 이는 박찬욱의 앞으로의 행보가 쉽지만은 않으리라는 것을 뜻하기도 한다. 박찬욱은 스타 캐스팅과 장르 컨벤션을 이용해 영화를 만들지만 편안한 오락을 기대한 관객들에겐 불편할 수밖에 없는 도발적인 충격을 자신의 영화에 내장한다.

〈올드보이〉의 성공 후에 대단한 화제 속에서 만들어져 흥행에 성공한 〈친절한 금자씨〉는 복수 윤리학의 복합성을 탐구했다. 나는 이 영화를 본 상당수 관객이 별로 이 영화의 주제에 만족하지 않았으리라고 확신한다. 이 영화는 '천벌 받을 짓을 한 천하의 몹쓸 놈이라 해도 그에게 복수하는 것이 과연 정당한가'라고 묻는다. 이 영화의 클라이맥스는 너무 인위적이며 절대적인 악에 대한 희생자들의 분노는 그 소시민들이 실은 우리와 다를 게 없다는 감정 이입을 잠시 끌어내지만 결정적 상황에서 사람을 과연 어떻게 죽일 것이냐를 놓고 우왕좌왕하는 그들의 모습에서 거리감을 만들어낸다. 공포영화의 괴물 살인마처럼 보이도록 의도적으로 설계된 조명에 비쳐진 그들은 막 현실을 떠난 유령 같은 존재들로 보인다.

〈친절한 금자씨〉는 우리가 누구나 악이라고 여기는 존재에 대해 섣불리 단죄도, 청산도, 용서도 하지 못한 이 시대의 불우를 스크린에 옮기고 있다. 그것은 백 선생을 꼭 정치적 메타포로 읽어내지 않더라도, 여하튼 이 시대를 살며 뭔가 가위 눌린 답답함을 느끼는 우리의 체증에 대해 따뜻한 위로 같은 걸 건네는 것이다.

〈친절한 금자씨〉가 장안의 화제를 끌고 있을 때 느닷없이 〈말아톤〉의 정윤철 감독이 내가 일하는 잡지사로 찾아왔다. 그는 전날 〈친절한 금자씨〉를 봤다면서 장장 두 시간 동안 그 영화가 왜 훌륭한 영화인지, 그리고 그런 영화를 만들 수 없는 자신은 왜 불행한 감독인지에 관해 연설을 펼치곤 돌아갔다. 나는 왜 하필 나를 택해 이런 장광설을 펴느냐고 정윤철에게 불평했지만 그가 열정적으로 말하는 모습을 보고 있으니 빙그레 웃음이 나왔다. 그도 상업영화의 경계선 안에서 슬쩍 금을 넘어가는 박찬욱의 모험에 말할 수 없는 질투심을 느끼고 있었던 것이다.

많은 이들이 〈친절한 금자씨〉의 도발에 불편한 기색을 드러냈지만 개인적으로 나는 이 영화의 마지막 장면을 떠올릴 때마다 즐겁다. 관객을 들었다 놔줬다 하는 박찬욱의 재능을 이 장면을 통해 느끼기 때문이다. 금자가 손수 민든 케이크를 들고 귀가한다. 골목에 눈이 소복소복 내리고 있다. 금자를 연모하는 연하의 남자가 금자를 따라오며 가볍게 흥얼거리듯 노래를 부른다. 빨간 구두를 신고 또각또각 소리를 내버 걷는 금자의 뒤에서 남자는 님일해의 흘러간 유행가 〈빨간 구두 아가씨〉를 부른다. 공포영화 같은 불길함과 시적인 서정이 경쾌하게 결합된 이 장면의 톤은 언어화할 수 없는 금자의 삶, 또 그녀와 비슷한 운명에 처한 이 시대 사람들의 삶에 대한 아름다운 농담 같은 것이다.

그녀는 걷는다. 눈 오는 길을, 구둣소리를 내며, 뒤돌아보지 않고 걷는다. 손에는 자신이 손수 만든 케이크를 들고. 그녀는 그것을 그녀의 딸과 함께 먹을 것이다. 딸은 골목길에서 금자를 기다리고 있고, 두 모녀는 이윽고 만난다. 그리고 케이크를 먹는다. 그녀는 자신이 만든 케이크를 먹고 정화를 다짐할 것이다. 여전히 화면 배경에는 눈이 소복소복 내린다. 가느다랗게 희망 비슷한 여운을 남겨놓고서.

박찬욱은 명망가가 됐지만 그게 영화의 성공을 늘 보증하는 것은 아니다. 〈싸이보그지만 괜찮아〉는 미적지근한 반응을 얻었다. 정신병자들의 망상을 어린아이 같은 유희정신으로 풀어낸 이 기묘한 로맨틱 코미디는 배우들의 열연에도 불구하고 뭐가 뭔지 모르겠다는 대중의 불평을 샀다. 그들은 자극받지 않으면 돌아서는 냉정한 연인과 같다. 일부 평자들도 이 영화의 플롯 논리에 갇혀 얼토당토않은 저마다의 비판적 주석 달기에 바빴다. 박찬욱의 영화적 영토의 생명은 통념과 달리 늘 아슬아슬한 기반 위에 있다. 오늘의 지지자들이 언제 어떻게 돌아설지 모르는 것이다.

현실과 망상의 경계를 자유로이 넘나드는 이 실험적 형식의 영화가 CJ엔터테인먼트라는 대기업 투자 배급사에서 만들어졌다는 것은 박찬욱이 주류 감독의 최정상 위치에 올라 있다는 것을 입증하지만 박스오피스에서의 실패는 사람들에게 박찬욱의 출신성분, 곧 〈올드보이〉의 인상적인 성공 뒤에 가려진 B무비스러운 취향을 다시 생각나게 했다.

박찬욱 또래의 감독들에게 수혜를 주었던 2000년대 초반의 모험주의적인 제작 분위기가 사라진 작금의 한국 영화계에서 박찬욱의 모험이 늘 박수를 받을 수 있는 것은 아니다. 박수칠 때 떠날 수도 없다. 스타 캐스팅, 장르 컨벤션, 대작 지향 마인드와 자신의 울퉁불퉁한 취향 사이에서 곡예를 벌이는 박찬욱의 갈등은 쉽게 해소되기 힘들지만, 그는 백발이 될 때까지 영화를 만들고 싶어한다.

박찬욱의 비판자들은 그의 영화가 자극적인 스타일로 잠시 대중의 눈을 현혹시킨, 속 빈 강정과 같은 것이며 스타일의 유혹적인 힘이 빛을 다하면 박스오피스 성적에서나 예술적 생명력에서나 예전과 같은 광채를 보여주지 못할 것이라고 전망한다. 하지만 '영화를 너무 많이 아는 남자'로서의 박찬욱의 성실성은 아무리 가혹한 시장에서라도 예술가로서의 그의 생명력을 쉽게 갉아먹지 못하게 만드는 방패 역할을 할 것이다. 대학생 시절부터 지금까지 박찬욱의 일상적 단련의 견고함은 한결같이 유지돼왔다. 나는 그것에서 그의 예술적 체력의 강인함을 보게 된다.

그가 부산에서 〈싸이보그지만 괜찮아〉를 찍고 있었던 2006년 5월, 마침 나도 부산시네마테크의 '샘 페킨파 회고전' 행사 때 관객과의 대화 시간에 패널로 초청된 참이라 부산에 가는 길에 박찬욱을 만나

〈싸이보그지만 괜찮아〉에 관해 얘기를 나누었다. 내가 일하던 잡지에 쓸 기사를 위해 우리 두 사람은 만났지만 그의 신작에 관한 얘기는 자세히 오가지 않았다. 그날 우리의 대화는 주로 샘 페킨파 회고전에 집중됐다. 박찬욱은 다음날 촬영이 재개된다며 페킨파의 영화를 맘 편히 볼 수 있는 시간은 그날 오후밖에 없다고 조바심 내고 있었다.

"오늘 4시에 시네마테크에 가야 하는데. 간단히 얘기하고 영화 본 후에 술이나 마시면서 더 얘기하자."

"다 본 영화들 아닌가?"

"스크린으로는 보지 못했잖아. 어제 더스틴 호프먼 주연의 〈어둠의 표적〉을 봤는데 어휴, 정말 강렬하던데."

박찬욱은 그 전날 〈어둠의 표적〉을 보기 위해 촬영장을 서둘러 빠져나온 일화를 들려주었다. 그날 촬영은 오후 6시 반 무렵에 종료될 예정이었다. 시네마테크의 상영일정표는 7시 정각에 〈어둠의 표적〉을 상영한다고 돼 있었다. NG가 거듭되면서 조금씩 촬영이 지연됐다. 박찬욱은 초조해졌다. 이윽고 6시 50분 무렵에 오케이 사인이 났다. 가방을 멘 박찬욱은 서둘러 촬영장을 떠나려 했다. 그때 정정훈 촬영기사가 박찬욱을 가로막고 오케이 사인이 난 화면을 한 번 더 봐 달라고 말했다. 화면 상단에 붐마이크가 보인다는 것이었다. 모니터를 본 박찬욱은 말했다. "저 정도는 상관없어." 영화를 처음부터 봐야 한다는 마음에 뒤돌아보지 않고 떠나는 박찬욱에게 촬영기사가 웃으며 인사했다. "감독님, 그럼 내일도 현장에 놀러 오세요."

나와 얘기를 나누던 와중에도 계속 초조한 기색을 보이던 박찬욱은 시계를 보더니 그날 오후에 상영될 두 편의 샘 페킨파 영화 〈대평원〉과 〈관계의 종말Pat Garrett and Billy the kid〉을 봐야 한다고 서둘러 자리에서 일어섰다. 상영 시간보다 좀 늦게 도착할 듯하자 박찬욱은 안달하기 시작했다. 〈대평원〉의 상영이 끝나자 비로소 박찬욱의 표정은 편안해 보였다. 이 영화에서 서부시대를 살았던 남자들의 세계를 거의 짐승들의 세계로 묘사하는 중반 단락의 묘사가 마음에 든 모양이었다. 박찬욱 옆에는 모자를 푹 눌러 쓴 〈싸이보그지만 괜찮아〉의 주연 여배우 임수정 씨도 있었다. 그들은 곧이어 〈관계의 종말〉까지 함께 관람했다.

페킨파의 영화 가운데 가장 개인적인 취향을 끝까지 밀어붙인 〈관계의 종말〉은 팻과 빌리 더 키드의 평생에 걸친 우정과 추격전을 다룬 영화다. 이 영화에는 권력과 자본이 지배하는 문명사회의 보이지 않는 폭력이 더 역겨운 것이라는, 20세기를 거부하는 낙오자의 정서가 강하게 배어 있다. 그날 부산시네마테크를 찾은 관객들은 많지 않았으나 페킨파의 영화에 강한 인상을 받았다. 그들 중 가장 열광한 관객은 박찬욱과 임수정이었으며 시종일관 흥겹게 곧잘 웃음을 터뜨리며 이 우울한 서부의 비가를 즐겼다.

두 시간 가량 이어진 관객과의 대화가 끝나고 시네마테크를 나서는데 어느 횟집에서 술을 마시던 박찬욱의 문자 메시지가 와 있었다. 시네마테크 관계자들과 뒤풀이하는 자리에 뒤늦게 온 박찬욱은 방금 전까지 임수정과 함께 페킨파 영화를 본 벅찬 감동을 나누고 왔다고 말했다. 박찬욱의 흥분은 술자리 내내 이어졌다.

"페킨파의 이 두 편의 영화를 같은 날 연달아 본 것은 주님의 은총이라고밖에 말할 수 없지. 페킨파와 동시대인이었다면 이런 행운을 누릴 수 없었을 테니까. 1962년에 만든 영화와 1972년에 만든 영화를 같이 보니 페킨파의 성숙이 한눈에 들어오는 게 한숨밖에는 달리 나올 게 없어."

이날 그가 〈관계의 종말〉에 관해 한 얘기 가운데 다음과 같은 말이 인상적으로 다가왔다.

"이런 영화는 제작자들이 편집하기에 아주 좋은 영화일 거야. 아무 시퀀스나 잘라내도 연결에 크게 무리가 없어. 어찌 보면 쓸데없이 늘어지는 장면들의 연속인데도 별다른 사건도 없이 질질 늘어지는 그 장면들에서 바로 뭔가를 말하고 있거든."

박찬욱은 '명시적으로 별다른 사건이 없는데도 감동이 있는 영화의 정수'를 말하고 있었다. 그건 아마 모든 영화감독의 꿈일지도 모른다. 불행히도 돈이 많이 드는 예술인 영화에서 그런 호사는 아무나 누릴 수 없다. 〈관계의 종말〉조차도 페킨파의 경력이 최고조일 때 만들어진 영화였지만 이 영화의 흥행 실패로 페킨파는 감독 경력의 내리막길을 걸었다. 흥행 여부를 떠나 박찬욱은 이 영화에서 제임스 코번이 연기한 팻 개럿의 캐릭터 묘사에서 페킨파라는 예술가의 깊이를 본다.

팻 개럿은 한때 동료였던 빌리 더 키드를 배신하고 먹고살기 위해 보안관 배지를 차고 무법자 사냥에 나선다. 그의 기질은 그대로지만 그의 달라진 처지는 그의 인격을 변하게 만든다. 팻 개럿은 빌리 더 키드를 죽이러 가기 직전에 그때까지 자신이 주위에 보여줬던 인간성의 최저 바닥을 치는 행동을 한다. 비열하고 사악하기조차 한 그의 행동에 지인들은 경악한다. 박찬욱은 '늙음'을 보여주는 그 방식에 페킨파의 저력이 있다고 생각했다.

"우리는 나이를 먹으면 지혜가 늘어간다는 상투적인 묘사를 영화에서 많이 봐왔잖아. 그 영화에서 페킨파가 나이 들어 타협할 수밖에 없는 팻 개럿의 내면에서 끄집어낸 그 모습, 그런 것이 페킨파 영화의 진수라고 생각해."

박찬욱은 여전히 많은 영화를 보고 있으며 영화청년 시절에 본 좋은 영화들에 대한 기억을 과거형이 아니라 현재형으로 자신의 영화 내공 속에 차곡차곡 업그레이드해나가고 있다. 박찬욱의 영화세계가 어디로 갈지는 모르겠지만 적어도 뒷걸음치지는 않을 것이다. 그는 지속적으로 자기가 보고 싶은 동서고금의 영화에 대한 맹렬한 열정을 갖고 있으며 동시에 자신이 보고 싶은 영화를 만들고 싶은 욕망에서 신작을 구상한다. 이게 그의 영화를 그토록 많은 이들이 주목하는 이유의 원천일 것이다. 실은 나도 그와 만나면서 늘 한 수 배운다는 느낌으로 헤어진다.

비관 보따리 속 낙관주의

이
창
동

언제부터인가 한국의 영화감독들과의 인터뷰에서 한 수 배운다는 느낌이 적어졌다. 가끔 예외가 있는데 이창동 감독이 그 중 한 사람이다. 처음에는 그 만남이 부담스러웠다. 〈오아시스〉를 보고 났을 때 그 형식에 100퍼센트 동의하는 것은 아닌데도 그 영화에 감동한 내 자신을 당장은 납득할 수가 없었기 때문이다. 너무 완벽해서 영화 내부에 완벽하게 감금당하는 느낌이었다. 나는 그 느낌을 해명하지 못해 이창동 감독과의 인터뷰를 앞두고 긴장했던 것이다.

좋은 영화를 만든 감독과 만나는 자리에서는 가끔 인터뷰를 청하는 자가 품고 있는 호감 탓에 인터뷰어와 인터뷰이 사이에 마땅히 있어야 할 창조적인 긴장관계가 풀어져버리는 일이 있다. 그걸 경계하고 싶은 마음도 있었지만 정체를 알 수 없는 감동을 끌어낸 감독에게 은근히 겁이 나기도 했다. 막상 이창동 감독과 만나 얘기를 나누면 편안했다. 이창동 감독은 소설가 출신답게 모든 말이 그대로 받아 적으면 문장이 되는 사람이기 때문이다.

이창동의 영화는 한국에서 늘 만장일치의 지지를 받는 것도, 대중적 인기를 먹고사는 것도 아니다. 그의 영화의 성격 자체가 만장일치의 박수를 받는 것과는 저만치 거리를 둔다.

"데뷔 때부터 곧잘 씹혔어요. 그래도 뭐 어떡해. 그냥 씹히는 거지. 가장 많이 들은 비판은 내 영화가 문학의 연장선상이라는 거예요. 영화적이지 않다는 거지. 그럴 수도 있겠지. 하지만 〈박하사탕〉은 소설로는 존재할 수 없는 것이라고. 〈오아시스〉도 마찬가지고. 〈박하사탕〉의 시간을 거슬러 올라가는 구조는 영화매체에서만 가능한 것이고 〈오아시스〉에서 장애자의 육체성이란 것도 영화에서만 생생할 수 있다고. 소설로는 그것들이 살아나지 않아."

이창동은 일단 플롯을 촘촘하게 짜놓은 다음, 영화를 찍는 과정에서 플롯의 문학성을 벗어나는 지점에 다다른다. 그의 두번째 영화 〈박하사탕〉은 시간을 거슬러 올라가는 영화였고 세번째 영화 〈오아시스〉는 멜로드라마의 판타지와 현실을 이중거울처럼 서로 마주보게 해놓고 뒤집는 영화였다.

"감독님이 이전에 영화적 장치를 썼다는 의견에 대해서는 좀 생각이 다른데요. 시나리오로 읽었을 때는 대단한 산문적 비유를 품고 있던 것이 영화로 옮겨졌을 땐 직접적인 문학적 상상력의 대입으로 보이곤 했습니다."

"이를테면 뭐가 그런고?"

"〈오아시스〉에서 종두와 공주가 청계천 고가도로를 차로 달리다가 교통체증에 걸리자 내려서 종두가 공주를 안고 춤을 추는 장면 같은 것은……."

"그렇지, 그런 측면이 있지. 난데없이 코끼리가 나오고 하는 것도 있었고."

자신이 동의하는 지적이 나오면 그는 바로 인정하고 자학하는 모드로 돌아선다. "그렇지 뭐, 별것 있나. 알고 보면 시시한 거지."

뿐만 아니라 상당한 명성을 누리는 위치에 있어도 이창동에게는 그 자신을 객관화하는 능력이 있어보인다. 2004년 3월 초, 당시 문화관광부 장관으로 재직하고 있던 이창동을 만났을 때도 그랬다. 그가 장관으로 취임한 지 1년을 넘긴 시점에서 잡지에 실릴 예정으로 인터뷰를 했지만 그는 자신의 직무에 관해서는 말을 아꼈다. 그날의 인터뷰 자리에서 정치 얘기는 한마디도 오가지 않았다. 우리는 그날 서로 농을 주고받는 편안한 대화를 원했다. 그는 영화에 관한 화제가 나오면 자연스럽게 태도가 풀어졌지만 문화관광부 장관의 입장에서 말할 때는 습관적으로 신중해졌다. 장관이 되고 나서 그의 모든 말은 일부 언론을 통해 참여정부의 언론관을 천명하는 것으로 확대 해석됐고 그는 정쟁의 중심에 선 자신을 깨닫고 당황했다. 우리가 이창동 장관 취임 소식을 듣고 처음 떠올린 그림, 프랑스 문화관광부 장관으로 장수했던 소설가 앙드레 말로의 행적과 비교했더니 그는 금방 얼굴이 굳어졌다.

"앙드레 말로와 나를 비교하는 것은 어불성설이에요. 시대가 전혀

그는 자신은 몸담지 않으면서

현상을 비판하는 냉소주의자가 아닙니다.

현실을 비관한다 해도

그 현실에 몸을 푹 담그고 견디면서

· 잘 되겠어 어디?· 라고 중얼거리는 쪽이다.

다르죠. 앙드레 말로는 프랑스 레지스탕스 정신을 공화국에 이어준 다는 당대의 시대적 자장 안에서 활동한 사람이고, 그 당시에는 그의 야심 찬 청사진을 들어주는 국민의 동의가 있었어요. 앙드레 말로의 말은 어떤 것도 시대와 통했지만 나는 지금 아무 말도 하지 못합니다. 말을 하면 비난받기 바쁘죠. 그게 두려운 것은 아니지만 문화관광부 의 수장으로서 실무를 맡은 관료들에게 일하기 어려운 환경을 만들 지 않기 위해 조심하고 있습니다."

이창동이 일했던 문화관광부 건물 3층의 장관 집무실은 1961년 쿠 데타를 일으켜 대통령이 된 박정희 소장이 한때 집무실로 이용했던 역사적으로 유서 깊은 곳이다. 그곳에서는 경복궁과 청와대, 그리고 군데군데 바위가 드러난 인왕산의 풍경이 한눈에 들어온다. 전망은 좋지만 경치가 훌륭하지는 않았다. "인왕산의 풍경이 위압적이긴 하 지만 생긴 게 그리 멋있지는 않죠"라고 이창동은 말했다. 우리가 대화 를 나누는 동안 서너 차례 문화관광부 간부들이 결재를 받으러 장관 실 문을 두드렸고 그때마다 장관의 얼굴은 굳어졌다. 대화가 무르익 을 만하면 모처에서 거듭 걸려오는 전화가 그 리듬을 깼다. 그는 공인 의 일상생활이 무엇인지 보여주고 있었다. 전화를 끊고 나서 그가 뭐 라고 입 속으로 중얼거렸으나 잘 알아들을 수 없었다. 그의 얼굴 표정 에선 레이스가 많이 남은 장거리 주자의 그것처럼 고통을 감춘 무심 함이 배어나왔다.

그날 이창동은 '영화감독으로서 내 안테나는 정지 상태'라고 고백 했다. 그렇다고 거기에 초조감을 나타내지도 않았다. 그 스스로 말하길 젊은 시절부터 '노는 데 도가 통한 사람'이기 때문이다. 소설가 시절에 그는 두 권의 창작집을 냈을 뿐이다. 영화감독을 하면서도 그는 자신은 한 번도 부지런히 영화를 찍은 적이 없으며 빈둥거리며 뭉개다가 좀 눈치가 보인다 싶으면 새 영화를 만들었을 뿐이라고 능을 쳤다. 문화관광부 장관 시절에 나눈 그날 인터뷰의 말미에 농담처럼 오간 대화 중에 그는 다음과 같이 자신을 정의했다. 이에 따르면 그는 예술가를 가장한 백수였다. 고등학교 국어교사에서 전업소설가로, 영화감독으로 데뷔하기까지 돈을 많이 벌지 못했을 텐데도 어떻게 했기에 집안에서 압력이 없을 수 있었나, 라고 묻자 그는 그건 어떤 경지라고 말했다.

"그것도 고도의 경지에 올라야 해요. 휴일에 마루 소파에 누워 있으면 스스로 거대한 벌레라는 생각이 드는 경지까지 가야 하죠. 주위가 어떻거나 태평천하로 놀고 있는 거대한 벌레가 되는 겁니다. 상대가 그렇게 규정을 하고 대하는 것도 중요하지만 본인도 뼈저리게 느껴야 해요. 그게 체화가 되면 경지에 오르며 도를 깨치는 거죠."

'노는 인간' 이창동은 문화관광부 장관에서 물러난 후 한동안 영화계에서 자취를 감추었다. 경상도의 밀양을 배경으로 한 특이한 러브 스토리라고만 알려진 새 영화의 시나리오를 탈고한 후에도 그는 영화계에 소문이 나지 않게 조용히 새 영화의 제작 준비를 시작했다. 'Secret Sunshine'이란 뜻의 지명을 지닌 한적한 어느 소도시에서 벌어지는 덤덤한 러브 스토리라고만 알려진 이 영화에 송강호와 전도연이라는 빅 스타가 출연하는데도 아주 조용히 촬영을 진행하고 있다는 소식이 들렸다.

이창동의 페르소나라 할 설경구와 문소리가 출연하지 않는 이 영화가 몇 년간의 공백을 깨고 이창동 영화의 어떤 전기를 보여줄지 궁금했지만 굳이 촬영장에 들러보지는 않았다. 오래 전에 〈박하사탕〉을 촬영할 때 현장에 구경 갔다가 그가 연출 지휘하는 모습을 멀리서 지켜본 적이 있다. 그는 잔뜩 굳은 표정으로 분주하게 움직였으며, 문학계의 동료들도 그를 응원하러 왔지만 말도 붙이지 못하는 분위기였다.

영화감독이자 〈오아시스〉에 비중 있는 조연으로 출연했던 류승완도 이창동 감독이 현장에서 얼마나 치열하게 배우와 스태프들을 닦달하는지 증언한 적이 있다. 경찰서에서 종두 형 종일이 종두를 때리는 후반부 장면을 찍을 때 시연을 보이던 그는 정말로 설경구를 때렸다. 현장 분위기는 폭발 일보 직전까지 가는 듯했다. 순간적으로 이창동 감독의 눈빛이 돌변했고 그의 공격적인 감정이 엄청나게 뿜어져 나와 현장을 뒤덮었다. 그러고는 또 순식간에 냉정을 되찾았다. 주위에선 놀라는데 설경구는 담담했다. 설경구는 촬영이 끝나도 종두 옷입고 종두처럼 중얼거리고 종두로 살면서, 이창동 감독과 의견충돌이 생기면 작품을 함께 만드는 동료의 입장에서 서로 대립했다. 스태프들은 견디기 힘든 순간들이었지만 한편으로는 그들만의 예술공동체를 꾸려가는 과정이었다고 한다. 류승완이 후배 감독의 입장에서 놀랐던 것은, 이창동이 배우에게 져주거나 배우를 눌러버리거나 하지 않고 항상 논쟁하면서 그 긴장을 끝까지 팽팽하게 유지한다는 것이었다. 그는 외부로부터의 자극에 항상 자신을 열어놓고 현장을 끌고 가는 강인함을 보여줬던 것이다.

〈밀양〉은 그런 이창동식 창작과정의 극점을 보여준 작품이다. 칸 영화제 여우주연상 수상 효과로 이창동의 영화 가운데 가장 많은 관객이 이 영화를 봤지만 대체로 불편하다는 반응이 많았다. 〈밀양〉의 플롯은 3장 구조의 정연한 고전적 완결성을 갖고 있지만 미를 파괴하려는 열망 또한 품고 있다. 멜로드라마의 외연을 취하면서도 강렬한 효과를 주는 비일상적인 묘사를 시도하는 가운데 관객이 정서적으로 개입하거나 동화되기 힘든 좌절감을 준다. 우리가 기대하는 관습적 언어의 틀을 가져오면서도 절정과 결말에서 동화되기 힘든 충격의 지뢰를 깔아놓는 그의 영화는 모순적이다. 상업영화의 틀 내에서 근본적인 일탈을 감행하기 때문이다. 관객은 준비되지 않은 상태라서 충격을 받는 것이 아니라 예상했던 것과 다르게 매듭짓는 방식에 당혹감을 느낀다.

〈밀양〉은 세밀한 복선을 촘촘히 깔아두고 여주인공을 예정된 비극의 구덩이로 몰아넣는다. 고통의 전시라는 차원에서 연출자의 면밀한 지휘 아래 이뤄진 연출은 현실을 발견하는 것이 아니라 현실의 재확인에 가까운데, 감독이 보이지 않는 신의 대리자를 자임하는 듯 보이기 때문에 불편할 수 있는 것이다. 남편을 잃고 남편의 고향 밀양에서 새 삶을 시작하려던 여인이, 아들을 유괴로 잃은 뒤 신에 귀의해 다시 새 삶을 살려 하지만 이번에는 자기가 용서하려던 유괴살인범이 이미 기독교에 귀의해 평온을 얻은 걸 보고 충격을 받는다는 〈밀양〉

의 내용은 관객을 숨쉬기 힘든 고통에의 참여로 밀어넣는다.

이 영화에서 가장 당혹감을 안겨주는 장면, 여주인공 신애가 독실한 기독교 집사인 이웃 약국 주인남자를 유혹해 야외에서 성관계를 시도한 후 하늘을 쳐다보며 신에게 시위하듯이 구는 그 불경한 장면이 주는 충격은 상황 자체의 강렬함 때문이기도 하지만 여주인공의 의지 못지않게 연출자의 의지도 느껴지기 때문이다. 이건 좀 지나친데, 라고 여겨지는 순간 그게 영화 내의 자연스런 흐름에 따른 논리일 뿐만 아니라 허구적 구성의 논리가 강제된 것이라는 생각을 하게 되고 당연하게 창작자 이창동의 의지를 떠올리게 되는 것이다.

신애가 정신병원을 나와 동네 미장원에서 머리를 자르는 후반부 장면에서도 비슷한 생각을 하게 된다. 신애는 그 미장원에 취직해 견습생으로 일하고 있는 유괴범의 딸이 자기 머리를 자르는 걸 물끄러미 바라보고 있다가 다시 감정이 격하게 폭발한다. 그때까지 산발적이지만 정교한 연출 의도하에 유괴범의 딸의 존재는 관객의 뇌리에 깊이 박혀 있었다. 그녀가 후반부에 다시 등장하는 순간, 관객은 잠시 잊고 있던 그녀의 존재를 떠올리며 아차, 결말을 맺는 방점 기능으로 그녀가 어떤 역할을 할 것인지 조마조마한 심정으로 보게 된다. 수미상관의 정교한 각운을 짜놓고 이창동은 거기까지 관습적인 멜로드라마의 규칙에 기대 따라간 관객에게 정반대의 체험을 안겨주는데, 그럴 때 다시 연출자의 의지가 느껴지면서 이토록 과격한 순응과 위반의 도돌이표를 찍는 그의 스타일에 충격을 받는 것이다.

이런 경로를 통해 이창동 감독은 수미상관의 철저한 복선을 따라

구성된 전통적인 형식의 영화에 자꾸 생채기를 내 거꾸로 틈을 만들어내려 한다. 이것이 그가 전도연, 송강호라는 스타를 기용해 더 많은 관객을 불러모으려 애를 쓰는 가운데 관습적인 형식에 전위적인 일탈의 기운을 생성시키는 방식이다.

영화 속의 신애는 그 배역 자체가 연기하는 인물이다. 영화의 상황 속에서 그녀는 주변 사람들에게 자신이 뭔가 의지할 만한 가치를 품고 사는 인간이라는 것을 연기하고, 그 연기의 가장된 틀이 깨질 수밖에 없는 상황이 거듭된다. 이 상황 속에서 신애뿐만 아니라 신애를 연기하는 전도연의 연기도 연출자가 정해놓은 굴레를 깨고 나아가며, 이 이중의 겹침 속에서 관객은 동일화와 거부의 일차 단계를 넘어서는 다른 단계를 안내받는 것이다.

허구의 정해진 틀 내에서 감독과 배우들을 포함한 창작자들이 필사적으로 드러내려는 그 고통에 대한 묘사에의 의지는 관객을 자극하려는 노출증적 에너지가 아니라 스스로 파괴되는 몸의 고통을 통과한 끝에 얻게 되는 어떤 동참에의 의지를 표하는 것이다. 이는 물론 허구의 상상을 통한 승화와는 거리가 있을 수 있지만 고통을 전시하는 차원에 그치는 냉소나 자기현시의 욕망과도 본질적으로 다른 것이다. 누군가의 고통을 달래주는 것이 아니라 그 고통에 동참하려는 의지에 가까운 것이다. 이로써 이창동의 진심이 훼손되는 것은 아니다. 〈밀양〉에서 그 고통의 주름들은 다양하게 포착되고 있다.

신애가 감당하는 고통뿐만 아니라 그녀의 고통을 겉으로 담담한 듯 바라보는 종친 역의 송강호기 보여준 에너지도 있디. 그가 신애에게

행하는, 사소하다면 사소할 수도 있고 굉장하다면 굉장할 수도 있는 배려가 관객과 공유할 수 있는 가장 건강한 형태의 위로나 승화의 감정일 수 있다고, 그게 이창동의 예술이 우리와 나눌 수 있는 진심일 것이라고 여겨지는 것이다.

〈밀양〉은 여하튼 성공했지만 이창동은 담담했다. 겉으로 보이는 모습이라고 할지라도 그건 대단한 자기절제 능력으로 보인다. 문화관광부 장관 시절에도 권력에 초월한 인상을 주었던 그는, 장관직에서 물러나 해외 여행을 할 때 비즈니스 클래스에서 이코노미 클래스로 옮겨 앉아도 크게 갈등을 느끼지 않는 그런 부류의 사람이다. 영화감독으로서 명성이 높아졌지만 명성의 진정성에 시큰둥한 태도를 취하곤 했다. 자신의 영화가 감동적이라고 누군가 말해도 그는 크게 고마움을 느끼지 않는 표정으로 응대할 것이다.

"눈물은 그저 생리적 작용일 뿐이에요. 그게 감동이라고 하면 감동이겠지만 영화관 밖에 나와 잊어버리는 눈물은 의미가 없어요."

〈오아시스〉의 개봉을 앞두고 만났을 때 그는 그렇게 말했다. 그는 아주 부드러운 태도로 관습적인 감동을 원하는 관객의 심장을 노리는 자객이었다. 〈초록 물고기〉, 〈박하사탕〉, 〈오아시스〉 등의 영화를 통해 그는 멜로드라마라는 대중영화의 화술로 편한 감동을 배반하고 관객이 흘리는 눈물의 끝에 고통을 얹어주려는 묘한 역설의 미학을 창조했다. 그는 대중에게 악수를 청하지만 대중이 쉽게 자신의 영화에 눈물을 흘리는 것도 원하지 않는다.

최근의 이창동은 영화의 현실과 미래에 대해 훨씬 비관적인 입장이 돼 있었다. 그 자신은 성공에 큰 의미 부여를 하지 않고 있다. 의식적인 제스처가 아니라 실제로 그래보인다. 당신 영화는 중요하다고 말해주면 과연 그럴까라는 반문이 돌아온다.

"영화관계자들이나 수준 높은 관객들이 내 영화를 이해해준다고 하지만 그게 몇 명이나 되겠어요?"

"적어도 이창동의 영화를 본 전체 관객수의 1/3과는 제대로 소통하고 있지 않을까요?"

"난 그 숫자도 너무 많다고 봐."

"어차피 영화가 상업적인 유통망을 통해 다중의 오해와 소수의 이해 속에 소통되는 구조로 돼 있는 게 아닐까요? 나중에 가서야 이런저런 의미를 부여받고 작품으로 끊임없이 재검토되고 그런 것 아니겠어요?"

"그렇기도 하겠지만 내 영화를 떼놓고 봐도 영화매체 자체가 점점 효력을 다하고 있다고 보는 거지요. 영화에 대한 신비감이 없어졌어요. 우리 영화인들이 관객을 그렇게 만들었어. 영화가 알 듯 모를 듯 한 얘기를 하면 사람들이 이미 싫어해. 예전에는 저 영화가 무슨 얘기를 하나 귀를 기울이며 존중하는 자세가 있었는데 이젠 화를 낸다고, 관객들이. 이게 한국만의 문제는 아니에요. 세계적인 현상인 것 같아. 유럽에서도 자기 나라 영화를 보는 관객은 나이 든 사람들뿐이야. 젊은이들은 전부 미국 영화만 보고 있다고."

이창동은 지난해 로테르담 영화제에 심사위원으로 참여해 느낀 충격을 전해줬다.

"심사를 하는데 좀 갑갑하거든. 경쟁작만 봐야 하니까. 주변에 물어봐서 괜찮은 영화가 뭐 있나 수소문해서 어렵게 시간을 내서 한 편 봤어요. 루마니아 영화인데 굉장한 충격을 받았지. 병원에서 벌어지는 얘기인데 연출도 아주 잘 됐더라고. 윤리적으로도 흠잡을 데 없고 진지해. 나는 충격을 받았는데 대체로 반응은 무관심 그 자체야. 일반 관객들은 지루하다고 하고 영화인들 누구도 그 영화를 거론하지 않더라고. 그게 더 충격이었어요. 이 정도로 만들어도 자극을 주지 않는구나라는 충격이지. 영화로 더이상 어떻게 사람들과 소통할 수 있을까, 고민이 돼요."

우리는 세계 영화의 현실과 미래에 관해 얘기를 나눴다. 이창동은 자신이 호감을 품었던 영화의 시대가 이미 끝나가고 있는 것을 체감하고 있었다. 그는 한국 영화의 현실에 대해서도 비관하고 있었다.

"솔직히 한국 영화의 미래가 그리 밝지만은 않다고 봐요. 한국 블록버스터가 다른 한국 영화를 잡아먹고 있는 꼴이죠. 이제 홍상수나 김기덕 같은 젊은 감독의 출현을 목격하기가 점점 힘들어집니다. 한국 영화계는 국적 불문하고 다양성을 화두로 삼아야 한다고 봐요."

이창동의 비관 보따리는 아무리 풀어도 끝이 없었다. 이상한 것은 그의 비관이 상대를 힘 빠지게 하는 비관이 아니라 상당한 낙관적 기운마저 품게 만드는 전염성이 있다는 것이다. 그는 자신은 몸담지 않으면서 현상을 비판하는 냉소주의자가 아니다. 현실을 비판한다 해도 그 현실에 몸을 푹 담그고 견디면서 '잘 되겠어 어디?' 라고 중얼거리는 쪽이다. 충분히 견디며 내뱉는 그의 말엔 최악의 상황이 닥쳐더라도 이미 준비가 돼 있는 근본적인 낙관주의자의 태도가 겹쳐 있다. 그는 허명에도 관심이 없고 근본적인 예술의 소통 가능성에 회의하지만 여전히 그 소통 가능성에 매달리는 자신의 덧없는 운명에 허탈해하는 예술가다.

이창동은 자신을 둘러싼 명성의 그림자를 불편해한다. 그와 함께 다니면 '혹시 장관까지 한 이창동 영화감독이 아니냐'는 질문을 곧잘 받는다. 그럴 때 이창동은 가타부타 말하지 않고 빙그레 웃기만 한다. 생활인 이창동은 전혀 유명인 티를 내지 않는다. 그는 자신에게 주어지는 칭찬도 독이라고 여기며 자신을 찬양하는 사람들을 멀리하려 애쓴다.

그의 영화에 비판적인 태도를 취하는 사람들은 그의 영화가 위악적인 표현의 산물이라고 여긴다. 그러나 그의 영화에 호감을 갖고 있는 사람들은 그게 진지함의 열렬한 표현이라고 받아들일 것이다. 고뇌와 좌절과 상실을 알아야 희망을 볼 수 있을 것이라고 그는 정공법으로 말하고 있는 것이다. 앞으로도 이창동의 영화는 서두르지 않고 차츰차츰 그의 예술가적 성숙을 보여주는 새로운 증거물로 나타날 것이다. 삶과 영화의 정직성을 등가로 놓는 그의 근본주의자로서의 태도는 관전자들을 늘 긴장하게 만들기 때문이다.

지독하게 사랑하다

이명세

이명세 감독을 처음 만났을 때가 생각난다. 그의 두번째 영화 〈나의 사랑 나의 신부〉가 1991년 피카디리 극장에서 개봉해 연일 만원사례를 기록할 무렵이었다. 개봉한 후 며칠 지나지 않았던 때였으므로 그는 이제 막 흥행의 물꼬를 튼 영화의 감독으로서 흥분을 감추지 못하고 있었다. 그의 데뷔작 〈개그맨〉은 외롭게 개봉한 후 잊혀졌기 때문이다.

나는 영화과 대학원생이었으며 얼굴에 '진지'를 써붙이고 다니는 초짜 영화광이었다. 본인은 그렇지 않다고 강변해도 주변에서 그렇게 봐주니 도리가 없었다. 그런데 이명세 감독은 영화에 대한 진지함의 도가 보통 사람의 열 배는 넘었다. 그의 말은 영화 교과서에서 읽은 것이 아니라 자기 체험과 사색에서 우러나온 것으로, 영화 역사의 새로운 창세기는 자신이 쓰게 될 것이라는 굳은 신념으로 가득 차 있었다.

　박중훈, 최진실이 나왔던 〈나의 사랑 나의 신부〉를 스타일리시한 로맨틱 코미디라고만 대했던 나에게 이명세는 그 영화가 우리 삶의 공기를 얼마나 처절하고 절실하게 표현한 것인지에 관해 동서고금의 명작들을 거론하며 심각하게 옹호했다. 그 당시에 영화의 형식을 가지고 그렇게 열렬하게 얘기하는 영화감독은 찾아보기 힘들었다.

　정치적으로 억압돼 있던 시대에 이명세는 시대의 돌연변이 취급을 받았다. 나는 그의 그런 취향이 은근히 좋았지만 장래 평론가로 먹고 살아야겠다는 결심을 하고 있었으므로, 감독과 너무 사적으로 친해지는 것은 직업적 판단에 해가 될 것이라는, 안해도 되는 고민을 지레 하고 있었으므로 필요 이상으로 딱딱하게 그를 대했다. 이명세는 나 같은 같잖은 꼬마를 굳이 상대하지 않아도 됐을 터인데 내가 그에게 당시로서는 보기 힘들었던 안드레이 타르코프스키의 〈거울〉 비디오테이프를 빌려줬으므로 일주일 후 피카디리 극장에서 다시 만났다.

　그는 일주일 전의 흥분 대신, 〈나의 사랑 나의 신부〉가 흥행이 잘 되는데도 불구하고 홍콩 영화를 극장에 걸려고 하는 극장주와 대판 싸움을 벌인 뒤 다소 침울해 있었다. 일주일 전 영화의 미학에 관해 열변을 토하던 그 감독이 이번에는 수입업자와 짜고 자신의 영화를 조기종영하려는 극장주에게 바치기로 응징한 에피소드를 말하고 있었다. 당시 한국 영화는 인기 없는 것이었고 어쩌다 흥행하는 영화라도 귀한 대접을 받지 못했다. 그날 나는 이명세의 울분을 술자리에서 고스란히 듣고 있었던 것 같다. 학생 신분의 무능력이 괜히 적스러워

"〈첫사랑〉이 개봉하던 날 명보 극장 앞에

갔는데, 사람이 한 명도 보이지 않는 거야.

- 하나님이 날 이렇게 사랑하시는구나 · 라고

받아들이고 바로 집에 들어가서

〈지독한 사랑〉 시나리오를 썼지."

어찌할 바를 몰랐다. 술값도 내가 계산하려고 했는데 한사코 말리던 그가 비상금을 꺼내는 것이었다. 자신의 냄새나는 양말을 벗더니 그 바닥에 숨겨놓은 만 원짜리 석 장을 꺼내 계산하는 그의 모습을 보면서 오랫동안 조감독 생활을 한 끝에 갓 두 편의 영화를 만든 영화감독의 초상을 보는 것 같아 황망했다.

〈나의 사랑 나의 신부〉 이후 90년대는 이명세의 시대가 될 것처럼 보였다. 그러나 모든 이의 절대적인 주목을 받았던 〈첫사랑〉은 서울 관객 만 명도 들지 않는 흥행상의 재앙을 맞았다. 그 뒤로도 이명세는 계속 불운했다. 〈남자는 괴로워〉, 〈지독한 사랑〉 모두 흥행 성적이 좋지 않았다. 사람들은 이명세가 고집스러운 형식주의자라고 생각했다. 그 당시 그를 충무로에서 몇 번 지나치며 만난 적은 있지만 따로 깊은 얘기를 한 적은 없다. 그는 이미 유명감독이었고 언젠가 중앙대 대학원 주최의 심포지엄에 온 그를 사회자의 신분으로 옆에서 지켜본 적이 있었는데 왠지 지나치게 거들먹거리는 것 같았다. 그래서 그의 잇단 흥행 실패가 자기만의 성에 스스로 갇힌 고집쟁이 예술가의 당연한 운명처럼 보여 심드렁했던 것이다.

이명세의 재기가 힘들 것이라고 모든 이들이 고개를 절레절레 흔들 때 이명세는 〈인정사정 볼 것 없다〉로 기적적으로 재기했다. 이 영화가 개봉하기 전 잡지의 마감 일정 때문에 새벽 0시에 압구정동의 극장에서 열린 기술시사회에 슬쩍 끼어들어 영화를 처음 봤던 기억이 새롭다. 첫 장면부터 창의적인 이명세의 스타일이 눈부신 리듬으로 펼쳐지고 있었디. 그때 이후로 나는 이명세의 영화를 끝까지 사랑할 것 같은 예감을 받았다.

1999년 여름, 폭우가 쏟아지던 7월 31일은 이명세의 〈인정사정 볼 것 없다〉가 개봉하는 날이었다. 악천후에도 불구하고 그 영화는 개봉 첫날부터 관객을 끌어들였고 이명세는 사방에서 걸려오는 축하전화를 받고 있었다. 그는 서서히 지옥에서 빠져나오고 있었다. 데뷔작인 〈개그맨〉은 제작사에서 버림받아 제작한 지 1년이 지나 개봉했고 〈나의 사랑 나의 신부〉는 흥행 호조에도 불구하고 홍콩 영화를 서둘러 상영하려는 극장 쪽의 압력 때문에 서울 관객 20만 명을 채 넘기지 못한 채 종영했으며 그 후로도 웬일인지 이명세의 영화는 대중과 조우하지 못했다. 〈인정사정 볼 것 없다〉가 개봉한 그날 저녁 함께 술을 마시던 이명세는 지나간 과거를 호기 있게 돌이켰다.

"난 이상하게도 흥행 쪽으로는 늘 마음이 편했어. 〈첫사랑〉이 개봉하던 날 명보 극장 앞에 갔는데, 사람이 한 명도 보이지 않는 거야. '하나님이 날 이렇게 사랑하시는구나'라고 받아들이고 바로 집에 들어가서 〈지독한 사랑〉 시나리오를 썼지. 하나님이 내 본성의 천박함을 아시고 들뜨지 않게, 잘난 척하지 않게 누르셨구나 하고. 〈남자는 괴로워〉가 개봉했을 때도 영화가 또 망했어. '하나님이 나를 많이 사랑하시는구나.' 〈지독한 사랑〉도 그랬지. '하나님이 나를 아주 지독하게 사랑하시는구나.'"

이명세는 〈인정사정 볼 것 없다〉를 만들 때 이런 꿈을 꿨다고 고백했다.

"나는 히치콕 꿈을 꿔. 이를테면 어느 날 히치콕이 꿈에 나타나 M

자를 보여주는 거야. 왜 그랬을까. '살인'(Murder, 히치콕의 초기 영화 제목)일까, 아니면 프리츠 랑의 'M'일까. 그래, 히치콕은 화면 자르기의 명수다. 그가 내게 나타난 것은 뭔가 영감을 주기 위해서다, 이렇게 생각하는 거야. 어떤 때는 오슨 웰스가 꿈에 나타나는데 다섯 권짜리 책을 주면서 4권만 빠트리고 주더라고. 그럼 웰스가 왜 그랬을까 고민하다가 그래 웰스는 카메라 이동이다, 이런 생각을 하고 현장에서 끊임없이 웰스 선배 내게 영감을 주시오, 라고 속으로 말하곤 하지. 구로사와가 죽었다, 그러면 나한테 뭘 줄까 기도해. 우린 당신 뒤를 이어 해나가는 사람인데, 영감을 주고 힘을 주시오. 우습지만 그런다고. 오즈 야스지로도 꿈에 나타나. 그가 우리 집에 와 테이블에 앉았어. 당신 영화와 똑같이 찍고 싶다, 화면 자르기의 전범을 보여주고 싶다고 말했는데 오즈가 그러는 거야. 너와 나의 영화는 다르다. 넌 네 방식대로 찍어라. 그래서 오즈에게 내가 만든 단편영화를 보여주겠다고 복도를 뛰는데 문득 '아, 오즈는 죽었잖아'라고 생각하지. 꿈에서 깬 뒤에는, 그래 오즈는 공간이다, 내 영화에서 공간은……이런 식으로 또 생각을 하는 거지."

이명세만큼 영화에 미친 감독이 흔치 않다는 에피소드를 보여주는 이 꿈 얘기는 이명세의 몰입과 강박의 정도를 알려준다. 그는 성공의 달콤한 유혹보다 자신의 영화가 영화 역사에 남을 수 있을까를 더 고민한다.

"조감독 시절에 배창호 감독에게 들은 충고를 잊을 수가 없어. 한번은 배창호 감독이 어느 파티에 갔는데 과거의 쟁쟁한 감독들이 다

모여 있었지. 어느 선배 감독이 배창호 감독을 불러 그런 말을 했다고 해. '저 감독들 모두 다 과거에 쟁쟁한 흥행작을 낸 사람들이다. 지금은 뭘 하고 있는가.' 나는 많은 감독들이 그렇게 사라져간 것을 보면서 컸어. 생활이 어려워도 내 시나리오가 나올 때까지 버텼어. 돈과 상, 다 좋아. 그러나 돈과 명예가 세상을 바라보는 나의 눈을 키워주진 않아. 정확히 살아남을 수 없으면, 어느 한순간에 버림받는다는 것을 뼈저리게 느끼지."

이명세는 〈인정사정 볼 것 없다〉로 성공한 후에 할리우드에 가서 영화를 찍겠다고 선언하고 무모하게도 그곳에 장기체류하면서 신천지를 모색했다. 그게 쉽게 될 리가 없었다. 부산국제영화제에 온 그는 수염을 기르고 꽤 이방인의 분위기를 풍기면서 '피가 한 방울도 나오지 않는 공포영화'를 비롯해 기획 중인 여러 프로젝트 구상을 밝히곤 했다. 말도 통하지 않는 나라에서 아무런 인적 네트워크도 없이 시작한 미국 생활이 쉬웠을 리가 없다. 이명세는 귀국했고 한국에서 다시 시작했다. 21세기 영화의 전범으로 만들겠다는 호언장담과 함께 완성된 그의 신작 〈형사〉는 요란한 기대를 업고 개봉했지만 큰 반향을 일으키지 못한 채 극장에서 사라졌다.

그의 영화는 항상 새로운 것을 보여주지만 양식미가 극단으로 치달을 때 등장인물에 대한 감정 이입의 여지는 더 줄어든다. 이를테면 〈남자는 괴로워〉의 첫 장면, 만원인 지하철에서 얼굴이 납작해질 만큼 사람들에게 눌려 지하철 문이 열리기를 기다리는 출근길 박상민의 모습은 현실적으로 꽤 충격을 준다. 이명세의 양식미가 현실의 어떤 정경을 재현할 때 그런 파괴력이 나온다. 곧 이어지는 장면에서 그런 파괴력은 사라진다. 아무래도 현실 속 직장 풍경이라고 보기에는 너무 인공적인 상황이 연출되었던 것이다.

요컨대, 이명세 영화의 힘은 극단적인 양식미가 현실 속의 어떤 풍경에 조준돼 정확히 세부묘사와 조화됐을 때 폭발력이 생긴다. 상업영화 감독으로서 이명세가 쇠잔해졌다고 느낄 무렵 만들어진 〈인정사정 볼 것 없다〉가 정서적인 충격을 준 것도 그 때문이었다. 부산의 유명한 계단에서 서정적인 암살 장면을 재현할 때, 쏟아지는 빗속에서 서부영화의 대결 장면을 연출할 때, 이명세의 양식미는 현실을 튕겨내는 듯하면서도 흡수한다. 굉장한 기시감과 전혀 새로운 것을 보는 느낌이 충돌하며 서로 공존하는 것이다.

〈형사〉에는 그런 게 없었다. 처음부터 끝까지 이 영화에는 질주의 에너지만이 넘친다. 괴담 분위기의 첫 장면이 주막에서 술을 마시며 동료들에게 허풍을 치는 한 남자의 얘기였다는 것이 농담처럼 배치된 후, 본격적인 이야기의 도입부로 넘어가는 장터 추적 장면이 연대기순으로 봤을 때 실은 이야기의 중간 토막이라는 점에서도 이명세의 의지가 어디에 있었는지 자명하다. 그는 원인과 결과에 따라 이어지는 직선적인 러브 스토리에 관심이 없었다. 이명세는 자객 슬픈 눈과 여포교 남순의 사랑이 이미 짐화된 이후의 대결 스토리에서 나오는 에너지를 찍는다. 영화 중반에 다시 시간을 거슬러 올라가 사건의 발단을 보여줄 때도 그 에너지는 감소하지 않는다. 누군가에 마음을 빼앗겨 취한 청순의 마음을, 칼을 들고 대결해야 하는 주인공들의 치

133

지에서 묘사한다는 것이 감독의 야심이었다.

이명세의 이런 야심은 족보에 없는 것이다. 그의 과잉 미학은 스토리를 무시하고 리듬의 강약도 무시하고 한계가 없는 감정의 데시벨을 향해 치솟는다. 영화 내내 인습적인 장면 연결이 하나도 없는 대신, 와이프 효과로 장면 전환을 대치한 것이 좋은 예다. 화면을 빗자루로 쓱 쓸어내듯이 누군가가 카메라 앞을 가리고 지나가면 이미 다른 공간으로 넘어가 있다. 이런 끝없는 공간 점프 과정에 이명세 영화의 활력이 있는 것이다. 영화는 공간이며 동시에 시간이다. 시간을 통해 공간을 새기는 예술이다. 이명세는 거꾸로 생각한다. 공간을 통해 시간을 되새기는 것이다. 거기에 동의할 수 없는 관객은 이 영화를 폭력이라고 생각했을 것이다.

또는 이런 것도 지적할 수 있다. 이를테면 〈개그맨〉 후반부, 영화를 찍는다는 명분으로 은행을 턴 뒤 경찰에게 쫓기던 이발사가 타이어가 펑크 난 자동차를 고치기 위해 시골의 어느 허름한 자전거포에 들러 주인에게 도움을 청한다. 그때 자전거포 주인은 밤참으로 막 라면을 끓여 먹고 있다. 이발사는 "라면의 맛을 아시는군요. 역시 라면은 계란 풀지 않은 게 진짜죠"라고 말한다. 사소하게 지나가는 이런 장면에서조차 이명세의 연출은 라면 냄새까지 불러오는 듯한 착각을 준다. 〈형사〉는 선의 충돌과 조화를 강조하는 화면 구성의 쾌감에 취한 나머지 이런 생활 감각적 재미를 집어넣을 수 있는 여유가 없어보였다. 이 영화의 한계는 그러므로 스토리가 없다는 것이 아니라 등장인물의 생활을 묘사할 때 전해지는 재미를 전혀 느낄 수 없다는 데 있다. 조형적인 아름다움을 부각시키기 위해 추상화된 인물들의 존재는 철저히 도구화된다.

소재영의 다큐멘터리 〈조선 느와르—이명세 〈형사〉 만들기〉에는 이 이명세식 이상한 나라의 형식미를 완성하기 위해 이명세가 벌인 좌충우돌의 고투가 고스란히 기록돼 있다. 이 다큐멘터리에서 마음에 남는 것은 〈형사〉가 국내 개봉한 이후 토론토 영화제에 참석한 이명세 감독이 극도의 우울증에 빠져 거리를 걷는 모습이다. 그는 토론토 시내의 어느 벤치에 앉아 〈형사〉 흥행 실패에 대한 소회를 말한다.

"대중은 너무 앞서가는 것도 너무 뒤처지는 것도 원치 않는 것 같아. 어떻게 해야 할지 아직 모르겠어. 지금 정리 중이야. 어떻게 하면 대중과 소통할 수 있는지."

토론토 시내를 제작자와 함께 허망한 표정으로 걷고 있는 이명세의 모습에는 자신이 초래한, 그리고 감당해야 할 후폭풍을 견뎌야 하는 자의 고통이 배어 있다.

〈조선 누아르—이명세의 〈형사〉 만들기〉는 예술 작업이 때로 광기에 의해 지탱된다는 것을 생생하게 보여주는 잘 만든 작품이다. 스스로 통합의 영화를 만든다고 자화자찬하는 이 예술가는 절대 리듬감으로 만들어지고 받아들여지는 새로운 영화의 틀을 꾀한다. 그 뒤로 여러 자리에서 이명세를 만났다. 이명세의 이드레날린은 여전히 왕성하게 분비되고 있는 듯이 보였다. 그는 만날 때마다 말한다. "영진이 형, 잘 지내고 있나. 나? 나야 늘 그렇지. 새 영화 준비하고 있어." 정말 그는 새 영화를 빠른 속도로 준비하고 있었다. 멀리 나아간 〈형

사) 이후에 조금 덜 멀리 나간 신작을 찍겠다고 그는 결심한 듯이 보였다. 그건 그의 영화 행보가 늘 그려왔던 궤적이었다. 자기 주관을 과도하게 밀어붙인 후 그는 다시 궤도 수정을 하고 올라야 할 형식미의 봉우리 수위를 조절한다.

그가 말하는 통합 영화의 전체 그림은 아직 완성되지 않았다. 그가 지금까지 보여준 것은 빙산의 일각일 것이다. 그의 마음속에는 부글부글 새로운 것에 대한 강박으로 가득 차 있다. 한국 영화계가 언제까지 그를 품고 있을지 모르지만 이 반미치광이 예술가의 신작을 더 자주 볼 수 없는 것은 불행한 일이다.

빈민을 찍다가 빈민이 되다

김
동
원

한국 독립다큐멘터리의 대부 김동원 감독은 한결같은 사람이다. 그는 낮은 곳에 임해 사람들과 더불어 사는 80년대적인 사고방식과 이상을 표내지 않고 체화시켰다. 〈상계동 올림픽〉으로 비디오 저널리즘과 다큐멘터리 정신이 무엇인지 보여줘 타의 귀감이 됐던 그의 삶에서 가장 극적인 것은 그가 관찰자로 머무르지 않고 실제 삶 속으로 뛰어든다는 점이다. 1988년 서울 올림픽을 앞두고 공식 언론에서 장밋빛 환상을 전파하고 있던 그 시절에 그가 상계동의 철거민들과 같이 2년 반 동안 동고동락하면서 불편한 현실의 모습을 바로 곁에서 카메라로 담은 〈상계동 올림픽〉은 다큐멘터리적 진실과 감동의 한 장을 열어보였다.

1991년부터 그가 이끄는 '푸른 영상'은 노동, 빈민, 인권, 공동체 등의 주제로 다큐멘터리를 활발하게 제작했다. 그동안 김동원은 독립영화계의 대소사를 논하는 자리와 빈민운동의 현장에 늘 함께 있었다. 그는 〈상계동 올림픽〉을 찍을 때 무소유의 철학과 참여 미학을 몸으로 받아들인 사람이다. 그가 카메라로 보여주는 세상과 카메라 밖에서 그가 사는 세상은 차이가 없다. 늘 카메라를 들고 쫓아다녔던 산동네 주민들처럼 김동원 역시 산동네 주민이고 빈민이다.

《씨네21》 기자 시절 그가 대표로 있던 신대방동의 푸른 영상 사무실을 찾아갔을 때 그 방에 배어 있던 궁기와 결기가 생각난다. 시간을 거슬러 올라가 과거의 공간에 이른 듯한 느낌인데, 검약과 신념으로 버티는 80년대의 분위기가 있었다. 그러나 깨끗이 청소가 되지 않아서 오히려 부담이 없는 집을 방문한 것 같은 편안함도 준다. 그것은 김동원의 한결같은 인품 때문일 것이다.

그는 '대부'지만 누구에게나 '동원이 형'으로 불리고 그게 잘 어울린다. 그의 외모에서는 권위나 가식의 때깔이 전혀 없다. 사무실에서 그는 사진촬영에 전혀 도움이 될 것 같지 않은 추레한 반바지 차림으로 맞으며 의아한 표정으로 물었다. "어, 왜 이렇게 떼거리로 나타났지?" 그 당시 꽤 많은 분량의 특집기사를 기획중이라고 말했는데도 김동원은 자신의 이야기가 그만큼 가치 있는 것인가를 스스로 미더워하지 않았다. "기사가 되겠어? 재미가 없을 것 같은데." 사진 촬영을 끝내고 인터뷰에 앞서 커피를 타주면서 그는 다시 조용히 물었다. "혹시 원래 쓰려고 했던 특집기사가 펑크난 거 아냐?"

'한때 놀 만큼 놀았다'고 공언하는 김동원의 변신은 현기증이 날 지경이다. 부유한 의사 집안의 맏이로 태어난 김동원은 현재 최소한

그는 빈민에 관한 다큐멘터리를 찍다가

그 스스로 빈민이 된 것처럼

카메라 밖의 삶과 안의 삶을

구분하지 않는 태도로 어떤 정직성의

맨 얼굴을 우리에게 들이댄다.

월수 60만원을 보장하라는 아내의 요구에 수심을 짓는 빈민이다. 마마스 앤 파파스의 〈캘리포니아 드리밍〉을 불러대며 여고생들의 팬레터를 숱하게 받았던 아마추어 고교생 밴드의 리더였다가 지금은 철거민들의 삶을 돕는 운동가로 변신했다. 경기고를 다닐 때부터 대마초를 피우며 공부를 작파하고 밴드 활동에 열심이던 양아치였으나 대학시절에는 근대적 가치를 조롱하는 부조리 연극을 공연하고 연출했던 자유주의자 성향의 딴따라였고 군대를 갔다 온 후에는 '영화 현실감 연구'라는 제목을 단, 구조주의 영화이론의 초기 성과를 집약한 꽤 내실 있는 논문을 쓴 진지한 대학원생이었다. 그리고 〈상계동 올림픽〉이후 그는 비디오로 세상을 담는 다큐멘터리 감독이자 빈민운동가가 됐다.

그는 자유주의적 성향의 개인주의자로 천품을 타고났지만 송학마을과 같은 공동체 삶의 이상을 자기 주변의 삶에서부터 실천하려고 애쓰는 집산주의자로 살고 있다. 대개 한두 갈래의 코스를 밟으며 인생을 경영해온 대부분의 사람들과는 달리 그는 급커브를 마다하지 않는 길을 달렸다.

그러나 김동원은 자신의 삶이 어떻게 하다 보니 그저 운명에 순응한 것이었다고 생각한다. 88올림픽을 앞두고 아파트촌을 건설중이었던 상계동의 철거현장을 선배의 부탁으로 하루만 찍겠다고 하고 들어갔다가 그의 운명은 바뀌었다. 그날 기록한 화면의 녹음이 불량해 다음날 다시 현장을 찾아갔고 그때 마침 철거반원들이 들이닥치면서 '미안해서' 현장을 떠나지 못하다가 결국 상계동 철거민들의 비디오

관찰자로 나섰고 그러다 기록영화 감독이 됐으며 그러다 빈민활동가가 됐다. 또 제도권으로 들어가지 않은 영화인들 가운데 제일 연륜이 높다 보니 자연스레 이쪽 판에서 가장 중심에 있는 선배가 됐다. 그런데도 김동원의 삶은 격한 리듬이 결여된 것처럼 보인다.

그는 느릿느릿하게 말하고 서두르는 법이 없다. 이런 태도가 세상을 보는 그의 방식이다. 그는 "당신들은 어떻게 생각하는지 모르지만 내가 보는 80년대와 그 이후는 달라진 게 하나도 없다. 아직도 절망이 넘쳐난다. 쉽게 바뀌지 않을 것이다"고 말했다. 철거당한 뒤에 거의 공동체 삶을 이룰 뻔하다가 무산된 상계동 주민들의 이후 삶을 지켜보면서 김동원은 기록영화와 실제 삶에서 공동체의 이상적인 삶을 이루기 위해 천천히 노력하리라 결심했다.

김동원은 주변에서 좋은 사람을 많이 만난다고 했다. "냉소와 감상주의가 넘치는 시대라고 하지만 내 주위에는 희망을 육체화시킨 사람들이 더 많아요." 1998년 그를 인터뷰하는 도중 봉천동 주거대책위원회 총무로 있는 아주머니가 푸른 영상 사무실을 방문해서는 최근 주민들과 함께 추진하고 있는 시래기 사업 현황에 관해 신나게 자랑하고 갔다. 가락동 야채시장에서 무청을 모아다 삶아 되파는 이 사업에서 주민들은 일당 2만원을 받는다. "가난한 사람들의 생명력은 감탄스러워요. 서로 치고받고 악다구니를 부리는 걸 보고 있노라면 때로 지옥에 와 있는 것 같지만 인간적인 감동을 느끼죠"라고 김동원은 말한다.

김동원에 따르면 영화는 '드러내는 것보다 감추는 게 많은' 매체다. 영화에 비친 현실은 빙산의 일각에 불과하다는 것이다. 김동원이 드러내고 싶은 것은 사회의 온갖 권력장치가 억누르고 있는 못사는 사람들의 연대감이다. 김동원은 주류 다큐멘터리에서 할 수 없는 방식, 곧 어떻게 하면 현실의 복판에서 비켜나 있는 사람들의 목소리를 최대한 많이 담을 것인가를 고민하고 있다. 이것이 그의 다큐멘터리 미학이라면 미학이다. 찍는 사람과 찍히는 사람의 관계 맺는 방식에 고민하고 양자가 마음을 합쳐가는 실제의 삶에 그는 더 행복을 느낀다.

스스로 드러내는 것보다 감추는 게 많은 매체라고 말하는 영화를 통해 그는 감춰진 것을 말하려는 의지를 느릿느릿 피력해왔다. 1998년 그를 만났을 때 그는 전향하지 않은 장기수들의 삶을 꾸준히 취재하고 있으며 언젠가는 영화로 완성될 것이라고 밝혔다. 까맣게 잊고 있었는데 그는 그 작업을 오랫동안 해왔고 그 결과물로 세상에 나온 것이 그의 대표작이랄 수 있는 〈송환〉이었다. 10년 동안 담아낸 8백 시간에서 추린 이 다큐멘터리는 현장에 입회해서 공감의 에너지를 끌어내는 카메라의 힘이 무엇인지를 증명하는 문화 자산이다.

1992년부터 찍은 장기수들의 삶에 관한 다큐멘터리 〈송환〉은 간첩 혐의로 수십 년을 복역하다 자신이 사는 봉천동에 이사 오게 된 두 장기수 할아버지를 사적으로 만나며 시작된 작품이다. 이 영화에서 김동원의 카메라는 자신을 국가 기관의 공적인 감시의 눈길과 구분하지 않는 장기수 할아버지들의 거부감을 상대해 아주 느리게 그들의 삶에 다가간다. 처음 '간첩'이라는 말을 듣고서 은근히 감독 스스로도 장기수 할아버지들에게 느낀 두려움의 정체는 남한 사회를 사는 대다수 사람들에게 내면화된 오랜 금기의 부산물이다.

감독 김동원은 가끔 다큐멘터리 화면 안에 들어가 있다. 장기수 할아버지들과 그 주변인들의 틈새에서 그는 특유의 온화한 미소를 지으며 어색하게 끼어들어가 있다. 그와 그의 분신인 카메라는 국가제도 권력으로부터 교화해야 할 악으로 지정돼 감옥 속에서 폭력을 겪으며 버텨내고 더러는 돌이킬 수 없는 절망을 입은 장기수 할아버지들에게서 인간의 모습을 끌어낸다. 〈송환〉의 초반부는 뿔 달린 괴물로 알고 자랐던 빨갱이들에 관한 우리의 내면화된 무의식에서 김동원과 관객이 함께 조금씩 빠져나오는 과정이다. 그 다음에는 통일이나 분단 극복과 같은 추상적인 구호의 이면에 완강히 자리잡은 벽이 얼마나 견고한 것인가에 대한 나직한 관찰이 이어진다.

〈송환〉이 흥미로운 것은 찍고 있는 대상과 기꺼이 일체감을 나누며 접근하는 김동원의 카메라가 미묘하게 망설이고 있다는 느낌을 주고 있기 때문이다. 예전에 김동원은 자신이 찍고 있는 인물들의 삶을 미화하는 것이 두렵거나 부끄럽지 않다고 말한 적이 있다. 〈상계동 올림픽〉을 비롯해 주로 도시 빈민의 삶을 다룬 김동원은 행당동 사람들의 공동체 삶을 교육적인 목적에서 기록한 〈행당동 사람들 2〉와 같은 영화에서, 필요하다면 사회적으로 약자인 사람들의 삶을 카메라에 담는 가운데 선동적이며 교육적인 목적을 드러내는 것을 전혀 부끄러워하지 않겠다고 말했다.

그렇지민 〈송환〉에서 김동원은 계속 망설인다. 영화가 한창 진행되고 결말이 다가와도 태생적으로 자유주의자인 김동원과 장기수 할아버지들과의 이념적 거리는 가까워지지 않는 것 같다. 이념은 김동원이 그들과 함께한 10년의 세월도 뛰어넘기 힘든 벽이다. 김동원은 남한의 보수 언론이 퍼뜨리는 북한 체제와 이념에 대한 혐오에 조심스럽게 거부감을 비치는 한편 장기수 할아버지들의 완강한 신념을 완전히 받아들일 수 없는 당혹감도 내비친다. 대신 그는 꾸준히 할아버지들을 만나면서 자신과 할아버지들의 모습을 동시에 점검하고 있다. 가끔 울컥하는 심정으로 눈물을 쏟게 하다가도 차분하게 장기수 할아버지들의 삶을 응시하며 인간의 얼굴과 체제의 이념을 동시에 비춰 보인다.

김동원의 카메라 미학은 결국 카메라 곁의 그들과 함께한다는 것이다. '다큐멘터리 제작은 낚싯대를 드리워놓고 찌를 바라보는 것과 같은 일'이라고 생각하는 그는 빈민에 관한 다큐멘터리를 찍다가 그 스스로 빈민이 된 것처럼, 카메라 밖의 삶과 안의 삶을 구분하지 않는 태도로 어떤 정직성의 맨 얼굴을 우리에게 들이댄다. 그는 카메라로 근사한 장면이 되는 현실을 찍고 있다가도 만약 카메라 앞의 현실이 등장인물들에게 위급하다고 생각되면 카메라를 끄고 팔을 걷어붙인 채 그들을 도우려는 태도를 지닌 감독이다. 그는 실제 삶을 위해 미학도 포기할 수 있다고 생각한다. 이것이 그의 다큐멘터리의 힘이다.

왜? 나는 변태니까

김
기
영

나는 고 김기영 감독이 타계하기 전 수년 동안 그분과 안부를 주고받으며 나름대로 절친하게 지냈다. 그분의 집을 처음 방문했을 때가 기억난다. 1997년 겨울 12월에 나는 김기영 감독의 회고전을 기획해서 당시 일하고 있던 잡지사에 기사화할 계획을 세웠다.

회고전의 취지를 설명하기 위해 그를 만난 나는 나름대로 노 거장을 대면한다는 존경심으로 긴장해 있었지만 김기영 감독의 서재 분위기에 얼이 빠지고 말았다. 그의 서재에는 어디서 뜯어냈는지 모를 나체 여성의 대형 브로마이드가 벽 한 면에 걸려 있었다. 사방이 책들로 가득 채워진 서재와 그 대형 브로마이드가 꾸미는 분위기는 엽기적이었다. 상대의 반응은 아랑곳없이 김기영 감독은 환기도 되지 않는 서재에서 연신 파이프 담배를 피우며 당신 자랑에 여념이 없었다.

김기영 감독은 〈살인나비를 쫓는 여자〉에
대해 말하던 중 "나는 예술을
하려고 한 게 아니다. 나는 내 취미대로
영화를 갖고 놀았다."고 농담으로 되받았다.

"내가 지금도 매일 일하거든. 명절 때도 나는 일해. 설 때도 아침에 자식들 세배만 받고 바로 시나리오를 쓴다. 지금 영화화할 시나리오가 서른 권은 넘어. 젊은 사람들은 분발해야 돼."

자신의 영화 속 등장인물들처럼 '~다'로 끝나는 문어체를 종종 구사하는 김기영 감독은 대화를 나누다가도 뭔가 당신만 알고 있다고 생각되는 걸 말할 때는 목소리가 나직해졌다.

"스필버그는 유태인이다. 유태인들은 머리가 좋지. 세계는 유태인들의 장삿속에 놀아나고 있는 거다. 스필버그의 영화는 조심해야 해. 유태인들은 머리가 좋지만 철저하게 장삿속으로만 영화를 만들거든. 〈쉰들러 리스트〉 따위의 영화는 다 그럴듯한 사기야. 자네도 알아두게. 거기 걸려들면 안돼."

이런 얘기를 할 때면 그는 '자네만 알고 있게'라는 투의 말로 시작하곤 했다.

"내가 오우삼의 〈브로큰 애로우〉를 봤는데 별것 아니다. 그게 왜 장사가 잘 되는지 아나? 자네만 알고 있게. 거기서 아무리 악당들이 총을 쏴도 주인공은 죽지 않아. 바로 그거야. 젊은 아이들이 게임하는 걸 보면 그 영화와 똑같다. 아무리 총을 쏴도 죽지를 않아. 그 영화는 게임을 모방했기 때문에 성공한 거야."

김기영 감독의 말은 끝없이 이어졌다. 그는 어떤 주제가 나와도 막힘이 없을 만큼 박학다식했다. 시간 가는 줄 모르게 상대를 홀리는 언변이 있었다. 실은, 언변만큼이나 그의 솔직한 태도도 상대를 압도했다. 평생 그가 가장 자주 만들었던 영화는 〈하녀〉류의 영화로 어자 때문에 패가망신하는 이야기였다. 〈하녀〉, 〈충녀〉, 〈화녀〉, 〈화녀 82〉, 〈육식동물〉 등의 영화가 다 엇비슷한 내용이었다. 가정부 때문에 패가망신하는 중산층 남자의 이야기. 왜 그렇게 비슷한 이야기를 만드시냐고 물었더니 대답이 단순명쾌했다.

"장사가 잘 되니까. 극장 배급업자들은 그 영화만 만들면 손님 든다, 이렇게 생각했거든. 그래서 때만 되면 만들어달라고 돈 보따리 싸들고 나한테 오는 거야. 그럼 나는 또 만든다. 똑같은 영화라고 하겠지만 실은 많이 다르다. 배우, 화면 다 달라." 그러고는 이렇게 덧붙였다. "남자들은 다 똑같애. 여자 생각만 한다. 나도 바람피우고 싶지만 잡혀갈까봐 못 하는 거야. 당신도 그렇지?"

김기영 감독과 함께 작업했던 정일성 촬영감독의 말에 따르면 김기영 감독의 촬영 현장에는 다른 영화에서 볼 수 없었던 기이한 상황이 곧잘 연출됐다. 1970년대 초에 〈화녀〉를 찍을 때 김기영 감독은 영화 속 설정에 따라 쥐들을 구덩이에 몰아넣고 성냥불로 태우는 연기를 여배우에게 시켰다. 그때 수백 마리의 쥐들이 뜨거움을 견디다 못해 구덩이에서 탈출하기 시작했다. 쥐들은 세트로 지어진 집의 벽을 타고 사방으로 흩어졌다. 쥐들이 찍찍거리며 불붙은 몸으로 온 사방에 불덩이를 옮기는 그 상황에서 정일성 감독은 카메라를 돌렸다. 필름에 담긴 그 장면은 보는 사람의 얼을 빼놓을 만한 것이었지만 너무 잔인하다는 이유로 검열에서 잘렸다.

1976년에 제작된 〈이어도〉는 이청준 소설이 원작이지만 원작과는 거의 상관이 없다. 김기영 감독은 도입부의 상황만을 소설에서 끌어오고 전혀 다른 내용으로 나머지를 채웠다. 이 영화의 클라이맥스에도 충격적인 장면이 담겨 있다. 죽은 남자의 씨를 받기 위해 무당의 입회하에 남자의 성기에 대롱을 꽂고 그 위에 여자가 올라선다. 김기영은 사람이 죽어도 일주일간 정액은 살아 있다는 속설에 따라 그 장면을 찍었다고 말했지만, 그 설정의 과학적 타당성의 여부를 떠나 중앙정보부 직원들이 입회했던 70년대의 살벌했던 검열 풍조에서 이 장면을 보던 검열위원들의 표정이 어땠을까를 생각하면 절로 웃음이 난다. 김기영 감독에게 그 당시의 상황을 물었더니 "모르겠다. 기억이 나지 않아. 별문제 없었던 것 같은데. 그보다 다시 영화를 보니 정말 잘 만들었다. 벌써 공해 문제도 얘기했던데. 하지만 아무도 알아주지 않았다"는 대답이 돌아왔다.

김기영 감독은 해방 이후 남한이 배출한 드문 천재였다. 그의 삶을 둘러싼 온갖 일화들이 그의 천재성을 증거하고 있었다. 서울대 치대 시절 연극반 활동 시절에 연출자로서 이미 명성을 얻은 그는 모스크바에 유학해서 스타니슬라프스키 연극 이론을 공부할 결심을 했다. 평양에 가서 이미 그쪽에서 수학하고 돌아온 권모 선생의 조언을 얻으려고 했던 김기영은 그가 자신을 만나주지 않자 평양에 체류하면서 몇 편의 연극을 연출했다. 꽤 평판이 좋게 났는데도 여전히 자신을 만나자는 얘기가 없자 그는 직접 권선생을 찾아갔다. 그의 대답은 간단했다. "예술을 하려면 돈과 운이 필요하다. 난 당신의 운이 어떤지 모르기 때문에 모스크바 유학을 권할 수 없다." 실망한 김기영은 삼팔선을 건너 돌아왔고 그 식후 남한과 북한은 따로 정부를 수립했다.

김기영 감독을 만나면 이런 식의 일화들이 쉴 사이 없이 흘러나왔다. 나는 옛날 얘기를 듣는 어린아이처럼 김기영 감독의 얘기 보따리가 그렇게 재미있을 수가 없었다. 사모님에게서 하루 2만원의 용돈을 받았던 그는 소문난 구두쇠라는 평판과 달리 내게 밥도 곧잘 샀다. 동숭동의 어느 일식 우동집에서 나와 함께 점심을 먹으며 '이곳 국물 맛은 진짜야. 제대로 국물 맛을 낸다. 동경 유학 시절에는……' 하며 얘기 보따리를 풀어놓는 식이었다. 어른께는 실례되는 표현이지만 그는 어린아이 같았다. 모든 대화의 8할이 자기 자랑이었지만 남들 흉을 보는 일은 드물었다. 그는 철저하게 자기 자신만을 생각했다. 얘기의 화제가 주변에 미치면 그는 기억나지 않는다고 했다. 이 집요한 자기중심적 필터를 통해 세상을 보는 버릇은 여전히 그를 한국 영화의 중심에 자리하게 한다.

당시 잡지사에서 기획했던 회고전은 1월부터 2월까지 매일 첫 회에만 상영을 하는 행사로 치러졌고 참담한 실패로 끝났다. 같은 해 부산국제영화제에서 회고전을 했을 때 만원사례를 이룬 것과는 대조적이었다. 누구도 대학로의 예술영화 극장에까지 찾아와 조조상영 영화를 볼 엄두를 내지 못했던 모양이다. 김기영은 그 이유를 자신의 대표작 〈하녀〉를 틀지 않았기 때문이라고 생각했다. "〈하녀〉는 지금 다시 극장에 걸어도 터진다. 명보 극장 사장이 내 친구의 아들인데 언제든지 상영해준다고 약속했어. 지금 그 타이밍을 보고 있다. 극장에 손님들이 와서 돈이 모이면 다음 영화를 찍을 거야"라고 그는 호언장담했다. 그 회고전에서 어떻게 해서든 〈하녀〉를 틀려고 했던 내 계획은 보기 좋게 빗나갔다. 조심스럽게 권했지만 그는 곤혹스러운 표정을 지었다.

"김형, 내가 다른 부탁은 들어줄 수 있지만 이것만은 곤란해. 이건 내 종자돈이나 마찬가지거든."

〈하녀〉에 대한 김기영 감독의 자부심과 고집은 대단했다. 그로부터 얼마 후 일본 도쿄에서 김기영 감독과 김수용 감독의 영화를 일부 묶어 상영하는 회고전 행사가 마련됐을 때도 김기영 감독은 〈하녀〉 프린트만은 직접 들고 가겠다고 고집해 주변 사람들을 아연실색하게 만들었다. 두꺼운 뿔테 안경을 쓴 심술궂게 생긴 노인이 필름이 든 깡통을 들고 공항 검색대를 통과하면서 그 안을 들여다보려는 공항 직원들과 실랑이를 벌인 소동을 훗날 김수용 감독에게 전해 들으면서 나는 역시 그분다운 에피소드라고 생각했다.

김기영 감독은 필사적으로 새 영화를 만들고 싶어했다. 1960년대에 신상옥, 유현목, 이만희, 김수용과 더불어 한국 영화계를 이끌었던 감독이었고 70년대에도 소위 문예영화로 불리던 장르에서 꾸준히 작업했던 그는 80년대 이후 영화계에서 반은퇴 상태에 있었다.

그의 필모그래피의 수준은 고르지 않지만 어떤 것을 봐도 김기영적인 색깔은 고스란히 드러난다. 그렇더라도 그의 영화는 너무 일찍 마모되고 소비됐다. 통신문화가 활발하게 시작되던 시절, 일부 영화광들에게 컬트로 추앙받았던 〈살인나비를 쫓는 여자〉는 태작이었지만 해석 자체를 거부하는 기괴하고 녹특한 취향이 인상적인 작품이다.

그러나 당신에게 직접 물었을 때 그는 이 영화를 거의 기억하지 못했고 말하고 싶어하지도 않았다.

이 영화가 나왔던 1978년은 한국 영화가 최악의 불황을 겪던 암흑기였다. 영화를 유신정권의 홍보 수단으로 여기는 정부의 감시 속에 엄격한 검열을 거쳐 한국 영화는 만들어졌고 대개는 외화수입 쿼터를 따내기 위한 선전영화나 의무제작 편수를 때우기 위해 날림 제작된 영화로 채워졌다. 〈살인나비를 쫓는 여자〉도 기획에서 완성까지 한 달이 걸린 날림 영화였다. '의지의 승리', '미녀의 환생', '살인나비'라는 세 에피소드로 구성된 이 영화는 죽은 줄 알았던 인간이 해골이 돼서도 나는 죽지 않는다고 외치고 고려시대의 여인이 환생하기도 하는 등, 죽음에 대한 강박감을 기상천외한 공포영화의 문법으로 풀어낸다.

이 아방가르드한 스타일의 실험은 곧 아무도 영화를 보지 않고 필름이 창고로 직행할지도 모른다는 체념에서 비롯된 결과다. 김기영 감독은 〈살인나비를 쫓는 여자〉에 대해 말하던 중 "나는 예술을 하려고 한 게 아니다. 나는 내 취미대로 영화를 갖고 놀았다"고 농담으로 되받았다. 김기영 감독은 좌충우돌하는 세계관과 비뚤어진 염세주의를 바탕으로 독자적인 영화세계를 만들었지만 한국의 영화환경이 그런 그의 취향을 살려줄 만큼 관대했던 것은 아니었다. 〈바보사냥〉과 같은 그의 후기작은 기획에서 극장에 걸리기까지 불과 23일이 걸린 초 날림 영화였다. 흥미로운 것은 그런데도 영화는 볼 만했다는 것이다.

성공작이든 실패작이든 김기영의 영화는 실망시키지 않는 뭔가가 있었다. 〈하녀〉 시리즈뿐만 아니라 그가 만든 대다수 영화에는 늘 김기영의 색채가 배어 있다. 아주 젊었을 때의 장미희 씨와 하명중 씨가 나오는 〈느미〉도 그런 영화였다. 예쁘지만 벙어리인 여자 느미를 두고 늙은 남자와 젊은 남자가 벌이는 쟁탈전과 인생 유전을 그린 이 영화에는 온통 귀기로 가득하다.

여주인공 느미는 자신을 알게 되면 불행해지는 남자와의 인연을 포기하고 영화 말미에 오로지 어린 아기의 남은 인생을 위해 자신을 희생하기로 결심한 후 사랑하는 남자 하명중을 떠난다. 그녀가 떠나는 모습을 물끄러미 보던 하명중이 갑자기 소리를 지른다. "이것은 착각이다. 착각이야!" 산동네의 허름한 길을 달려 내려가던 그는 갑자기 나타난 트럭에 치여 피투성이가 된 채로 급사한다. 그의 죽은 모습 위로 자막이 깔린다. "그를 죽인 것은 여자인가 기계 文明인가. 아니다. 인간이 삶의 목표를 잃어버렸을 때 死神은 그를 가만 내버려두지 않는다." 이게 뭐야, 라고 할 때쯤 화면에는 '끝'이라는 자막이 뜬다.

김기영 감독의 영화에 나오는 등장인물의 행동은 누구도 예측할 수 없다. 이것이 그의 영화의 매력이다. 일종의 미친 사랑의 연대기에 관한 영화인 〈느미〉 역시 영화의 처음부터 끝까지 관습적인 앵글과 줄거리, 대사는 한 토막도 없다. 어니로 튈지 모른다. 등장인물들은 대다수가 적의를 품은 것처럼 행동하고 그들의 주변에는 늘 죽음의 그림자가 어른거린다. 심지어 천사처럼 착한 여자로 보이는 느미조차도 자신의 몸을 보호하기 위해 상대의 어깨를 물어뜯는 일을 무심하게 한다. 좀 심하게 말해서 등장인물들은 말할 줄 아는 동물처럼 보이는 것이다. 그런데도 이들은 오히려 순결하게 보인다. 아무런 꾸밈없이 나오는 대로 툭툭 내뱉는 독특한 김기영 감독 특유의 대사 화법 때문이다.

그의 영화 속 등장인물들은 곧잘 '~다'로 끝나는 대사로 말한다. 이를테면 이런 식이다. 하명중이 벙어리 여자와 산다는 소문을 들은 그의 회사 직원들은 그를 경멸하며 따돌린다. 그게 말이 되는 상황인지 아닌지 잠시 접어두기로 하고, 이어지는 술집 장면에서 하명중의 회사 동료가 이렇게 지껄인다. "우리 회사 직원들은 전부 일류대 출신이다. 아내도 다 일류대 출신이다. 예쁜 여자들은 하나도 없다. 그런데 너, 너는 일류대를 나와 일류대 출신 아내 대신 예쁜 아내를 얻었다. 그건 네 인생을 파멸시킬 것이다." 그때 야한 옷차림을 한 술집 여급이 동료 옆에 선다. 동료는 그녀를 따라가면서 한마디 덧붙인다. "예쁜 여자라면 술집에 얼마든지 있다." 그의 영화에선 "사랑한다고 해서 모든 것을 파괴해도 되는 줄 알아? 그건 안될 말이다. 안될 말이야!"라고 부르짖는 등장인물의 관념적인 말이 어색하게 들리지 않는다. 오히려 보다 보면 배시시 웃음이 나오는 것이다.

김기영 감독이 70년대에 만든 〈이어도〉, 〈흙〉, 〈육체의 약속〉 등의 영화는 70년대가 한국 영화의 암흑기였다는 세간의 평가를 무색하게 만든다. 오늘날에도 그 영화들은 다시 만들어지기 힘든 독특한 개성을 지녔기 때문이다. 이만희의 〈만추〉를 리메이크했으되 원작의 로맨티시즘을 철저하게 파괴한 〈육체의 약속〉의 그 불길한 욕정의 세계는 영화를 보고 나서도 좀체 잔영이 지워지지 않는다. 오늘날에는 모든 것이 매끈해진 영화를 보고 있지만 아무래도 영화를 만든 사람 자체가 걸작인 작품을 목격하는 일은 점점 더 희귀해진다. 〈느미〉를 보고 나면 저절로 영화 속 자막을 입으로 따라하게 된다. "인간이 삶의 목표를 잃어버렸을 때 사신死神은 그를 가만 내버려두지 않는다." 김기영은 블랙유머의 귀재였다.

한국 영화의 외형이 커지고 심의도 상대적으로 자유로워진 환경에서 그는 다시 한번 영화를 찍고 싶어했다. 잡지사에서 기획한 회고전은 실패했지만 그 해 열린 부산국제영화제 회고전은 대성황이었다. 젊은 관객들이 그의 영화에 열광하고 가는 곳마다 사인요청을 받으면서 그는 고무돼 있었다.

부산에서 만났을 때 그는 "김형, 이젠 진짜로 영화 만든다. 새 영화를 만들어도 손님이 들 것 같아. 그땐 정말 평 잘 써줘야 해"라고 손을 꼭 잡으며 부탁했다. 그가 만들 영화가 무엇인지는 대충 알 것 같았다. 그는 누구에게도 비밀로 해야 한다는 전제하에 내게 슬쩍 새 영화의 시놉시스를 흘려주었다. 내용을 알고 난 나는 기가 막혔다. 또다시 여자 때문에 패가망신하는 얘기였던 것이다. 배경이 병원으로 바뀌고 시골에서 올라온 신참 간호사와 통정한 의사가 그 때문에 자신의 가정이 파탄나는 것을 지켜봐야 한다는 내용이었다. "감독님, 그건 〈하녀〉와 너무 유사한……"이라고 얘기를 꺼냈다가 대번에 타박을 받았다. "아니라니까 그러네, 이 사람이. 이건 정말 다른 영화가 될 거라니까."

돌이켜보면 아마도 김기영 감독은 좋은 여건에서 자신이 제일 잘할 수 있는 얘기를 제대로 찍어보고 싶은 욕심이 있었던 것 같다. 가혹한 검열상황에서 찍었던 자신의 대표작을 자유로운 분위기에서 마음대로 찍고 싶은 마음이었을 것이다. 흥행과 권력의 이중 견제 속에서 자신은 '영화를 갖고 놀았다'고 했지만 미심쩍었던 부분을 마음껏 펼쳐보이고 싶은 욕망이 그에게는 있었다.

유감스럽게도 김기영 감독은 세상으로부터 다시 조명을 받던 순간에 세상을 떠났다. 베를린 영화제로부터 초청을 받은 그는 출발을 하루 앞두고 낡은 한옥 저택에 난 화재로 사망했다. 애초에 당신 혼자만 초청받았던 것을 부인과 함께 가는 일정이 아니면 초청에 응하지 않겠다고 고집하는 바람에 부부동반으로 일정을 재조정하는 과정에서 출발이 며칠 미뤄졌고 공교롭게도 그 지연이 죽음의 원인이 됐다. 그가 오랫동안 살았던 혜화동 저택은 전 주인이 사고사를 당했던 사연을 지닌 집이었다. 흉가라는 소문에 입주를 꺼렸던 그 집에 김기영은 그런 집이라면 나에게 더 맞는다고 태연하게 입주했다고 그와 평생 동료였던 김수용 감독은 전했다.

느닷없는 그의 죽음은 한동안 내 마음을 쓰리게 했다. 그는 내가 만났던 감독들 중에 보기 드문 정신적 기인이자 거인이었다. 그는 자신을 스스럼없이 '변태'라고 불렀다. 부산국제영화제 때 젊은 관객들과 대화하면서 특정 장면의 의미를 묻는 관객들의 질문에 그는 곧잘 한마디로 답변했다. "나는 변태거든."

예측할 수 없는 미지의 상상력으로 가득 찬 그는 사방이 꽉 막혀 있던 한국 현대사를 관통하면서도 자신의 냄새를 영화에 불어넣었다. 그런 감독을 좀더 오래 모시고 더 많은 얘기를 들을 수 없었던 것을 애석하게 생각한다. 그의 신작을 영원히 볼 수 없게 된 것이 무엇보다 아쉽다.

10년 백수의 내공

장률

장률은 중국 조선족 출신 감독이다. 그를 처음 만난 것은 그의 두번째 영화 〈망종〉이 칸 영화제 비경쟁주간에 진출하고 그의 첫번째 영화 〈당시唐詩〉가 한국에 개봉할 무렵이었다. 나이에 비해 소년 같은 눈동자를 갖고 있는 그는 어눌하지만 또박또박 말을 이어나갔는데 인생 역정이 파란만장했다.

연변대학교 교수였던 장률은 천안문 사태에 연루돼 해직당하고 10년 넘게 아내가 버는 돈으로 살았다. 소설을 쓰는 동안에도 두문불출한 채 세상과 담을 쌓고 살았다. 딱히 그가 영화감독이 되려던 계획이 있었던 것도 아니었다. 평소 알고 지내던 영화감독이 그에게 시나리오 집필을 의뢰했다. 장률이 처음 쓴 시나리오는 중국 당국으로부터 영화 제작 허가가 나오지 않았다. 장률의 영화감독 친구는 중국 정부의 검열을 피할 수 있는 시나리오를 써달라고 재차 부탁했다. 대신 영화는 첫번째 시나리오로 찍을 것이라는 약속도 덧붙였다. 장률은 새로 시나리오를 썼고 검열에서 통과됐지만 영화감독 친구는 약속을 지키지 않았다. 장률은 불같이 화를 내며 친구를 불러 사과하라고 다그쳤지만 생계에 신경을 써야 하는 그의 처지를 이해 못하는 것은 아니었다. 중국에선 영화감독이 정부로부터 월급을 받는 직장인이기 때문이다.

영화감독 친구와 설전을 벌인 술자리에서 장률은 자기 인생을 바꿀 말을 내뱉었다. "영화가 뭐가 그리 대단한가. 그렇다면 내가 직접 영화를 찍을 테다." 다음날 장률은 술에서 깨어 자신의 말을 후회했지만 술김에 뱉은 말이라도 타협을 해서는 안될 것이라고 다짐했다. 그는 영화를 찍기 위해 지기들의 도움을 청했고 대개는 정신 차리라는 충고만 들었다. 도무지 영화 찍을 돈이 마련되지 않아 낙담한 그에게 누군가가 먼저 단편영화를 찍어보라고 권했고 그게 평판이 나면 장편 찍을 돈이 모일 것이라고 말했다.

장률은 친구들에게 돈을 빌려 단편영화 〈11세〉를 찍었다. 그렇지만 후반작업을 할 여력도, 돈도 없었다. 그는 몇 해 전 중국에 들렀을 때 자신과 친구가 된 전직 소설가 이창동 감독을 떠올렸고 무작정 한국에 필름통을 들고 들어왔다. 이창동은 이렇게 대책 없이 오면 어떡하냐고 기막혀했지만 한국에서 후반 작업할 수 있도록 도와줬다. 그렇게 해서 완성된 영화를 베니스 영화제에 보냈더니 단편 경쟁부문에 선정됐다는 답변을 들었다.

베니스에서 장률은 또 한 사람의 한국인 친구를 사귀게 된다. 영화

진홍위원회에서 색보정 기사로 일했고 몇 편의 단편영화에서 촬영을 맡은 최두영을 만난 것이다. 우연히 한 방을 쓰게 된 두 사람은 의기투합했고 서로 미래를 맡기는 단계로까지 나아갔다. 최두영은 장률의 제작자로 나서기 위해 두 엔터테인먼트를 차렸다. 영화 〈오구〉의 제작과 촬영 경험만을 믿고 최두영은 덜컥 제작자로 나서버렸다. 장률도 덜컥 영화를 찍어버렸다.

사스가 한창 유행이던 2003년 4월 그는 인적이 드문 베이징의 어느 술집에 촬영기사와 조명기사를 불러 신세한탄을 하다가 필름으로 찍을 돈이 없으면 비디오라도 찍겠다고 선언했다. 초저예산으로 만든 〈당시〉는 그렇게 나왔다. 촬영기사의 집에서 11일 동안 찍은 영화 〈당시〉는 아파트 바깥으로는 한 번도 카메라가 나가지 않은 채 전직 소매치기였던 중년 사내의 고요한 일상을 담는다. 애인인지 제자인지 모를 여자가 수시로 다녀가지만 두 사람 사이에는 별다른 대화가 없다. 옆집 노인이 죽어 실려 나가는 사건이 일어나도 남자는 덤덤하다.

너무 적요해서 돌아버릴 것 같은 이 절대적인 고독의 기운은 그때 장률이 품고 있던 것이기도 하다. 오랫동안 정신적 유배자를 자처했던 장률은 집 바깥으로 나가지 않는 자신처럼 옆집에 사는 할아버지도 비슷하게 살고 있는 것을 깨달았다. 할아버지 집에서 나는 모든 소리와 소음이 장률의 방까지 다 들렸기 때문이다.

어느 날 할아버지가 일주일 동안 보이지 않는다는 걸 알고 장률은 그동안 할아버지의 일상을 관찰하는 것이 자신의 생활 리듬에 결정적인 영향을 끼치고 있었다는 걸 알게 된다. 장률은 아내에게 말했다.

"영화가 뭐가 그리 대단한가.
그렇다면 내가 직접 영화를 찍을 테다."
다음날 장률은 술에서 깨어 자신의 말을
후회했지만 숨김에 뱉은 말이라도
타협을 해서는 안될 것이라고 다짐했다.

"난 도무지 저 할아버지가 어떤 사람인지 모르겠어. 꽤 오랫동안 이웃에 살았는데도 말이야." 장률의 아내는 장률을 한동안 바라보더니 빙그레 웃었다. "왜 웃어?" "이봐요, 당신이 바로 옆집 할아버지와 똑같이 살고 있단 말이에요." 아내의 말을 들은 장률은 충격에 빠졌다. 〈당시〉를 만들며 그는 많은 생각을 했다. 모두 소통을 갈망하지만 사랑과 마찬가지로 소통에도 능력이 필요한 것이다. 그게 안되면 변태로 간다. "〈당시〉에는 나, 장률이 반영돼 있다"고 그는 말했다.

〈당시〉는 줄거리라고 요약할 만한 것이 없다. 한 중년 남자의 일상이 소개된다. 그는 종일 자기 아파트 방에서 나오지 않는다. 그는 시詩를 소개하는 텔레비전 프로그램을 보고 청소하고 밥을 먹는다. 그를 찾아오는 어떤 여자를 통해 그가 왕년에 소매치기였다는 것을 알게 된다. 여자가 새로 나이트클럽을 털자고 제안하지만 그는 가타부타 말이 없다. 어느 날 옆집에 사는 할아버지가 총에 맞아 죽는 사건이 발생한다. 할아버지의 불행한 최후는 주인공의 운명을 예시하는지도 모른다.

〈당시〉는 육체는 살아 있지만 정신적으로는 이미 죽은 것이나 다름없는 한 남자의 일상을 통해 지독하게 고독하고 무의미한 삶을 그린다. 영화교육을 받지 않은 소설가가 연출한 작품이라고는 믿기 힘들만큼 화법이 영화적이다. 디지털 카메라로도 아파트 내부 공간의 공기를 묵직하게 전달하는 시선을 느낄 수 있다. 미동도 하지 않는 카메라는 한없이 화면을 응시하고 있다. 주인공이 사람이 아니라 공간은 아닐까, 하는 착각마저 들게 한다. 파리 한 마리 날아도 그 소리가 크게 들리는 이 고요 속의 무의미가 장률이 영화를 만들 당시 느끼던 삶의 실체다.

〈당시〉의 주인공을 연기한 사람은 소설가이자 대학교수다. 그는 영화 속 주인공의 말과 행동을 이해할 근거를 달라고 장률에게 말했다. 장률은 말해주지 않았다. 두 사람은 이틀 동안 내리 싸웠다. 사흘째 그 교수는 장률과 싸우는 것을 멈췄다. 촬영이 끝난 후 장률은 물었다. "왜 내게 더이상 따지지 않았는가?" 교수는 "이상하게도 리듬이 맞았다"고 답했다. 여주인공 역을 맡은 무용과 교수는 처음부터 아무런 불만이 없었다. 그는 몸으로 사고하는 사람이었다. 자기 몸과 영화의 리듬이 맞으니까 시종 일사천리였다. 이것이 오늘의 중국을 사는 지식인들의 삶의 리듬이다. 아무 것도 진전되지 않고 미래를 생각할 수 없으며 병 속에 갇힌 파리의 운명을 굳이 피하려 들지 않는 것이다. 장률은 "중국의 오늘은 어둡다. 미래는 모르겠다"고 말했다.

장률의 그런 생각을 주목할 만한 미학적 형식으로 담아낸 것이 필름으로 작업한 두번째 영화 〈망종〉이다. 중국 어느 도시인지 모를 곳에서 김치를 팔며 어린 아들과 함께 사는 최순희란 여인의 삶을 담은 이 영화는 중국의 가난한 최하층 사람들의 운명이 어떤 것인지를 집요하게 파고든다. 〈당시〉와 마찬가지로 화면은 천천히 전개되지만 이야기의 살은 풍부하다.

제목 '망종'은 24절기의 하나로 보리를 거둬들이는 시기를 가리키는 날이나. 이모작을 하는 농부들은 망종인 6월 초에 보리를 거두고 나서 다시 새 곡식의 씨앗을 뿌린다. 얼마 전까지 중국의 농경사회에서는 사람들이 이런 시간적 리듬을 정확히 지키며 살았지만 공업사회인 현대로 넘어오면서 그 리듬을 잊어버렸다. 공동체는 무너졌고 선의도 사라졌다. 장률의 비유에 따르면 이런 세상에서 가난한 사람들이 산다는 것은 '집에 비가 새는데 운 나쁘게 밤새도록 새는' 상황이다.

〈망종〉의 주인공 최순희는 선량함을 잃지 않는 이타적인 여인이고 열심히 산다. 그러나 어느 날 그녀 삶의 모든 것이 깨진다. 그렇게 되자 그녀는 자기만의 방식으로 사회에 복수를 한다. 선량했던 사람이 자기 본성과는 반대로 행동함으로써 그동안 피해자였던 그녀는 졸지에 가해자로 돌변한다. 장률은 이 영화가 일종의 테러리즘을 다룬 것이라고 말했다. "정치가들이 말하는 테러리즘이 아니고 우리 보편생활의 약자와 강자의 운명을 다루고 있어요. 압박과 피압박의 씨가 일상에 계속 생기고 테러리즘은 우리 옆에 있죠. 아니, 우리의 마음속에 있습니다. 영화예술로는 테러리즘을 해결하지 못해요. 그렇지만 사람의 마음을 어루만져주지 않을까요"라고 그는 반문했다.

조선족인 최순희는 남편이 돈 때문에 사람을 죽이자 아홉 살 난 아들을 데리고 타향에서 김치를 팔며 산다. 그녀는 그 지방에서 드물게 조선족 동포 김씨를 만나게 되고 관계가 깊어진다. 그러나 김씨는 유부남이다. 어느 날 김씨의 부인이 두 사람의 불륜 현장에 들이닥친다. 마누라가 비난하자 김씨는 최순희와 애인 관계가 아니라 돈을 주고 몸을 샀을 뿐이라고 발뺌한다. 김씨의 마누라는 최순희를 매춘부라고 공안에 신고한다. 최순희는 동포이자 애인에게 배반당했지만 그건 약과다. 파출소에서 그녀는 또다른 봉변을 겪는다. 그것도 평소 자신을 잘 봐주던 경찰에게. 슬슬 그녀의 삶을 지켜보던 관객도 고통스러워지기 시작하는데 정작 최순희는 파출소를 나와 엄청난 일을 계획한다. 경찰의 결혼식에 배달된 김치에 독을 타는 것이다. 그런데도 장률은 "그들의 삶은 지나간다"고 말한다. 어쨌거나 시간은 흐르고 살아지는 것이다.

이 영화에서 흥미로운 것은 이런 삶에 개입하는 연출자의 태도다. 일단 장률은 이들의 삶에 괜한 훈수를 두지 않고 지켜보는 태도를 취한다. 겉만 그럴듯한 위로를 카메라로 수식하는 것은 실은 영화 속 등장인물을 위한 것이 아니라 관객을 위한 것이다. 불편한 현실을 영화로 지켜보는 것은 대중영화의 소명에 어긋나기 때문이다. 거꾸로 불편한 현실을 있는 그대로 제시하는 것도 현실의 투사라는 예술의 소명에 어긋난다.

〈망종〉은 현실에 개입하기 위해 일정한 거리를 지키는 태도를 취한다. 여기까지는 다른 영화들의 선례와 크게 다르지 않다. 장률은 거기에 일정한 리듬을 신중하게 불어넣는데, 발상 자체로는 인위적으로 보일 여지가 있다. 이를테면 영화 초반과 후반에 최순희가 김치동이를 실은 자전거를 타고 거리를 이동할 때 그녀가 가는 반대 방향으로는 녹음기에서 흘러나오는 흥겨운 음악에 맞춰 군무를 추는 무리가 보인다. 압운의 리듬을 만들며 배치된 이 두 장면의 의미와 감정을 접수하는 것은 어렵지 않다. 타인의 불행에 무심한 세상의 풍경을 투사하는 것일 수도 있고 고통과 기쁨이 공존하는 세상의 일상적 본질을 가리키는 것일 수도 있다. 그것 자체로는 대단한 수식이 아니다. 그렇지만 전체적으로 배열된 결과로서의 이런 인위적인 연출 개입은 부동성과 억제된 활기라는 이 영화 나름의 독특한 리듬을 자아낸다.

영화는 본질적으로 활동사진의 속성을 갖고 있다. 삶도 활동사진과 마찬가지로 흘러가는 것이다. 이렇게 흘러가는 삶과 영화는 어떤 경우에는 진전되지 않는다. 어제와 같은 오늘의 삶, 오늘과 같은 내일의 삶을 사는 이들에게 삶은 전진하는 것도, 흘러가는 것도 아니다. 흘러가는 것처럼 보이는, 부동의 삶이 되기도 하는 것이다. 〈망종〉의 대다수 화면에서 부동성이 강조되는 것은 이들의 이런 무기력한 정적 상태를 반영하는 것이다. 그렇지만 그것만으로는 그들의 삶을 요약할 수 없다. 아무리 절망에 찬 삶이더라도 희로애락의 주름은 있을 것이다. 그것을 겉으로 드러내어 표현하기엔 이들은 너무 팍팍한 지경에 처해 있다. 그럴 때 영화에 가끔 드러나는 억제된 활기는 바로 이들의 감정을 드러내는 최선의 방법일 수도 있을 것이다.

영화 속의 한 장면에서 최순희는 같은 조선족이라는 핑곗거리를 대고 접근한 유부남에게 예상할 수 있었던 순서로 몸을 허락하게 되는 상황을 맞이하자 그의 옷을 벗기고는 방으로 먼저 들어간다. 벌거벗은 남자는 서 있고 여자는 휙 방으로 들어간다. 이 부동성과 짧은 움직임이 이 영화에서 묘사되는 감정의 특질이다. 최순희는 그런 식으로밖에 자기감정을 표현하지 못한다. 몸을 허락하긴 하겠지만 수동적으로는 싫다, 먼저 옷을 벗기겠지만 그렇다고 좋아서 이러는 것은 아니다, 라는 그녀의 복합적인 감정이 이 절묘한 부동성과 짧은 움직임의 조화에 스며 있는 것이다.

그것들이 폭발하는 것은 〈망종〉의 대단원에 이르러서다. 이 장면에서 비로소 최순희는 마음껏 움직이는 듯이 보이고 카메라도 힘겹게 그녀 뒤를 따른다. 멈춰서 있을 수밖에 없는 삶에서 잠시 동안이지만 어디론가 가고 있다는 해방감은 순전히 조형적인 화면 속의 운동감을 통해 성취된다. 카메라는 최순희를 쫓아가고 그녀는 떠나간다. 그 와중에 관객으로 하여금 긴 고통의 터널을 지나 다른 어딘가에 도달하는 듯한 휴식 같은 기분을 안겨준다. 최순희는 떠나가지만 그녀의 발자국 소리는 가까워진다. "그녀는 우릴 떠나지만 뒷모습으로 우리에게 남는다. 우릴 떠나지만 그녀의 소리는 다시 돌아온다. 후반작업할 때 사운드 기사가 이건 좀 이상하다고 고개를 갸우뚱했으나 완성 프린트를 보고 그럴 수도 있겠다고 수긍했다"고 장률은 말한다.

〈당시〉와는 달리 〈망종〉에서 장률은 현실에 대한 비관과 낙관을 동시에 취하는 시선의 겹을 지킨다. 예술가의 튼튼한 태도가 거기 들어있다. 〈당시〉를 만든 후 그는 고향 연변에 들렀을 때 어머니에게 비디오테이프를 보여드렸다. 그의 어머니는 5분여 간 영화를 보더니 귓속말로 조용히 장률에게 당부했다. "절대 이 영화를 다른 사람에게 보여주지 마라. 큰일 난다. 망신이다." 그때 텔레비전에선 인기 있는 드라마가 방영되고 있었다. 어머니는 이런 말도 덧붙였다. "영화도 저 정도로 만들어야 하는 거란다."

내가 생각하기에 장률은 그런 영화를 만들지도 모른다. 그는 〈당시〉

와 〈망종〉에 이어 베를린 영화제에 출품된 〈히야쯔가르〉에 이르기까지 우리가 흔히 예술영화라고 부르는 유형의 영화를 만들었다. 그러나 그에게는 대단한 스토리텔러의 재능도 있다. 아직 그는 굳이 그걸 드러내지 않았을 뿐이다. 10년을 예술가 백수로 산 사람의 내공, 아무 것도 하지 않고 산 듯하지만 실은 주변세계에 민감하게 안테나를 대고 차곡차곡 자기 것을 축적해온 사람의 저력을 그는 감추고 있다. 지금까지의 그의 영화가 대단치 않다는 것이 아니라 앞으로 그가 만들 영화는 더 대단할 것이라고 말하는 것이다.

류를 좋아하는 이유

무라카미 류

나는 소설가 무라카미 류가 아니라 영화감독 무라카미 류를 먼저 알았다. 소설을 읽기 전에 영화를 먼저 본 것이었다. 1991년에 류가 만든 〈도쿄 데카당스〉. 원제는 '토파즈'다. 그 영화를 보고 얼마나 실망을 했던지 류의 소설을 별로 보고 싶지 않다는 생각이 들 정도였다.

사실 나는 그런 느낌을 받은 나 자신에 안도했는지도 모른다. 어느 때부터 내 주위에 넘쳐나는 무라카미 류의 팬들에게 나는 질려 있었던 것이다. 우리가 뭐 이룬 게 있다고 무라카미 류의 냉소주의를 환영한단 말이냐, 라는 심정이었다. 역시 비다 건너 들어와 유행을 일으킨 무라카미 하루키의 소설도 마음에 들지 않았다. 우리가 뭘 얻은 게 있다고 지금이 상실의 시대란 말이냐, 라고 고깝게 여겨졌던 것이다. 아, 뭐든지 뻘리뻘리 유행으로 받아들이고 시간을 건너뛰는 게 두렵

『69』는 류의 최고작이다. 관념을 내세우지 않으면서

가볍게 툭툭 던지는 말 속에 시대와 세상과

청춘을 요약하는 뭔가가 있었다.

그때부터 류가 좋아지기 시작했다.

다, 라고 나는 투덜거렸다. 그러니 영화 〈도쿄 데카당스〉가 마음에 들지 않았던 것이 천만다행이었다.

SM 콜걸의 일상을 담아낸 그 영화는 온갖 SM의 풍경과 SM을 통해서만 만족을 느끼는 기이한 사람들을 보여주고 있었다. 충격적인 내용인데도 영화감독 류의 상상력은 대단치 않아보였다. 화면과 화면이 이어질 때 그 보이지 않는 이음새 사이에 고수라면 의당 챙겨넣었어야 할 영화적 감각과 상상력이 조금도 느껴지지 않았다. 그저 행동의 표면만 따라다니는 것 같았다. 세상에, 뭐 저렇게 엉성하고 느끼한 영화가 다 있을까, 라고 생각했던 것이다.

류의 소설 『한없이 투명에 가까운 블루』를 읽고 나서도 그런 선입견은 별로 달라지지 않았다. 나와 류의 인연은 쉽지 않았던 것이다. 뭔가 폼을 잡는 냉소주의랄까 하는 것이 『한없이 투명에 가까운 블루』에 있었지만 지독한 섹스와 마약 묘사에도 불구하고 나는 그 소설을 매우 지루하게 읽었다. 군데군데 나오는 관념은 육화되지 않은 제스처로만 여겨졌다. 이건 히피문화의 덜 떨어진 카피본일 뿐이다, 라고 나는 거만을 떨면서 책을 던져버렸다.

미워하는 것은 사랑하는 것의 전초전인가보다. 게으른 자의 숙명은 항상 남들보다 늦게 알고 뒷북을 친다는 것이다. 류의 소설 『69』를 읽고 나서 나는 생각을 고쳐먹었다. 나보다 열세 살을 더 먹은 일본 사람인 류에게서 나는 내 청춘의 그림자를 보고야 만 것이었다. 비틀스와 도어즈와 롤링 스톤즈를 좋아하고 장 뤽 고다르의 〈미치광이 피에로〉에 나오는 랭보의 시 ┼, '나는 보았다. 무엇을? 영원을. 그것은 태양에 녹아드는 바다'를 외는 고등학생에게서 나는 내 청춘을 봤던 것이다.

문학과 음악과 영화에 관한 정보를 줄줄 외울 줄은 알았지만 진짜로는 하나도 모르는 풋내기 청춘. 왠지 뭔가가 변할지도 모른다는 안이한 생각에 사로잡혀서 제도에 반항하면서도 실질적인 저항은 못하는 청춘. 온갖 관념적 허영기에 사로잡혀서 으스대지만 사실은 그런 행동이 여자를 꼬시기 위한 수단이라는 걸 마음속 깊이 알고 있는 청춘. 매스게임을 지휘하며 여학생들을 가축 부리듯 으스대는 선생을 보고 '이천오백엔밖에 가지고 있지 않은, 생리가 끝나고 엉덩이가 힘껏 아래로 쳐진 전쟁 미망인 여선생, 이보다 더 어두운 인간이 이 세상에 있을까'라고 생각하며 그렇게 불쌍한 인간이 되지 않기 위해 노력하는 청춘. 그러니까 세상의 제도에 짓눌리지 않기 위해 폼을 잡지만 정확한 방법을 알지 못하고 발버둥치던 청춘의 모습이 거기 있었던 것이다.

『69』에는 멋진 말이 많다. '어두운 인간은 타인의 에너지를 빨아들이면서 살아가기 때문에 상대하기가 힘들다'라든지, '제도 편에 선 인간들에게 이길 수 없다는 걸 안다. 지지 않기 위해 나는 즐거워야 할 것이다. 나는 그래서 이를 악물고 그들에게 즐거운 내 모습을 보여준다'라는 투의 말이 특히 좋았다. 『69』는 류의 최고작이다. 관념을 내세우지 않으면서 가볍게 툭툭 던지는 말 속에 시대와 세상과 청춘을 요약하는 뭔가가 있었다.

그때부터 류가 좋아지기 시작했다. 『무라카미 류의 영화소설집』을 읽으면서 이렇게 영화광이었던 류가 어찌하여 그렇게 영화를 못 찍는단 말인가, 하고 의아하게 생각했지만 그런 건 아무래도 좋았다. 그 소설집에는 주인공이 카페를 운영하던 여자친구 레이코의 부탁을 받아 레이코가 파트타임으로 일하는 포르노 사진촬영 현장에 동행하는 장면이 나온다. 현장의 스태프들은 레이코를 마치 물건 다루듯 한다. 주인공은 그렇게 물건 취급 당하는 레이코를 보면서도 아무 말도 하지 못한다. 그의 무력감, 그것은 전공투 세대가 그 후 사회에 대해 느꼈던 무력감을 상징하는 것은 아니었을까, 라고 내가 아는 어떤 후배는 말했다. 그런가보다. 류의 작품에 흐르는 절망과 무력감, 그것은 어떤 식으로든 한 시대의 정신을 요약하는 것인가보다, 라고 나는 생각했다.

나중에 나는 예상치 않게 무라카미 류를 직접 만날 기회가 있었다. 류는 부천판타스틱영화제에 초청받아 한국에 왔다. 나는 기자로서, 감독이자 소설가인 그를 인터뷰했다. 그의 소설에 공감을 느낀 독자라는 사실을 숨기고 담담하게 인터뷰를 했다. 오고 가는 문답 가운데 전공투 이후의 무력감이 어쩌구저쩌구하는 잘난 체하는 나의 질문이 끼어 있었다. 류의 대답은 단순했다.

"우리 세대는 진짜로 혁명을 원했던 건 아니다. 잔치를 즐기는 기분으로 와 하고 몰려갔던 것뿐 아니었을까. 우리가 진짜로 혁명을 원했다면, 그래서 그 정신이 이어졌다면 오늘날 일본이 이렇게 됐을 리가 없다."

기대했던 답이 아니었지만 아무래도 좋았다. 역시 무라카미 류답다고 느꼈다. "오늘날의 일본은 쓸쓸하다. 젊은이들은 무얼 해야 할지 모른다. 그래서 쓸쓸하다. SM 클럽에 가보라. 뭔가 상처받은 사람들이 모이는 장소라는 걸 알 수 있다. 집단주의의 강박감에 휩싸여 있는 일본 사회에서 나는 차라리 자유롭고자 하는 그들의 의지를 본다. 〈도쿄 데카당스〉는 그런 사람들을 그린 것이다. 나는 그 사람들이 집단에 눌려 끽소리 못하고 살아가는 사람들보다는 더 가능성이 있는 사람들이라고 본다"라고 류는 말했다. 나는 그때 문득 〈도쿄 데카당스〉가 슬픈 영화라는 걸 알았다. 그리고 그 엉성한 영화를 좋아하기로 했다.

질주하는 인생을 사는 사람도 있고 뒤돌아보며 사는 인생도 있고 진공관 속에 갇힌 인생을 사는 사람도 있다. 류는 끊임없이 움직이는 사람이란 느낌을 줬다. 그는 일본을 갑갑해하고 있었다. 그가 어디를 향해 움직이든 그건 내가 알 바 아니다. 그러나 그렇기 때문에 그는 갑갑하지 않은 인간이다. 그게 나는 부러웠다. 큰 생각에 가위눌리지 않으면서도 세상을 호흡하고 있었다. 그래서 나한테는 그가 거짓을 모르는 인간으로 비쳤다. 그게 또 나는 부러웠다.

인터뷰가 있던 날, 류는 자신을 좋아하는 지식인 팬들을 위해 프랭크 시나트라의 〈올 마이 러브〉를 불렀다. 썩 잘 불렀다. 류와 팝송은 잘 어울렸다. 느끼하지 않았다. 나도 그만 류의 팬이 되고 만 것이었다.

인생은 우연의 산물

기타노 다케시

기타노 다케시의 모든 영화는 천의무봉한 스타일로 관객과 함께 놀자고 작정한 태도로 만들어져 있다. 그 수준이 참으로 뛰어나서 놀랍다고 말하는 것이 아니다. 그게 가능하다는 것이, 심지어 그렇게 만드는데도 영화가 재미있다는 것이 놀라운 것이다. 그 결과, 다케시의 영화는 별로 어깨에 힘을 주지 않고도 웃음과 슬픔, 고요와 폭발, 희망과 절망을 오간다. 양립하기 힘든 것들이 종종 양립하는 것이 다케시 영화의 힘이다. 그것이 일본 영화, 나아가 어떤 기존 영화에도 별로 의지하지 않는 듯이 보이는 다케시의 영화가 색다르게 보이는 까닭이다. 개인적으로 다케시를 처음 만났을 때 느꼈던 것도 그런 종류의 아이러니였다.

1997년 부산국제영화제에서 처음 다케시와 만났다. 그는 열 명이 넘는 수행원을 거느리고 한 호텔의 인더뷰 룸 중앙에 앉아 있었다. 선

후배 관계가 엄격한 가부장적 질서가 배어 있는 야쿠자 무리가 떠올라 머쓱했으나 막상 인터뷰가 시작되자 방 안은 텔레비전 코미디 쇼를 구경하는 방청석처럼 변했다. 다케시를 수행하는 코미디언 후배들이나 스태프 관계자들은 다케시의 말이라서 웃는 것이 아니라 진짜로 즐거워하며 낄낄대고 웃었다. 절대적인 카리스마를 지닌 엔터테인먼트의 신은 그런 자리에서도 자신을 조롱하며 좌중을 웃기고 있었다.

그때 이후로 다케시를 만나 인터뷰할 때마다 뇌리에 남는 것은 모두, 그의 영화처럼 양립할 수 없는 것이 양립하는 데서 오는 아이러니를 느끼게 하는 말들이었다. 도쿄 근교의 천민 부락에서 태어나 자란 다케시는 허구한 날 되풀이되는 아버지의 폭력에 신물이 나 언젠가 형제들과 공모해 아버지를 죽이려다 실패한 일화가 있을 만큼 비참한 환경에서 자랐다. 그 일화를 다케시는 농담처럼 말했다. 그런데도 그렇게 폭력적인 다케시의 아버지는 고등학교에 진학한 자녀들이 한 가구도 없는 그 마을에서 주위 사람들의 손가락질을 받으며 다케시를 고등학교에 진학시켰다. 다케시는 자신의 어린 시절은 불행했으나 동시에 학교에 갈 수 있어서 행복했으며 여하튼 인생은 스스로 선택하는 것이 아니라고 말했다. 나쁘지만 조금은 좋은 구석도 있었던 아버지의 존재처럼 다케시는 인생이 의지대로 되는 것이 아닌 우연의 산물이라고 말했다.

대학에 들어간 그는 공부가 싫어 도시락을 대주는 학생운동 데모 행렬에 가담했다가 운 나쁘게 경찰에 잡혀 퇴학당한다. 생활을 위해

다케시와의 인터뷰에는 늘 농담이 끼어든다.

그는 다른 사람에게뿐만 아니라

자신에게도 독설을 서슴지 않는다.

"나는 일본 텔레비전의 저질화를 주도한

사람이다. 일본 방송계의 암적인 존재다."

시부야의 유흥 업소에 취직했다가 사람을 웃기는 재능이 눈에 띄어 무대에 서게 되었다. 스탠드업 개그맨으로 좀 인기를 끄니까 텔레비전에서 불러줘 코미디언이 됐고 방송으로 인기를 끄니까 영화에서 불러줘 영화배우도 됐다. 〈그 남자 흉포하다〉를 찍을 때 원래 예정된 감독이 연출을 고사하는 바람에 얼떨결에 영화감독도 됐다.

'인생은 의지가 아니라 우연의 산물' 이라는 다케시의 말은 물론 천재의 고단수 자기 홍보이기도 하다. 그리고 다케시의 진정한 천재성은 어떤 상황에서도 자신을 관찰할 수 있는 능력에서 나온다. 그것은 세상이 원래부터 그리 좋은 것은 아니었으며 그걸 운 좋게 견뎌나가는 것만이 중요하다는 그의 태도에서 나온다. 그 태도로 기타노 다케시는 허허실실 영화와 코미디의 아이러니를 만들어내는 재능을 증명해 보인다.

2000년에 〈기쿠지로의 여름〉 한국 개봉을 앞두고 다케시를 만나기 위해 일본에 간 적이 있다. 내가 갔던 곳은 도쿄 시부야에 있는 스튜디오였는데 후지 텔레비전으로 방영될 기타노 다케시의 코미디 쇼 녹화가 한창이었다. 반쯤 벗겨진 대머리 분장을 하고 우스꽝스러운 콧수염을 붙인 다케시는 진지한 태도로 인터뷰를 하던 무표정한 영화감독 기타노 다케시가 아니었다. AD가 카메라 옆에 쪼그리고 앉아 가사가 적힌 팻말을 들고 있고, 다케시는 그 팻말을 보며 음치를 간신히 면한 목소리로 경쾌한 멜로디의 노래를 부르고 있었다. 그의 뒤에는 기타, 베이스, 드럼으로 구성된 밴드와 두 명의 코러스 걸이 역시 다소 우스꽝스런 동작으로 추임새를 넣었다. 보는 것만으로도 피식 웃음이 나는 이 광경은 한국에선 이미 사라진 추억의 코미디를 떠올리게 했다. 스튜디오 배경에 커다랗게 '다케시 브라더스'라고 적힌 휘장이 붙어 있는 모습은 영락없이 70년대 말 한국 텔레비전에 곧잘 얼굴을 비친 코믹 밴드 '장고웅과 천지개벽'을 떠올리게 하는 것이다.

70년대에 이미 다케시는 일본 엔터테인먼트의 신이었다. 어렸을 때 다케시의 코미디를 보며 자란 세대가 중년의 나이에 접어드는 이 즈음에도 다케시는 일주일 내내 자기 이름을 건 여섯 개의 코미디 쇼를 진행하는 현역 최고의 코미디언이다. 서너 차례 노래가 끝나고 다케시가 카메라 앞에서 동료들에게 익살을 부린다. "저 뒤에 구경하고 있는 한국 사람들 보여? 저분들에게 내가 얼마나 멋있는 말을 한 줄 알아? 그런데 지금은 여기서 바보짓을 하고 있어. 이것 참, 위대한 영화감독 다케시의 체면이 말이 아니군." 옆의 동료가 되받는다. "아하, 저 사람들 이 스튜디오에 들어설 때 표정 봤어? 바로 얼굴이 구겨지던데? 이거였니? 하는 표정이었어." 스튜디오가 왁자지껄한 웃음으로 덮인다.

다케시의 방송녹화 현장은 절도 있으면서도 자유분방했다. 스튜디오가 마치 공개녹화장인 것처럼 떠들썩했다. 다케시의 농담에 모든 스태프들이 아무 때나 크게 웃음을 더뜨린다. 카메라 뒤에서는 다음 장면을 녹화하기 위해 기다리고 있는 출연진들이 거리낌없이 담배를 피우고 동료들과 스스럼없이 잡담을 나눈다. 그런데도 모든 이의 신경이 당장 녹화되고 있는 쇼에 쏠려 있는 집중력을 느낄 수 있다.

노래가 끝나자 빠른 속도로 세트가 철거되고 다음 장면을 위한 세트가 준비됐다. 다케시가 옷을 갈아입은 5분여의 시간 동안 이미 다음 장면 촬영 준비가 끝나 있었다. 다른 세 명의 패널과 더불어 다시 다케시의 농담 따먹기가 시작됐다. "내 신작이 이번에 베니스 영화제에 나갔잖아. 일본의 내로라 하는 영화사들이 모두 신작을 보냈는데 다 떨어졌어. 한심한 일이지. 근데 내 작품이 나갔거든. 일본 영화는 늘 그렇게 한심해." 여성 출연자들이 '쓰고이(대단해요)' 라고 호응하는데 한국에서는 상상하기 힘든 다케시의 독설이 꼬리를 물었다. "미야자키 하야오를 인터뷰하려고 그 사람 작품 전부를 봤어. 끔찍하더군. 〈센과 치히로의 행방불명〉을 보고 이렇게까지 이상해질 수가 있냐는 생각이 들었다니까."

영화감독이 아닌 코미디언 다케시는 '비트 다케시' 라는 예명을 쓴다. 70년대에 비트 기요시를 만나 '투 비트' 라는 만담 콤비를 결성해 큰 인기를 끈 이래 줄곧 쓰고 있는 예명이다. 다케시의 코미디는 '비트' 라는 말이 주는 어감 그대로 통렬하고 공격적이며 톡톡 쏘는 듯한 독설로 가득 차 있다. 빠르게 주고받는 만담의 속도를 이용한 그의 입담이 주로 독설로 가득 차 있다면, 신체를 이용한 코미디는 멍청해보이는 분장을 하고 엎어지고 자빠지는 슬랩스틱이며 출연진들을 곧잘 골탕 먹이는, 가학과 피학을 오가는 꽤 폭력적인 웃음을 준다. 다케시는 자신의 코미디뿐만 아니라 모든 코미디가 얼마간 폭력적이며 악마적인 것이라고 말한다.

"코미디는 객관적이냐, 주관적이냐에 따라 관점이 달라진다. 예를 들어 바나나 껍질을 밟고 어떤 사람이 미끄러졌다면 당사자에게는 불행이지만 구경꾼들에게는 코미디가 될 수 있다. 잘난 사람이 바나나 껍질을 밟고 미끄러지면 재미있지만 불쌍한 사람이 미끄러지면 슬픔을 준다. 웃음은 그렇게 악마처럼 어떤 일에 끼어드는 것이다. 절대 웃어서는 안되는 장례식장에서 웃음을 참을 수 없는 해프닝이 일어나는 일도 곧잘 있다. 웃음에는 늘 악마적이고 폭력적인 면이 함께 스며들어 있다."

다케시와의 인터뷰에는 늘 농담이 끼어든다. 그는 다른 사람에게뿐만 아니라 자신에게도 독설을 서슴지 않는다.

"나는 일본 텔레비전의 저질화를 주도한 사람이다. 일본 방송계의 암적인 존재다."

일본 영화계에서의 위치에 관해 물어봐도 비슷한 답이 돌아온다.

"나는 일본 영화계에서 아마도 에이즈, 바이러스 같은 존재가 아닐까 생각한다."

다케시의 대다수 영화는 즉흥 연출과 연기로 만들어졌다. 1997년 〈하나비〉를 끝낸 그를 만났을 때 다케시는 "해변에서 축구공을 차며 노는 어린아이의 이미지를 갖고 영화를 만들고 싶다. 그밖에는 아무것도 정해두지 않았다"고 차기작 기획을 설명했다. 그 영화는 〈기쿠지로의 여름〉이었다. '해변이 있다. 그리고 두 남녀가 있다'는 설정만으로 〈미치광이 피에로〉를 찍었던 장 뤽 고다르처럼 기타노 다케시는 현장에서 영화의 생명을 만들어가는 능력의 소유자다.

〈기쿠지로의 여름〉 촬영을 앞두고 그는 신문의 네 컷 만화처럼 기

승전결의 뼈대만 갖고 시작했다. '첫째, 엄마 아빠가 없는 아이가 여름방학을 맞았다. 둘째, 그 아이는 엄마가 만나고 싶어졌다. 셋째, 아이는 엄마를 만나러 갔다. 넷째, 가다가 이상한 아저씨를 만나 놀다가 돌아왔다.' 단순한 그 골격을 놓고 다케시는 이야기에 살을 붙여나간다. 그 살의 구체적인 질감은 등장인물의 무심한 듯 자연스런 연기와 공간에서 나온다.

"내 영화에 등장인물이 아무 것도 하지 않는 듯이 보이는 장면이 많은 것은 그렇게 하지 않으면 장편영화 상영 분량을 맞출 수 없다고 스크립터가 충고하기 때문이다. 데뷔작 〈그 남자 흉포하다〉를 찍을 때 스크립터는 이대로 가면 한 시간 분량도 채 되지 않을 것이라고 걱정했다. 그래서 주인공 형사가 거리를 걷는 모습을 많이 촬영해서 집어넣었는데 나중에 개봉하니 토니 레인즈 같은 서구 평론가들이 절찬했다. 폭력에 물든 주인공의 고독한 내면을 보여주는 사색적인 장면이라고 의미를 부여해서 기분이 좋았다."

〈기쿠지로의 여름〉에서 목소리만 큰 건달 기쿠지로는 소년 마사오에게 어머니를 찾아주려고 여행을 떠났다가 오토바이를 모는 두 건달과 트럭을 타고 전국을 유랑하는 소설가 지망생 청년과 함께 시골 강변에서 즐거운 한때를 보낸다. 다 큰 어른들이 아이와 함께 '무궁화 꽃이 피었습니다' 놀이를 하며 낄낄거리는 풍경은 어른과 아이 모두 동심에 젖게 만든다. 이 단순한 이야기는 시시한 농담과 슬랩스틱 코미디, 그리고 엄격한 감상주의로 채색돼 있지만 침묵과 폭발의 연쇄작용으로 이뤄진 다케시 영화 특유의 스타일이 화면에 묘한 사색의 기운을 불어넣는다.

다케시의 영화는 아무 것도 아닌 순간에 아주 미묘하게 집중하고 그렇게 대다수 극영화에서 버려지는 침묵의 순간에 생각의 여백을 마련해준다. 거의 모든 장면의 시작이 배우들의 멈춰 있는 동작에서 시작하는 듯한, '액션'이란 신호와 함께 카메라가 돌아가고 배우들이 연기를 하는 그 순간에 감독 다케시는 이상하게도 카메라가 작동하는 순간이 아니라 2, 3초의 시간이 흘러간 다음에 화면을 전개시키는 습관이 있다. 잠시 멈춰섰다 나아가는 이런 호흡의 스타일에 대해 다케시는 이렇게 말하고 있다.

"내 영화는 아무 것도 정해두지 않고 순서대로 찍는다. 멈춰선다는 느낌을 주는 것은 내가 다음에 무엇을 찍을지 모르기 때문이다. 그래서 궁리하느라 잠시 화면이 머뭇거린다."

다케시의 영화는 이런 무위, 아무 것도 하지 않는 듯한 등장인물의 모습과 그들이 처한 공간에서 순수한 유희의 쾌감을 끌어낸다.

기타노 다케시는 〈하나비〉 직후에 가진 인터뷰에서 "가족이란, 남들이 보지 않으면 버리고 싶은 것"이라고 말했지만 〈기쿠지로의 여름〉을 만들고 난 후에는 "내가 나이가 들어가면서 옛날 일을 기억하지 못하는가보다"고 능청을 부렸다. 그는 이 영화가 돌아가신 아버지에 대한 공양의 의미도 있을 것이라고 말했다. 강짜가 심하고 주위 사람을 구박하지만 사실은 마음이 여린 영화 속의 기쿠지로는 다케시의 실제 아버지를 모델로 한 인물이다.

"내가 영화 속의 마사오 나이 때 아버지와 함께 바다에 놀러 간 적이 있다. 도쿄에서 두 시간 정도 떨어진 바닷가였다. 아버지는 그곳에서 줄곧 술을 마셨고 나와 형은 신나게 놀았다. 돌아오는 전철에서 앉을 데가 없어 서 있었더니 마침 그때 미군 병사가 일어나서 나를 자리에 앉혀주고 허쉬 초콜릿을 줬다. 평소 아버지는 미국인들을 혐오했다. '다시 전쟁 나면 미국놈들 다 죽여버리겠다'고 입버릇처럼 말했다. 그러나 그날 이후 미국인에 대한 아버지의 생각은 바뀌었다. '역시 미국놈들은 대단해. 애한테 초콜릿을 다 줬다니까'고 자랑스레 말했다."

인생이란 가장 잔인한 것과 가장 따뜻한 것이 공존하는 것이다. 다케시 영화의 힘은 그 모순을 응축하는 데서 나온다. 그의 영화가 웃기면서도 슬프고 매우 폭력적인 순간에 평온함이 느껴지는 것도 그 때문이다. 정해진 룰을 따르지 않는 그의 유명한 즉흥 연출 역시 좌충우돌하는 인생을 모방하는 태도에서 나온다.

〈기쿠지로의 여름〉 이후에도 다케시는 다양한 영화를 찍었다. 미국에 가서 〈브라더〉를 찍었고 〈돌스〉, 〈자토이치〉, 〈다케시즈〉 등을 만들었다. 그의 근작들은 초기작이 준 활기들에 비해 어떤 권태가 느껴진다. 그의 영화보다 그가 영화에 대해 말하는 것이 더 재미있다는 느낌마저 주는 것이다. 형식미에 치중해 공허했던 〈돌스〉에 대해 그는 처음으로 남녀간의 색기 어린 사랑을 다룬 것이라며, 침묵과 폭력의 변증법으로 이뤄진 그의 스타일이 어떻게 바뀔 수도 있느냐는 질문에 잠시 망설인 후 심드렁하게 농담을 건넸다. "침묵⋯⋯. 그 다음엔 더한 침묵이다." 한바탕 웃음이 오간 후에 그가 덧붙였다. "영화 속의 사랑을 들여다보면 그 안에도 폭력이 들어 있다. 어쩌면 압도적인 폭력이 드러날 것이다."

〈다케시즈〉와 같은 영화를 보면 자신에 대해 스스로 냉소와 존경을 오가고 있고 즉흥에 기초한 방임이 예술적 방종으로까지 이어지는데 그것조차도 자신의 예술적 명성에 대한 철저한 파괴적 폭력의 발로인 것처럼 보였다. 그의 초기 대표작인 〈키즈 리턴〉을 보고 일본영화계의 새로운 힘을 전달받은 그 압도적인 감흥을 앞으로 그의 영화에서 돌려받기는 힘들 것이라는 인상을 주지만 그는 자기완성과 자기 파괴를 동시에 진행하는 절대적인 권능을 지닌 인물이다. 영화의 들쑥날쑥하는 완성도와 상관없이 대단한 매력을 간직한 감독이다.

망고나무 위에서의 사색

허우샤오시엔

허우샤오시엔을 직접 보기 전에는 왠지 그가 거구의 대륙인 같은 풍모를 지니고 있을 거라고 생각했다. 실제 대면한 그는 중키에 조금 왜소한 체구였지만 〈펑구이에서 온 소년〉 등의 자전적인 영화에서 익히 본 건달 청년의 기질이 많이 남아 있었다. 언제라도 싸울 자세가 돼 있는 듯한 호전적인 어투였다. 눈살을 찌푸리며 공세적으로 상대를 대하는 그의 태도는 대화 도중 말할 수 없이 부드럽고 섬세한 통찰로 삶을 바라보는 예술가의 태도로 바뀌어갔다. 나는 곧 호전적으로 보였던 인상이 그의 집중력에서 나온 것임을 알게 됐다.

그럭저럭 얘기가 되는 상대라고 파악되면 그는 받아적으면 그대로 문장이 되는 주옥같은 말들을 쏟아냈다. 2000년에 〈밀레니엄 맘보〉가 부산국제영화제에 공개됐을 때 그는 이 영화가 현재의 젊은이들의 삶을 다룬 것이며 그에 따라 스타일도 변했다면서 그 변화에 대해 이렇게 설명했다.

"내 이전 영화는 과거를 다루었다. 과거는 기억이다. 과거를 영화로 찍는 것은 빛 바랜 사진을 차곡차곡 쌓는 작업과 같다. 그래서 나는 카메라가 움직이지 않는 롱테이크로 과거를 찍었다. 그러나 현재는 복잡하고 변화가 심한 시대다. 현대를 살아가는 사람들의 마음속에 무엇이 들어 있을까, 나는 궁금했다. 밀레니엄을 사는 젊은이들의 표정을 엿보고 싶었던 나는 그래서 카메라를 움직여 등장인물들에게 가까이 다가갔다. 내 예전 영화가 멀리서 낭만적으로 훔쳐봤다면 이번에는 가까이서 훔쳐본 것이다."

그렇다고 허우샤오시엔의 영화가 속 시원히 등장인물의 삶에 대해 말해주는 것은 아니다. 그의 롱테이크 화면은 마치 등장인물이 헤어날 수 없는 어떤 운명에 억류된 듯한 느낌을 표현하는 힘이 있다. 〈밀레니엄 맘보〉의 여주인공, 서기가 연기한 비키가 그랬다. 그녀는 별다른 삶의 대안을 마련하지 못한 채 이 남자 저 남자를 거치며 다른 절망의 색깔을 경험할 뿐이다. 젊은 애인과 살다가 부유한 건달의 품으로 떠난 비키는 남자들의 은행 잔고가 떨어질 때까지만 함께 살겠다고 다짐한다. 특이하게도 이 여자의 현재의 삶은 10년 후의 시점에서 회상하는 구조로 펼쳐지는데 10년 후의 그녀의 목소리도 그다지 행복해 보이지는 않는다. 그녀는 과연 행복했을까? 허우샤오시엔은 '당연히 행복하지 않을 것'이라고 말했다.

"그녀에게는 너무 많은 삶의 정보가 주어져 있다. 사랑도 스스로

등장인물의 심리상태를 묻거나

어떤 행동의 동기를 물을 때

허우는 당혹스러워했다.

"그것 참. 그건 나도 잘 모르겠는데……"

허우샤오시엔의 영화는

답을 내리는 영화는 아니다.

해본 데서 나온 것이 아닌 책과 영화를 통해 얻은 지식뿐이다. 어떻게 사랑해야 할지 그녀는 모른다. 자기 자신의 감정에 대해서도 확신할 수 없는데 어떤 것을 확신할 수 있을까."

그런데도 〈밀레니엄 맘보〉의 결말은 경쾌하고 산뜻하며 희망을 불러일으킨다. 현실에 존재하지 않는 동화 속 나라인 듯한 일본 유바리의 눈 내리는 풍경 속에서 비키는 퇴색한 옛날 영화의 극장 간판을 구경하며 친구들과 즐겁게 재잘거린다. 동화에서처럼 소복소복 눈이 내리는 공간에서 비키는 일본인 친구들과 즐겁게 놀고 있다. 이 장면은 젊은 시절의 에너지, 아무리 불행하더라도 근본적으로 행복할 수밖에 없는 젊은 날의 에너지를 가리키는 게 아닐까. 허우샤오시엔의 생각은 달랐다.

"그때까지 비키는 충분히 불행했다. 그곳 유바리는 시간의 흔적이 남아 있는 곳이다. 폐광촌인 유바리를 떠나 도시로 갔던 젊은이들은 영화제가 열리는 기간이면 고향에 돌아와 부모님을 돕는다. 수년 전에 유바리에 갔을 때 결혼에 실패하고 고향에 돌아와 부모님이 운영하던 여관을 홀로 지키고 있는 여자를 보았다. 밖에서 상처를 입고 다치면 집으로 돌아오는 것이 인간의 생리다. 유바리에는 그렇게 다친 마음을 쓰다듬어줄 수 있는 고향의 느낌, 오래된 시간의 흔적이 있었다."

비키는 충분히 불행했기 때문에 고향 같은 그곳에서 잠시 행복을 얻는다. 고통 끝에 얻는 행복, 그게 인생에서 얻을 수 있는 유일한 행복이 아닐까, 라고 허우샤오시엔은 말했다. 그게 아닐까라고 여지를 남기는 그의 화법은 허우샤오시엔의 영화가 품고 있는 미학의 태도라고도 말할 수 있다. 가끔 등장인물의 심리상태를 묻거나 어떤 행동의 동기를 물을 때 허우는 당혹스러워했다. "그것 참, 그건 나도 잘 모르겠는데……."

허우샤오시엔의 영화는 답을 내리는 영화는 아니다. 역사와 예술을 소재로 한 그의 장대한 영화는 뜻밖에도 어떤 해석의 주체도 자임하지 않는다. 그의 초기 대표작 〈동년왕사〉에서 소년의 성장기를 관통하는 대만의 현대사는 늘 화면 바깥에서 벌어진다. 소년은 도대체 어른들의 세상에서 무슨 일이 일어나고 있는지 알 수가 없다. 그건 허우의 영화를 보는 우리 심정도 마찬가지다.

국민당 정부가 대만으로 넘어오면서 그 정치적 격변의 여파로 한 가족이 풍비박산 나는 아픈 이야기를 담고 있는 〈비정성시〉에서도 유독 눈에 띄는 것은 기쁜 일이 있을 때나 슬픈 일이 있을 때나 식탁에 빙 둘러앉아 밥을 먹는 가족의 이미지뿐이다. 세상사는 흘러가고 일상도 되풀이된다. 〈연연풍진〉의 마지막 장면에서 주인공 청년은 오토바이를 잃고 그의 애인은 어깨에 상처를 입는다. 술 마시고 빈둥거리던 그들의 스무 살 쓸쓸한 청춘의 일상을 보여주던 영화는 그때 문득 남녀 주인공의 그 두 사건이 돌이킬 수 없는 상처를 가리킨다는 것을 일깨운다. 영어 제목 'Dust in the Wind'가 말해주는 대로 바람에 실려간 먼지처럼.

허우샤오시엔은 조금씩 더 넓고 깊은 영화세계를 향해 이동해왔다. 〈펑구이에서 온 소년〉, 〈동년왕사〉, 〈연연풍진〉 등 자전적 체험을 바탕에 깐 성장영화에 역사의 흔적을 끼워넣었던 허우는 〈비정성시〉를 계기로 대만 현대사에 본격적으로 천착했으며 1990년대 이후 역사를 담는 스토리 그 자체를 성찰하는 또다른 영화세계로 넘어갔다.

〈호남호녀〉, 〈희몽인생〉은 이야기를 짜는 방식 그 자체에 관한 영화적 성찰이기도 하다. 〈호남호녀〉는 과거와 현재를 교차시키며 거기에 과거의 역사를 찍는 영화 속 영화를 집어넣는다. 〈희몽인생〉은 대만의 유명한 인형극 명인 리티엔류의 삶을 소재로 가족 멜로드라마와 무대 위 인형극의 백 스테이지 스토리를 엮어놓았다. 허우샤오시엔은 모든 자잘한 삽화들의 분명한 인과관계를 제시하지 않으며 가끔 화면 속에서 일어나는 일은 여든 살 먹은 노인 리티엔류의 회상을 통해 화면 밖 소리로 설명될 뿐이다. 삶과 꿈을 강조한 제목처럼 영화는 꿈꾸듯이 흘러간다.

〈해상화〉에서 스토리는 아예 멈춰서 있는 듯이 보이며 나풀거리는 매춘숙의 화려한 커튼처럼 시간은 가볍게 풀풀 날리며 공허하게 반복되는 듯한 현혹적인 느낌을 준다. 숨막힐 듯이 탐미적인 〈해상화〉는 매우 몽환적이며 화려하지만 폐소공포증을 일으키는 19세기 매춘숙의 내부를 무대로 과거의 덫에 갇힌 인물들의 세계를 서서히 설득시킨다.

솔직히, 허우샤오시엔의 초기작과 중기작들에 비해 그의 근작들이 그렇게 마음에 와닿은 적은 없었다. 다른 시간대를 사는 세 쌍의 연인들의 삶을 다룬 〈쓰리 타임즈〉에선 1960년대를 다룬 부분은 절실하게 와 닿았지만 현대의 젊은이들의 사랑을 다루는 부분은 뭐가 뭔지 이해할 수 없었다. 그런데도 등장인물이 뭔가를 먹거나 마시거나 하는 일상적인 행위들을 통해 그가 그들 삶의 정체를 이해하는 방식은 여전히 타의 추종을 불허한다고 생각한다. 이를테면 오즈 야스지로의 탄생 100주년을 맞아 쇼치쿠 영화사에서 제작한 〈카페 뤼미에르〉에서 보여준 허우샤오시엔의 생활묘사에 대한 감각은 오즈 야스지로 영화의 정수와 맞먹을 만한 것을 창조한다.

오즈는 우리의 덧없이 흘러가는 일상에서 공감각적으로 지각되는 어떤 특권화된 순간을 만들어내는 데 특히 뛰어났던 감독이다. 그의 영화에선 밥 먹는 것, 술 마시는 것, 집 거실에 앉아 수다를 떠는 것 따위의 사소한 일과들이 끊임없이 되풀이되지만 맥주병 하나가 식탁에 놓여 있는, 정물 같은 풍경 하나만으로도 문득 산다는 것과 감각한다는 것의 충일감을 만끽하게 해준다. 그렇지만 이것은 오즈 야스지로의 영화에서 도드라진 것으로, 다른 영화에서 따라하면 그런 감정의 밀도가 나오지 않는다. 숱한 일본 감독들이 이를 따라했다가 낭패를 보았으며 구로사와 기요시는 아예 다다미가 있는 집 내부 장면 촬영을 기피하는 강박을 갖게 됐다고 말한 적도 있다.

허우샤오시엔은 오즈의 시선을 따르면서도 다른 방식으로 해낸다. 〈카페 뤼미에르〉는 오즈의 영화에서 흔히 볼 수 있었던 주제인 과년한 딸이 시집을 가지 않는 한 가정의 이야기를 다루고 있지만 영화의 초점은 아버지 세대보다는 딸에게 훨씬 비중을 두고 맞춰져 있다. 여주인공 요코는 다큐멘터리 작가로, 대만 출신의 음악가 장웬예의 자료를 수집 중이다. 당장 수입도 변변치 않고 일의 진도도 나가지 않지만 그녀는 꿋꿋하게 자기 삶을 즐기면서 사는 듯 보인다. 하지만 그녀의 부모 마음은 그렇지 않다. 요코가 대만에서 아이를 임신했기 때문이다. 게다가 요코는 애를 낳기는 하겠지만 결혼은 하지 않겠다고 부모에게 말한다. 아직 경제적 자립도 벅찬 처지면서 그녀는 혼자서도 애를 잘 키울 수 있을 것이라고 자신만만하다. 요코의 부모는, 특히 아버지는 그런 딸을 보며 걱정이 태산이다. 그로서는 딸이 무엇을 믿고 그토록 당당한지 알 수 없기 때문이다.

전 세대와 다른 요코 세대의 생활방식을 잘 보여주는 이는 요코의 친구인 고서점 주인 하지메다. 그는 틈만 나면 전철 소리를 채집하러 다닌다. 남들은 잘 알지 못하지만 스스로 빠져들 수 있는 세계를 지닌 이들 신인류의 삶에서 가정이라는 것은 아직 머릿속에 개념화돼 있지 않다. 요코와 하지메에게는 연애 감정이 없는 듯 보이지만 그런데도 그들은 친하다. 요코가 몸살에 걸려 누워 있을 때 그녀를 간호해주던 하지메는 자신의 컴퓨터에 입력된, 층층이 겹쳐진 전철과 그 전철 안에 아이가 그려진 그림을 보여준다. 요코는 그 그림에 탄복한다. 이것이 이들 새로운 세대에게 매혹을 주는 세상의 개념인 것이다. 마치 자궁 속에 있는 듯이 전철 안에 편안하게 웅크리고 있는 아이의 모습은 바깥세상의 기계화된 질서의 숨소리에 민감하게 반응하는 그들 세대의 익명적 정체성과 밀접하게 연관돼 있는 깃이다.

오즈 야스지로의 시대에는, 딸을 시집보내기 위해 노심초사하는 아버지의 생활을 찍는 것만으로도 족했지만 세상은 바뀌었다. 오즈 야스지로가 일일 드라마 같은 내용의 술거리 흐름 사이에 문득 끼워

넓은 도심 곳곳의 풍경이나 가정의 소품을 찍은 화면만으로도 조금씩 변해가는 세상의 흐름을 담아낼 수 있었다면 허우샤오시엔에게 그런 호흡으로 이 젊은이들의 삶을 찍는 것은 불가능하다. 대신, 그는 요코와 하지메의 일상, 좋아하는 일을 위해 이곳저곳 찾아다니며 자료를 찾고 소리를 채집하는 그들의 모습을 찍는다. 그 채집의 와중에 찻집에 들러 차 한 잔 마시며 잠시 쉬는 그들의 휴식 같은 기분을 찍는다. 아마도 요코의 부모 세대와 같은 입장이었을 허우샤오시엔 감독에게는 이것이 영화 속 주인공의 삶을 찍는 최선의 방법이었을 것이다. 그것만으로도 이 영화는 평범하게 흘러가는 생활에서 감정의 지워지지 않는 낙인을 찍는 듯한 인상적인 순간들을 곧잘 연출한다.

영화의 초반 장면, 오랜만에 고향 집에 온 요코는 식구들과 함께 밥을 먹지 않는다. 피곤으로 곯아떨어진 그녀는 밤늦게 일어나서 어머니가 지켜보는 가운데 혼자 밥을 먹는다. 그때 그녀는 마치 다른 사람의 일을 얘기하듯이 무심하게 자신의 임신 사실을 알린다. 요코의 어머니는 다소 놀라지만 요코는 아랑곳하지 않는다. 요코의 어머니는 아버지에게 그 사실을 알리고 뭔가 딸에게 충고를 하라고 다그치지만 아버지는 꿀 먹은 벙어리처럼 묵묵부답이다. 그는 딸을 사랑하지만 딸의 인생에 어떻게 개입해야 할지를 모른다.

나중에 요코의 부모는 딸에게 뭔가 말을 할 작정으로 도쿄에 있는 요코의 집을 방문하기로 결심한다. 그런 부모의 결정을 들은 요코가 처음 하는 말은 '니쿠자카'를 먹고 싶다는 것이다. 쇠고기와 감자로 만든 이 음식을 어머니가 정성스레 싸왔을 때 요코는 맛있게 먹는다. 요코의 좁은 집 방 안에서 이들 세 식구는 어색한 침묵을 견디며 음식을 먹고 있다. 딸의 장래를 염려하면서 그녀의 부모가 해줄 수 있는 것은 함께 밥을 먹는 것뿐이다. 어떤 의미심장한 대사도 오가지 않지만 그런데도 그들의 마음은 전해지는 것이다.

이 장면에서 요코는 대만인 애인과 결혼하지 않는 이유가 그의 집안의 사업을 도울 자신이 없기 때문이라고 말한다. 남자에게 시집가서 그 가문의 일원이 되기를 그녀는 거부한다. 그리고 아이를 임신했다는 사실도 남자에게 알리지 않은 채 혼자 아이를 낳아 키우기로 결심한다. 연금에 의존해 노후 생활을 이어가는, 인생을 가족에 의지해 계획대로 살아온 요코의 부모에게 이런 딸의 태도는 이해될 리 없다. 배달 온 초밥 값을 내는 것도 부담스러울 만큼 변변치 않은 경제적 형편을 지닌 딸이, 이웃집에게 간장 같은 것도 꿔가면서 사는 딸이, 특별한 직업도 친구도 없어보이는 딸이 혼자 아이를 키우겠다는데 그들이 해줄 수 있는 것은 딸이 사는 집에 들러 물 한 잔 얻어 마시면서 싸온 반찬을 놓고 밥을 먹는 것뿐이다.

오즈의 영화에서 흔히 볼 수 있었던 것처럼, 다다미방에서 무릎을 꿇고 앉은 상태에서 바라보는 시선의 높이로, 좁은 방 내부에서 고정된 카메라로 응시하는 이들 가족의 밥먹는 정경은 다른 첨언이 필요 없는 감동을 준다.

허우샤오시엔 감독은 일상의 흘러가는 순간에 특권적 강세를 찍고 아름다움을 보여주는 오즈 야스지로의 성신을 또다른 차원에서 자기만의 방식으로 승화시킨다. 외면하지 않고 구질구질해 보이는 생활을 정면으로 찍는 것에서 아름다움을 보는 이것이야말로 영화가 가닿을 수 있는 가장 깊은 감정을 건드린다. 허우샤오시엔이 생각하는 영화가 그런 것이다. 그는 영화가 '생활을 카피하는 것'이라고 정의했다.

"내 딸은 스무 살 무렵 미술을 전공하러 미국 유학을 갔다. 거기서 딸은 아주 조그만 엽서를 보내왔다. 딸은 자신이 입고 신었던 옷과 신발을 보내달라며 엽서에 그림으로 그려넣었다. 나와 아내는 엽서에 그려진 그림을 보고 딸의 소지품 중에서 옷과 신발을 찾아냈다. 나는 딸이 신던 운동화를 꺼내 치약으로 닦으면서 영화의 한 장면 같다고 생각했다. 그건 부모와 딸의 관계를 나타내는 장면이다. 영화를 찍는다는 것은 생활 속에 있는 장면을 뽑아내는 것이다. 감독은 열정을 갖고 생활 속에서 뭔가를 뽑아내고 그걸 위에서 바라봐야 영화를 찍을 수 있다. 저만큼이구나, 하고 간단히 넘길 수 있는 문제가 아니다."

그는 늘 자기 생활의 흔적이 묻어 있는 생생한 언어로 말했다. 그는 자신의 영화는 서양영화와 달라야 한다고 생각하는데 그 이유 중하나가 한자 문화권에 살고 있기 때문이라고 했다. 알파벳 기호를 연결해 뜻을 만드는 서양 문자와 달리 한자는 글자 하나에 이미 뜻이 담겨 있다. 영화도 마찬가지다. 화면들을 연결해 어떤 느낌을 만들기 이전에 화면 하나에 이미 어떤 상황, 느낌이 담겨 있다는 것이다. 허우샤오시엔 영화의 롱테이크 스타일의 묘미는 바로 그런 데 있다는 생각이 들었다.

또 하나, 10대 시절 망고나무에 몰래 올라가 열매를 따먹던 경험과 영화가 유사하다는, 그가 즐겨 언급하는 어린 시절의 예도 있다. 처음에는 허겁지겁 망고를 먹지만 적당히 배를 채우고 나면 비로소 사방을 둘러보게 된다. 그때 주변의 풍경도 보이고 바람소리도 느껴지고 매미의 울음소리도 들리는 상태가 바로 영화에서 표현하려는 것과 닿아 있다는 것이다.

부산국제영화제에서 〈밀레니엄 맘보〉로 처음 허우샤오시엔을 만난 2000년 이래 〈쓰리 타임즈〉로 다시 부산을 찾은 2005년, 서울아트시네마에서 대만 뉴웨이브 영화 회고전이 열린 2006년에 그를 다시 만났다. 사람이 늘 한결같다는 느낌을 주었다. 허름한 점퍼를 걸치고 줄담배를 피우며 단호한 말투로 대화를 이어가는 그는 이런저런 자리에서 자신의 영화가 대만에서 인기가 없는 것에 대한 질문을 받으면 이렇게 말했다.

"영화감독은 관객에게 등을 돌려야 한다. 자신이 생각하는 것이 무엇인가에 집중하는 것이 중요하다."

현재의 영화계에 모자란 것을 찾아 새 영화를 만드는 것은 중요하다. 하지만 그것이 관객의 비위를 맞추는 것이어서는 안된다는 것이다. 오직 자신의 생각에 진실하게 집중하는 것만이 예술가를 성장시킨다.

그는 자신의 초기작 〈샌드위치 맨〉에 출연한 아들에게 울리는 연기를 시키기 위해 마룻바닥을 손으로 치다가 손에 상처를 입었다. 당시

갓난아기였던 아들은 장성했지만 그 상처는 여전히 남아 있다. 그는 자신의 손을 직접 보여주며 "상처는 남아 있고 우리는 성장한다"고 말했다. 그것이 삶이고 영화다.

다만 변화할 뿐

베르나르도 베르톨루치

나는 베르나르도 베르톨루치 감독을 두 번 만났다. 첫번째는 1996년 칸 영화제 기자회견장에서 만났고 두번째는 1997년 10월 런던에 있는 그의 사무실에서 만났다. 아니, 96년에는 만났다기보다 기자회견장에 들어가지 못해 입구의 텔레비전 수상기를 통해 먼발치서 본 것이다. 〈스틸링 뷰티〉를 칸에 출품했던 베르톨루치의 공식 기자회견장에는 기자들로 하도 붐벼서 발 디딜 틈도 없었다. 강짜를 부려서라도 들어가보려고 했지만 도무지 비집고 들어갈 공간이 없었다. 그래도 그때 베르톨루치가 내게 전해준 인상만은 또렷이 기억난다. 기자가 영어로 물으면 영어로, 불어로 물으면 불어로, 모국어인 이탈리아어로 물으면 이탈리아어로 베르톨루치는 대답하는 것이었다. 코스모폴리탄이었다. 그게 부럽기도 했지만 느끼기도 했다.

그래도 그가 칸에 낸 〈스틸링 뷰티〉는 좋았나. 그 영화는 그가 80년대 초에 〈어리석은 남자의 비극〉을 만든 이후 십수 년 만에 고향인 이탈리아로 돌아가 만든 작품이다. 사람들은 정치와는 상관없어 보이는, 아버지의 친척을 찾아 고향인 이탈리아 토스카니 지방의 과수원에 돌아온 열아홉 살 소녀 루시의 이야기를 담은 이 소품에 실망하는 눈치였지만 난 그렇지 않았다.

이 영화를 보면 베르톨루치가 고향 산천을 얼마나 사랑하는지 금방 알 수 있다. 너무 눈부시게 아름답기 때문에 현기증이 났다. 아침에 일어나서 과수원 뜰에 차려진 식탁에 온 식구가 모여 아침을 먹는 것 같은 평범한 장면에서도 아침의 신선한 공기, 육신을 안아줄 것 같은 자연의 육감적인 품이 그대로 생생하게 실감났다. 그것은 곧 열아홉 소녀의 젊은 육체가 보고 받아들이는 자연의 관능이기도 하다. 나는 베르톨루치가 노인네가 돼서도 그런 젊은이의 생명력, 관능을 이해하고 카메라에 담는다는 것이 놀라웠다. 그것은 쉽지 않은 일이다.

〈스틸링 뷰티〉에서 토스카니 지방의 과수원에 모여 사는 루시의 친척들은 68년 세대에 속하는 장년층 세대다. 예술가 부부도 있고 곧 죽음을 앞둔 아저씨(제레미 아이언스가 그 역할로 나온다)도 있다. 그러나 베르톨루치는 구구절절 설교하지 않는다. 혁명을 꿈꿨으나 실패한 세대의 희망을 얘기하지 않는다. 기꺼이 루시의 시선에 카메라를 의탁하고 삶과 예술이 하나가 되는 것, 시간과 공간을 감각하는 자의 즐거움을 말하고 있다. 어쩐 일인지 이 영화는 내가 가장 좋아하는 베르톨루치의 영화가 됐다. 혹시 칸에서 본 내 관람 기억이 틀린 게 아닌가 싶어 나중에 비디오테이프를 구해 봤을 때도 그 느낌은 변하

1997년 런던에서 베르톨루치와 만났을 때 나는 비로소 그의 인간에 감동했고 그의 모든 영화를 좋아하기로 했다. 베르나르도 베르톨루치는 진짜 영화의 자식이었다.

지 않았다. 나는 그 영화에서 바람직한 어른의 모습을 본 것이다. 과거의 상처와 영광을 되풀이해가며 다음 세대를 폄하하는 어른들이 좀 많은가.

1997년 런던에서 베르톨루치와 만났을 때 나는 비로소 그의 인간에 감동했고 그의 모든 영화를 좋아하기로 했다. 베르나르도 베르톨루치는 진짜 영화의 자식이었다. 런던 한웨이 스트리트에 있는 베르톨루치의 사무실에는 존 포드와 장 르누아르 감독의 큼지막한 사진이 걸려 있다. 그는 인터뷰 중에도 곧잘 다른 영화감독이나 작품을 인용하며 말한다. 그때마다 아주 시적인 멋이 났다. 원래 시인 출신인 베르톨루치는 더듬거리는 영어로 리듬과 억양을 절묘하게 조화시키며 말을 이어갔다. 연출한 것이라기보다는 자연스럽게 밴 화술이다. 좀처럼 드문 현대영화의 거장이지만 인터뷰 도중 조명빛 때문에 콧잔등에 흐르는 땀을 손바닥으로 어색하게 훔쳐내는 모습은 영락없이 들판의 촌부 같다. 검은 가죽 점퍼에 강세를 주는 빨간 넥타이가 그가 예술가임을 알려준다.

내가 그때 베르톨루치를 만난 것은 그의 대표작인 〈파리에서의 마지막 탱고〉의 한국 개봉에 맞춰 수입사에서 마련한 인터뷰 때문이었다. 〈파리에서의 마지막 탱고〉는 개봉 당시 이탈리아에서도 일시적으로 상영금지 처분을 당한 적이 있지만 완고한 검열제도가 있었던 동양의 나라에서는 강산이 두 번 바뀌고도 더 시간이 흘러서야 겨우 금지가 풀렸다.

〈파리에서의 마지막 탱고〉가 개봉된 1973년에 베르톨루치는 서른

세 살이었다. 개인적으로 그의 최고작이라고 여기는 〈순응자〉가 전세계적으로 흥행하면서 베르톨루치는 비로소 이 희대의 스캔들을 불러일으킨 영화를 물론 브랜도를 주연으로 해서 만들 수 있었다. 이 두 편의 영화는 프로이트에 깊이 빠져 있던 마르크스주의자였던 젊은 날의 베르톨루치가 자신의 콤플렉스에서 빠져나오는 통과의례 같은 것이기도 했다.

〈순응자〉에서 주인공 마르첼로는 어린 시절 동성애자로부터 성폭행당할 뻔했던 기억 때문에 파시스트가 된다. 그는 보통사람들과 다른 욕망을 혹시 자신이 품고 있지 않을까 두려워한다. 모든 이의 이념이 균질화된 2차대전 당시 무솔리니 치하의 이탈리아에서 그가 파시스트 사회의 일원이 되는 것은 필연적인 선택이다. 파시스트가 되어 그는 과거의 스승 콰드리를 암살하기 위해 파리로 간다. 거기서 스승의 아내 안나에게 연정을 느낀 마르첼로는 더더욱 스승을 죽여야 한다고 생각한다. 그렇지 않으면 그는 근친상간의 죄를 저지를지도 모르기 때문이다. 스승의 아내를 품는 것은 대역죄이기 때문에.

〈순응자〉를 만든 1970년, 서른 살의 공산주의자였던 베르톨루치는 이 영화로 변절하게 된다. 베르톨루치는 할리우드 메이저 스튜디오에게 이 영화의 배급권을 팔았다. 서구 혁명의 최종 기착지였던 5월 혁명이 끝난 후 좌파 예술가 베르톨루치는 자본주의에 몸을 팔았다. 젊은 시절, 나는 이 영화를 보며 혁명가가 되지 못한 타락한 부르주아 예술가의 퇴폐 미학에서 사줄 만한 것은 관능적인 카메라 움직임뿐이다, 라고 생각했다. 그렇지만 오랜만에 다시 본 〈순응자〉는 여전히 변치 않는 걸작이었다. 그건 구호로 수렴되지 않는 욕망, 죽을 때까지 지고 가야 할 개인의 욕망을 혁명의 프리즘으로 솔직하게 비춘다. 마르첼로는 자본주의 사회를 사는 우리들의 내부에 은밀히 감춰진 분열된 자아의 공통분모다. 부르주아 사회의 안정된 가정을 유지하려 열심이며 도덕적으로 평균을 지키면서 욕망을 감추고 일로매진하는 이들의 분열된 영혼이 마르첼로에게 응집된다.

〈순응자〉 이후에 베르톨루치의 다음 영화가 〈파리에서의 마지막 탱고〉가 된 것도 자연스러운 수순이다. 이름도 성도 신분도 모른 채 무작정 육체의 에로스에 빠져드는 중년의 미국 남자와 젊은 부르주아 여성에게 관능은 순수하다. 그들은 동물처럼 상대의 몸만을 탐한다. 그 욕망의 순수 결정체는 그들이 서로를 알고자 하면서 깨진다. 앎은 이들의 관능적 순수를 더럽힌다. 사회적 관계망 속에서 재위치한 그들의 욕망은 더이상 어제의 욕망이 아니다. 남자가 여자를 알려 할수록 이들의 파국은 더 빨리 다가온다. 자기 집까지 쫓아온 남자를 죽이고 난 후 여자는 실성한 사람처럼 울부짖는다. "나는 저이의 이름도 몰라요, 성도 몰라요." 그때 남자는 여자의 집 베란다에서 태아처럼 웅크리고 죽어간다. 순수는 아직 세상에 태어나기 전의 자궁 속에서나 가능하다는 듯이.

〈파리에서의 마지막 탱고〉에서 말론 브랜도가 고통스럽게 자신의 어린 시절을 회상하며 부정하려 애쓰는 장면이 나오는데 이는 브랜도의 즉흥 연기였지만 동시에 베르톨루치의 자아를 반영하는 것이기도 했다. 베르톨루치도 젊은 시절 자기 인생에서 아버지의 흔적을 떨처버리고자 애썼다. 그는 시인으로 출발했으나 시인이었던 아버지와의 경쟁에서 이길 수 없다고 판단해 영화감독으로 돌아섰다. 그러나 베르톨루치가 조감독으로 일한 피에르 파올로 파졸리니 감독은 아버지 집에 자주 놀러 오기도 했던 당대 이탈리아의 최고 지성이자 예술가였다. 그에게 아저씨로 불리던 파졸리니 역시 영화에는 문외한이었지만 이 천재는 영화 메커니즘을 배워가면서 아주 새로운 형식의 영화를 만들었다. 베르톨루치는 마치 영화가 탄생하는 순간을 목격하는 것 같은 충격을 느끼며 아버지 세대에 대한 질투를 억누르지 못했다.

베르톨루치에게 또 한 명의 아버지가 있다면 장 뤽 고다르 감독이었다. 누벨바그 영화를 좋아했던 베르톨루치는 당시 넘쳐나는 에너지로 일주일에 두 편씩 영화를 찍곤 하던 고다르에게 질투가 나서 견딜 수 없었다. 베르톨루치가 1968년에 만든 영화 〈파트너〉는 선배 고다르의 스타일을 흉내내며 만든 것이었다. 〈파트너〉가 실패한 후로 베르톨루치는 고다르에 대한 강박감을 떨쳐내기로 결심했다. "고다르에게는 고다르의 길이 있고 나, 베르톨루치에게는 나만의 길이 있다."

앞서 말한 대로 〈순응자〉는 베르톨루치가 과거의 적 파라마운트 영화사와 손잡고 만든 작품이다. 그때 고다르는 그때까지 관계를 맺고 있던 상업적인 배급망을 다 끊고 노동자, 지식인들과 함께 혁명영화를 만들고 있었다. 〈순응자〉에서 마르첼로가 죽이러 가는 과거의 은사 콰드리는 고다르와 발음이 비슷하다. 콰드리의 부인인 안나 역시 당시 고다르의 부인이었던 안느 비아젬스키와 이름이 비슷하다. 콰드리의 파리 집 주소와 전화번호는 고다르의 그것이었다. 베르톨루치는 처음에 이런 게 다 장난이라고 생각했다. 그러나 나중에 자문자답했다. "좋다, 이 모든 게 중요하다. 나는 마르첼로이며 파시스트 영화를 만든다. 혁명영화를 만들며 내 선생이었던 고다르를 난 죽이기를 원한다."

〈순응자〉에 나오는 암살 장면은 영화사상 가장 장엄한 암살 장면일 것이다. 안개가 어렴풋이 낀 숲가에서 콰드리는 선 채로 열 번도 넘게 마르첼로 일행의 칼을 맞는다. 1970년 〈순응자〉가 파리에서 처음으로 상영되는 날 고다르는 베르톨루치에게 만나자는 전갈을 보냈다. 그날 밤 생제르맹에 있는 약국 앞에서 베르톨루치는 조마조마한 심정으로 고다르를 기다렸다. 야바위꾼과 수상한 사람들로 가득 찬 생제르맹 주위의 인파들 사이에서 이윽고 고다르가 나타났다. 고다르는 아무 말도 하지 않고 종이 한 장을 손에 건네주고는 밤의 어둠 속으로 사라져갔다. 그 종이에는 모택동의 초상이 그려져 있었고 그 위에 다음과 같은 글씨가 붉은 잉크로 씌어 있었다. '이기주의와 제국주의에 맞서 싸우라.' 베르톨루치는 종이를 찢어버렸다.

"모택동의 초상화는 다소 광신적인 데가 있는 세속의 수도사 고다르가 죄 많은 나한테 준 성상화였다. 물론 고다르는 모택동 초상의 종교적 힘을 믿고 있었다. 그러나 나는 도대체가 종교적 품성이라고는 없었다."

이때부터 베르톨루치는 고다르와 결별했다. 그리고 60년대와 헤어졌다. 혁명의 종교적 주술도 뒤로 던졌다.

1970년대에 베르톨루치는 쓸쓸한 패배주의가 배어 있는 68세대의 자화상을 관능적인 형식에 실어 묘사한 〈순응자〉와 〈파리에서의 마지막 탱고〉로 명성을 얻은 뒤 4시간 10분짜리 대작 〈1900년〉을 만들었다. 1900년에 각각 지주와 소작농의 아들로 태어난 두 남자의 일대기를 따라가면서 1900년부터 1945년 이탈리아가 파시즘에서 해방될 때까지의 역사를 담은 이 영화 이후에 베르톨루치의 경력은 잠시 하강곡선을 그렸다. 그리고 1982년 〈어리석은 남자의 비극〉을 끝으로 베르톨루치는 이탈리아를 떠났다.

　베루톨루치는 자기가 몸담고 있는 서구 사회의 파시즘에 대한 모멸감을 표현했다. 파시즘이 현존하는 이탈리아가 더러웠다고 베르톨루치는 회고했다. 그래서 찾아간 곳이 동양이다. 천안문을 가득 메운 인파들이 모택동 주석 앞에서 열광하는 광경에서 베르톨루치는 '진짜 스펙터클'을 봤다. 유럽에선 공산주의가 실패했는데 중국에선 됐다. 황제가 자연스럽게 평민이 되는 인생유전에서 베루톨루치는 중국 공산당의 성공을 봤다. 이건 혹시 동양이기 때문에 된 게 아닐까. 그래서 중국을 비롯한 동양의 정신세계를 탐구한 작품이 〈리틀 부다〉다. 〈리틀 부다〉는 베루톨루치 자신도 성공했다고 보진 않지만 이 영화로 베루톨루치는 그때까지의 정치적, 사회적 부채감을 지워버렸다. 그러고는 이탈리아로 돌아가 〈스틸링 뷰디〉를 찍은 것이다.

　"내 인생은 곧 영화였다. 영화로 인생을 담고 싶었는데 현실은 너무 복잡하다. 항상 어찌할 바를 몰랐다. 그래서 현실의 대세에 끌려가기보다는 그 대세와 싸웠다. 그게 내 인생이고 영화였다."

역사와 예술과 정치를 격렬하게 통과해온 한 영화감독의 초상이 거기 실제로 있었던 것이다. 타임머신을 타고 돌아간 것처럼 우리는 30대의 심정으로 이야기를 나눴다.

근작 〈몽상가들〉을 보면 현재의 베르톨루치에게도 여전히 답은 없는 듯하다. 그는 필생의 대작으로 대실 해밋의 소설 〈피의 수확〉을 영화로 찍는다고 했지만 어떤 영문인지 그 프로젝트는 오랫동안 가시화되지 않았다. 〈몽상가들〉이 처음 만들어진다는 소식을 들었을 때, 그리고 이 영화가 68년 5월을 배경으로 한 '청춘판 〈파리에서의 마지막 탱고〉'라는 정보를 접했을 때, 대충 어떤 꼴의 영화가 될 것인지를 짐작할 수 있었다.

〈파리에서의 마지막 탱고〉와는 달리 〈몽상가들〉에선 파국의 국면이 없다. 이 영화에는 짧지만 강렬한 유희의 순간들만이 이어진다. 영화광인 미국인 청년 매튜는 파리 시네마테크에서 영화에 대한 비슷한 열정을 지닌 테오와 이자벨 남매를 만난다. 그들은 테오와 이자벨의 윤택한 아파트에서 경계를 벗어난 놀이를 즐긴다. 그 놀이래야 별게 없다. 그들은 쉴 사이 없이 자기들이 본 영화를 추억하고 논쟁하고 흉내낼 뿐이다. 버스터 키튼과 찰리 채플린 중 누가 위대한가에서부터 마를렌 디트리히의 특정 대사가 어떤 영화에 나왔는지를 맞추는 따위의 내기를 하는 것이 그들 일상의 이벤트이고, 좀더 나아가면 주인공들이 루브르 박물관 내부를 수위의 제지를 뚫고 호쾌하게 달리는 장 뤽 고다르의 〈국외자들〉 한 장면에서처럼 이들도 과연 그걸 행동에 옮길 수 있는가 따위를 시험해보는 치기를 부리는 정도다.

그 와중에 이들은 대담하게 자신들의 성욕을 응시한다. 숱한 영화들에서 차마 겉으로 드러내어 발설하지 못했던 욕망이란, 이를테면 디트리히의 넓적다리와 안나 카리나의 투명한 눈물을 관통하는 것들이다. 로베르 브레송의 〈무셰트〉에 나오는 소녀의 죽음처럼, 도저한 삶의 절망을 실제로 체험할 기회는 없는 이들에게 주어진 사명은 영화를 해석하고 영화처럼 자유롭게 살 수 있는 용기다. 그걸 용기가 아니라 방종이라고 말해도 하는 수 없다.

남매 사이인 테오와 이자벨은 서로 벗고 뒹굴며, 테오는 매튜에게 이자벨과 관계할 것을 은근히 충동질하고, 이자벨은 그 기묘한 삼각 관계에서 당당히 서 있다. 들라크루아의 그림 속에 나오는 여인을 흉내낸 자태로 그녀는 처녀성을 버리고 금지된 사랑의 영역에 언제든 뚜벅뚜벅 걸어들어갈 듯이 군다. 풋풋한 이들의 육체가 대담하게 전시되는 이 영화의 상당수 장면은 관음증의 투사라기보다 카메라가 흡사 그들과 함께 껴안고 뒹굴듯이 움직이는 신중한 애무처럼 보인다. 이 관능의 막다른 골목에서 혁명의 그림자가 어른거리는 것이다. 그들은 풋내기 부르주아들이고 자신들의 출신 성분이 주는 물질적 부를 즐기지만 동시에 조롱하면서 놀고 있다. 그들에게 살아 있는 현실은 육체뿐이다. 여기에는 노동자들을 의식하는 계급의식은 없다. 그들에게는 부채의식이 없다. 그저 자신들의 육체를 통해서 자신들의 출신 성분의 토대를 공격하고 있는 것이다.

영화의 한 장면에서, 테오와 이자벨 부모가 휴가를 마치고 잠시 집에 들렀을 때 그들은 자식들과 그 자식들의 친구가 저질러놓은 완벽한 무정부주의적 혼란에 질겁하면서도 그걸 존중해준다. 그들은 내색하지 않고 용돈을 던져놓고는 다시 휴가를 떠난다. 이 장면은 다음 세대의 도덕을 현재형으로 강요하지 않는 자그마한 혁명의 도래를 보여주고 있다.

전통적으로 보수적이었던 프랑스 사회가 오늘날만큼이나 진보할 수 있었던 것은 여하튼 실패한 부르주아 혁명이었던 68년 5월 혁명 덕분이다. 그 5월에 노동자들은 결국 승리하지 못했다. 그들과 연대했던 지식인들은 상처를 입었다. 대신 그들은 상상하는 것의 중요성을 알았다. 상상하는 것은 언제든 실천할 수 있는 힘이 되기 때문이다. 그리고 그 실천은 가정에서부터 일어난다. 어른들은 아이들의 그런 실천을 눈감아준다. 눈감아주는 것이 실은 북돋워주는 것이다. 실제로 어느 진영을 막론하고 뼛속 깊이까지 가부장적 도덕으로 무장하고 있는 우리의 현실에 비추어보면 이런 일탈은 매우 신선하다. 그리고 그걸 바라보는 어른의 시선도 관용적이다.

베르톨루치는 혁명을 오해한 것이 아니다. 사회구조 차원에서는 실패했을지 몰라도 사적인 관계 면에서는 어느 정도 변혁이 일어나고 있던 그 순간의 흥과 관능을 젊은 기분으로 추억하고 있는 것이다. 물론 그 추억은 현재형이다. 〈몽상가들〉에서의 테오와 이자벨의 부모가 보인 태도는 곧 베르톨루치의 태도이기도 할 것이다. 비록 그 당시에 베르톨루치 그 자신이 청춘기를 보낸 세대라 할지라도 베르톨루치는 영화 속 주인공 부모의 모습을 통해 오늘날의 젊은 관객들에게 비슷한 전언을 보내고 있는 것이다. 예술과 영화의 품 속에서 마음껏 놀아라. 그대들이 품는 욕망을 실천하라. 놀면서 쉬엄쉬엄 하자는 것이다.

1997년 그날, 인터뷰가 끝난 후 난 근처의 한국 식당에 가서 불고기를 먹었다. 식사를 막 시작하려는데 베르톨루치가 제작자인 제레미 토머스와 연극 연출가 피터 브룩과 함께 식당에 들어섰다. 그는 그식당의 단골손님이었다. 식당 주인은 그가 연극배우인 줄 알았다. "아 저분, 이 식당에 자주 와요. 연극배우예요." 베르톨루치는 나를 발견하고 자리에서 일어나 일행과 함께 내게로 다가왔다. 제레미 토머스와 피터 브룩을 내게 소개해주고 덕담을 해줬다. 우리보다 먼저 식당을 떠날 때 그는 나와 다시 악수를 나누고 귀엽게 윙크를 했다.

그는 겸손했고 사람을 끄는 매력이 있었다. 그가 영화에서 보여준 카메라와 똑같았다. 근본적으로 열린 영혼을 지닌 사람인 것이다. 이런 사람은 삼라만상을 다 근사하게 접수할 수 있을 것이다. 그의 후기작을 몰락의 징표로 보는 사람들도 많지만 나는 그렇게 생각하지 않는다. 걸작은 아니더라도 그는 꾸준히 자기의 영혼을 아름답게 보여주고 있는 것이다. 이런 거장은 몰락하지 않는다. 다만 변화할 뿐이다.

행복과 불행 너머

아녜스 바르다

　기자 생활을 했던 동안 배우들을 만나 즐겁게 놀 수 있었으면 신났겠지만, 그건 아니고, 지금까지 유명 배우와 술자리를 한 것도 거의 손에 꼽을 정도다. 친구들은 기자라면 늘 유명 배우를 만나는 줄 알지만 천만의 말씀, 그건 대부분 다른 사람의 몫이었다. 나한테는 그럴 기회가 거의 없었다. 재미있는 건 유명 감독도 그렇더라는 사실이다. 언젠가 스탠리 큐브릭 감독의 제작 일화를 읽다가 실소한 적이 있다. 〈스팔타커스〉를 스페인에서 촬영할 때 큐브릭은 주연이자 제작자였던 커크 더글러스가 밤이면 그를 찾아오는 숱한 여성 팬들과 어디론가 사라지는 걸 보곤 질투를 삭이곤 했다. 우리의 결핍을 치료해주는 근사한 영화를 만드는 거장 감독도 마음 한구석에선 결핍감에 시달리고 있었던 것이다.

　어쨌거나 난 배우를 못 만났다는 것에 대해서는 불만이 없다. 배우는 스크린에서 보는 것으로 족하다. 스크린에 비친 모습이 근사했다면 그걸로 좋은 것이다. 그러나 감독이나 그밖에 카메라 뒤에서 작업하는 사람들은 자주 만나고 싶다. 특히 대단한 감독을 만날 때는 그 사람의 작품에 숨은 비밀을 조금이라도 염탐하고 싶어 마음 설레는 것이다. 누벨 바그의 대모라고 불리는 아녜스 바르다를 만날 때도 그랬다. 그녀는 2001년 여성 영화제 손님으로 한국에 왔으며 당시 일흔세 살의 나이였지만 소녀 같았다. 호기심 가득한 눈을 반짝이며 궁금한 걸 못 참아하고 통역이 길어지는 것도 기다리지 못한다. 잠시라도 가만히 있지 못하는 성격이다.

바르다는 대화를 하기 전에 신작 〈이삭 줍는 사람들과 나〉를 봤느냐고 물었다. 아직 못 봤다고 하자 손자를 꾸짖듯이 입술을 부르르 떨며 화난 시늉을 해보였지만 그의 다른 영화는 봤다고 하자 미소를 지으며 손을 번쩍 들었다. "좋아, 이제 우리는 친구가 된 거야." 기가 아주 센 사람이라는 걸 쉽게 알 수 있었다. 이런 사람을 만나면 시체처럼 푹 퍼져 있다가도 갑자기 기운이 솟는 걸 느낀다. 어두운 사람은 상대의 기를 빨아들이지만 이런 사람은 넘쳐 남아도는 자신의 긍정적인 기를 상대에게 자연스레 전염시킨다.

나는 오래 전에 봤지만 아직도 좋아하는 바르다의 대표작 〈행복〉에 관해 물었다. 바르다가 답변하는 동안 가슴이 서늘해졌다. 바르다는 〈행복〉을 편의대로 해석한 나의 생각을 은근히 꾸짖는 듯이 보였다. 적어도 나한테는. 고등학생 시절에 처음 본 〈행복〉은 모든 게 완벽해 보이는 가정을 꾸리던 남자가 아내말고 우체국에서 일하는 젊은 여

내가 내 얘기 상대가 된다면.

얘기해주마. 라는 고압적인

인상을 풍겼지만 뭘 모르는 손자를

대하듯이 질문 하나하나에

토를 달고 정성껏해주며 부드럽게

자신의 생각의 품 안으로 이끌었다.

자와 사랑에 빠진다는 내용이다. 남자는 아내에게 새로운 사랑을 고백하지만 아내를 사랑하지 않는 건 아니다. 남편의 고백을 들은 아내는 이해하겠다고 말했지만 소풍을 즐기던 남편이 잠깐 낮잠에 빠진 후 깨어났을 때 근처 호수에서 시체로 발견된다. 그녀는 자살했을까. 나는 자살한 줄 알았다. 남자가 더이상 자신만의 남자가 아니라는 사실을 안 후에 자살한 것이다. 소유하지 못했을 때 행복도 끝난 것이다. 그러나 바르다는 그런 내 생각을 부정했다.

"그녀는 자살했을 수도, 사고로 죽었을 수도 있다. 남자가 죽은 여자를 안아 올릴 때 화면에는 잠깐, 물에 빠진 여자가 나뭇가지를 붙잡고 호수에서 빠져나오려 한 듯한 이미지가 나온다. 그건 사실일까. 혹은 아내가 자살한 것이 아니라 사고로 죽었다고 믿고 싶은 남편이 마음속으로 그려낸 상상이었을까. 그건 나도 모르겠다."

인생이란 그렇게 복잡하고 알 수 없는 것이다. 〈행복〉의 결말은, 영화 초반과 비슷하게 남자가 새 아내와 아이들과 함께 숲에서 소풍을 즐기는 것으로 끝난다. 모차르트의 음악이 깔리는 가운데 화면에는 평온함이 넘친다. 그 장면은 충격이었다. 어떻게 그런 불행이 있었는데도 저렇게 평온할 수 있을까. 나는 바르다가 혹시 소유하려는 마음을 버리는 데서 행복이 온다는 걸 표현하고 싶었던 건 아닐까, 라고 추측했지만 착각이었다. 바르다는 말했다.

"초반에 나오는 소풍의 배경은 봄이지만 결말의 배경은 가을이다. 너무 뻔한 상징이라고 하겠지만, 〈행복〉의 처음과 끝이 같은 건 아니다. 〈행복〉의 남자 주인공은 행복이 더할 수 있는 것이라고 생각했을

지 모른다. 그리고 그의 아내는 그런 남편에게 천사가 되고 싶었는지도 모른다."

나는 〈행복〉의 남자 주인공 심정이 되어 행복은 더할 수 있는 것이라고 생각했으나, 설령 그렇더라도 더할 수 있는 행복에는 똑같이 고통도 따른다는 걸, 삶에는 늘 명암이 함께 있다는 걸 외면했다. "잔인한 일이라고 하겠지만 가정에서의 남녀의 역할은 누구에게나 대체될 수 있다"고 바르다는 말해줬다. 〈행복〉의 남자 주인공은 착하고 사랑에 물러터진 남자였다. 친절한 좋은 남자였지만 대부분의 사람들이 그렇듯이 행복의 추구는 이기적일 수밖에 없는 것이다. 바르다의 말에 따르면 남자들이 그 영화를 굉장히 좋아했으며 여자들은 그 영화가 잔인하다고 욕을 했다. 바르다의 남편인 영화감독 자크 드미는 바르다의 모든 영화를 좋아했지만 〈행복〉만은 비윤리적이라고 굉장히 싫어했다. 〈행복〉의 남자 주인공과 결혼한 애인이 행복하다고 봤던 것은 나의 일면적인 반응이었다. 그녀는 "행복하지만 또 불행하다"고 중얼거린다. 아마도 이것이 인생일 것이다.

바르다의 당당한 기개는, 그리고 그 밑에 숨겨진 섬세한 영혼은 위대한 예술가의 자아가 무엇인지 짐작할 수 있게 해주었다. 호텔에 환기할 수 있는 창문이 하나도 달려 있지 않다고, 믿을 수 없을 만큼 비인간적이라고 불평하는 그 할머니는 네가 내 얘기 상대가 된다면 얘기해주마, 라는 고압적인 인상을 풍겼지만 뭘 모르는 손자를 대하듯이 질문 하나하나에 토를 달고 정정해주며 부드럽게 자신의 생각의 품 안으로 이끌었다. 그는 바깥세상뿐만 아니라 자신도 정직하게 응시하는 예술가였는데, 〈이삭 줍는 사람들과 나〉라는 다큐멘터리를 설명하면서 이렇게 말했다.

"나이를 먹으면서 어떤 가벼움이 온다. 누군가에게 보고를 해야 한다거나 비평받는 걸 두려워하는 감정이 없어진다. 내가 아무리 초연하려 해도 노년은 이미 내게 다가왔다. 그건 무시할 수 없는 현실이다. 영화에서 내 손을 카메라로 잡은 장면이 나온다. 손은 육체에서 가장 눈에 띄는 부분이다. 아무리 얼굴을 잘 가꿔서 괜찮아 보이더라도 손을 감추지는 못한다. 관객 중에 어떤 여자가 '당신, 자신에게 너무 잔인한 것 아니냐'고 물었다. 그 늙은 손을 보고 나도 이제 다됐구나 할 수도 있지만, 좋아, 이제부터 이삭 줍기를 하는 사람들을 찍으러 가자, 이렇게 생각할 수도 있는 것이다. 그건 내 이중성을 잘 드러낸다. 이 영화는 나의 무거움, 사회적 책무를 갖고 영화를 만드는 나의 무거움의 산물이지만 동시에 삶과 영화에 대한 나의 사랑, 미술관에 가는 걸 좋아하는 나의 가벼움의 산물이기도 하다."

이런 말을 하는 할머니 예술가를 존경하지 않기란 어렵다.

3

나를 미지와의 근접조우로 이끌었던 영화와 감독들.

감동이라는 명분을 걸고 직업 평론가의 길을 걷는 내게

이들의 영화는 늘 생생히 살아 움직이고 있다.

영화, 여자, 인생

프랑수아 트뤼포

『트뤼포—시네필의 영원한 초상』(앙투안 드 베크·세르주 투비아나 공저, 한상준 역)은 트뤼포의 전기다. 이 책은 800여 쪽에 이르는 방대한 분량에 세부적인 구성과 묘사력 면에서 혀를 내두르게 한다. 저자들이 서문에서 밝히고 있듯이 트뤼포의 삶은 영화에 비해 덜 존경받을 수 있는 것일지는 모르지만 훨씬 흥미로운 것이었다. 그는 감옥같은 학교와 학교 같은 집을 왕래하며 부모의 정을 거의 받지 못한 성장기를 보냈고 결핍된 애정을 스크린에 투사해 거기에 자기 삶을 바쳤다. 그의 구원은 오로지 영화에만 있었다. 그는 인생보다 영화가 더중요하다고 말했다. 영화를 만드는 일과 영화를 비평하는 일과 영화인에 관해 말하는 일에 자기 삶의 상당수를 바쳤다.

대체로 이런 영화광의 삶은 경멸을 받게 마련이다. 영화광이야말로 인생의 실상을 모르는 바보라는 경구도 그런 맥락에서 나왔을 것이다. 영화광은 인생의 모든 것을 영화관에서 배우지만 영화관은 인생을 정직하게 가르쳐주는 장소가 아니다. 영화는 환상이며 꿈이며 도피처이기 때문이다. 그러나 동시에 영화관은 현실에서 결핍된 어떤 것을 간절히 그리워하는 해방구이며 실제 삶의 이상적인 대안이 될 수도 있다.

프랑수아 트뤼포 평전에 실린 실제 트뤼포의 삶이 보여주는 것도 바로 그런 고통스런 긴장이다. 이를테면 연애에 관해서도 트뤼포는 영화 속에서 그려지는 연애와 자신의 실제 삶에서 추구하는 연애의 경계를 곧잘 허물고자 했다. 영화에 빠져 살면서 실제 인생을 영화의 그것과 닮은꼴로 만들려 시도했던 것이다. 당연한 말이지만 그 경계 허물기는 쉽지 않은 것이어서 이는 트뤼포의 삶 전체에 예기치 않은 긴장과 혼란을 초래했다.

프랑수아 트뤼포의 대표작 중 하나인 〈쥘과 짐〉을 프랑스 문화원에서 처음 봤을 때 내 나이 스물이었다. 그때 나는 그 영화를 이해하지 못했다. 별로 이해하기 힘든 영화가 아니었는데도 그랬다. 쥘과 짐이라는 두 남성이 카트린느라는 한 여성을 사랑하고 함께 동거하기도 하며, 한때는 짐이 카트린느와 살았다가 카트린느가 싫증을 내면 다시 쥘과 함께 사는데 그런 도저한 자유주의를 이해하는 게 참으로 힘들었다.

영화 속의 한 장면에서 쥘인가, 짐인가 정확히 기억나진 않는데 카트린느가 싫증을 내자 파리에 있는 다른 남자에게 전화를 해서 "이쪽으로 와줘. 카트린느가 싫증을 내고 있어. 카트린느와 함께 살아줘. 그럼 옆에서 나도 카트린느를 지켜볼 수 있으니까"라고 말하는 장면이 있다. 나는 기절하는 줄 알았다. 세상에, 저렇게 멍청한 남자가 있단 말인가. 영화를 보고 나서 한 선배에게 그 얘기를 했더니 그는 나를 물끄러미 바라보며 툭 한마디 던졌다. "너 당분간 연애하기 힘들겠다."

그리 길지 않은 시간이 지나서 곧 〈쥘과 짐〉이 불멸의 영화라는 것을 받아들이게 되었다. 누군가를 좋아하거나 사랑하게 되면 자연스레 이해하게 된다. 〈쥘과 짐〉의 초반 화면에는 다음과 같은 대사가 나온다. "당신은 내게 말했지, '사랑해.' 난 당신에게 말했어, '기다려.' 난 이렇게 말하려고 했는데, '날 데려가.' 당신은 내게 말했지, '가버려.'" 사랑하는 사람에게 잡히고 싶으면서도 또 잡히고 싶지 않은 연애의 속성을 알 만한 사람은 다 안다. 하지만 아는 것과는 별개로 사랑과 자유와 도덕에 대한 성찰을 이만큼 풍부한 감수성으로 스크린에 풀어놓은 영화는 흔치 않다.

독일인인 쥘은 프랑스인인 짐을 파리에서 만난다. 짐이 자기가 쓴 소설을 쥘에게 읽어주자 쥘은 그걸 독일어로 옮기자고 제의한다. 쥘과 짐의 마음은 완벽하게 통한다. 친구 집에서 슬라이드로 본 조각상의 미소에 빈힌 나머지 그 조각상이 있는 섬을 함께 찾아가 아름다움을 감상할 정도다. 두 사람은 예술과 인생을 하나로 조화시키고자 열심이다. 그런 두 사람 앞에 조각상과 똑같이 닮은 여자 카트린느가 나타난다. 카트린느는 두 사람의 인생과 예술에 대한 열망의 결정체다. 계단을 내려오는 카트린느를 카메라가 잡을 때 카트린느의 얼굴과 조각상의 얼굴은 클로즈업으로 화면에 겹쳐진다. 완벽한 여자가 나타난 것이다. 쥘과 짐은 모두 카트린느를 사랑하게 된다.

카트린느는 실존주의 철학자였던 사르트르라면 찬미해 마지않았을 여성이다. 항상 현재를 중시하고 인습의 구속을 싫어하며 자유롭게 살고 싶어한다. 카트린느에게는 '실제로 현재 속에 존재한다는 것' 즉 실존말고는 아무 의미가 없다. 매력적이고 도발적이면서 뜨거운 열정을 갖춘 이 여성 앞에서 두 남자의 패배는 예정된 것이다. 자유연애를 주장한 연극을 보고 나와 '저런 여자는……' 어쩌구저쩌구 하면서 수다를 떠는 쥘과 짐 두 남자를 보고 카트린느는 "당신들은 바보들이군요"라고 쏘아붙이고는 물속으로 뛰어든다. 인생에 몸을 내던질 수 있는 카트린느의 열정 앞에서 두 남자의 존재는 한없이 초라해진다.

쥘과 짐은 카트린느의 열정을 찬미한다. 카트린느와 결혼한 쥘이 자신을 더이상 사랑하지 않는 카트린느를 위해 짐에게 카트린느의 연인이 돼달라고 간곡하게 편지를 쓰는 건 그 때문이다. 마지막에 카트린느가 짐을 자동차에 태우고 끊어진 다리로 돌진할 때 짐이 가만히 체념하고 앉아 죽음을 당하는 것도 그 때문이다. 두 사람의 자살을 쥘이 담담하게 받아들이는 것 역시 그 때문이다.

트뤼포는 앙리 피에르 로셰의 소설을 각색하면서 1920년에서 1927년까지로 돼 있는 원작의 시대배경을 1912년에서 1933년까지로 넓혀놓았다. 눈치 빠른 영화광이라면 트뤼포가 1912년 당시의 무성영화 기법에서 막 유성영화의 전성기를 맞이한 1933년의 영화기법을 화면에 총망라해놓았다는 걸 알 수 있다. 무성영화를 보듯이 툭툭 튀는 거친 연결과 정지화면, 빠른 카메라 패닝, 마스크(화면을 전부 가리고 일부만 보여주는 기법) 등을 구사하며 발랄하게 시작한 화면의 호흡은 세 사람의 사랑이 비극으로 치닫는 후반부로 올수록 30년대의 장 르누아르 영화를 보는 것처럼 완만해진다. 마치 영화기법의 백과사전을 보는 것 같다.

트뤼포의 감수성은 기법 차원에서만 노는 게 아니다. 유려한 편집과 카메라 이동은 아주 정확하게 자유와 사랑의 본질에 관한 질문이라는 주제를 꿰뚫고 있다. 둥그런 원을 그리며 이동하는 카메라는 화면에 나오는 주인공들과 사물에 활력을 불어넣고 모든 게 하나로 이어져 있다는 낙관적인 생각을 불어넣는다.

쥘이 테레즈라는 여성을 만났을 때 쥘의 방에 들어온 테레즈는 담배연기로 기관차 흉내를 내며 방 주위를 돌고 카메라는 그 여자를 따라 360도로 회전한다. 연속성을 잃지 않는 이런 원형 움직임을 보고 있으면 의자에 앉아 있는 몸이 붕 뜨는 것 같은 가벼운 흥분과 활력을 느낀다. 그러나 이러한 공동체적인 원의 강조는 쥘과 짐, 카트린느 세 사람을 심각형 직선 꼴로 한 화면에 잡이 아주 역동적이면서 불안한 느낌을 주는 삼각 구도와 밀고 당기기를 하면서 줄거리에 긴장감을 준다. 영화 중반 카트린느가 세 남자 사이에 원을 그리고 앉아 '회오리 바람'이라는 감미로운 노래를 부르는 장면의 미묘한 편집과 화면 구도는 아무리 봐도 질리지 않는 흥분을 준다.

트뤼포의 영화 가운데는 대단한 걸작과 그저그런 실패작들이 공존한다. 아무래도 1960년을 전후한 시기에 가장 활발한 상상력을 보여준다. 트뤼포의 전력은 비평가를 가장한 싸움꾼이었다. 《카이에 뒤 시네마》 평론가 시절, 트뤼포가 1954년에 쓴 〈프랑스 영화의 어떤 경향〉이란 글은 그 호전적인 태도로 유명하다. 요는 당시의 프랑스 영화가 문학을 흉내내는 가짜 예술이며 감독들은 시나리오 작가들의 펜대에 놀아나는 기능공들이라는 것이다. 한데 거기 거명된 감독들의 면면이 놀라웠다. 르네 클레망, 장 들라노이, 줄리앙 뒤비비에 등의 감독들이 트뤼포의 저격 앞에서 치욕을 당했다. 트뤼포는 칸이나 베니스에서 수상의 영예를 안았던 그들에 대해 '당신들은 당신들의 영화를 껴안고 무덤에나 가시오'란 식으로 맹렬하게 공격했다. 그것은 놀라운 일이었다. 당시 트뤼포는 불과 스물두 살의 청년이었으며 초등학교 졸업이 유일한 학력이었던, 프랑스 영화계 안에서 완전 미지의 인물이었기 때문이다.

트뤼포에게 비난받았던 당대의 저명한 감독들은 억울했겠지만 여하튼 프랑스 영화계의 흐름이 바뀐 것은 사실이었다. 트뤼포에게 질렸던 몇몇 기성 영화인들은 트뤼포를 비롯한 젊은 평론가들의 태도가 '당신들은 물러나라. 우리가 프랑스 영화의 법통을 이을 테다'란 식이었다고 기억했다. 실제로 그들은 프랑스 영화의 주류로 떠올랐다. 트뤼포를 비롯한 《카이에 뒤 시네마》의 평론가들은 직접 영화를 찍기 시작했으며 그들의 영화는 곧 누벨바그라고 명명되며 주목받았다. 1950년대 후반에 누벨바그는 서구에서 가장 인기 있는 유행이 됐다. 트뤼포의 〈400번의 구타〉가 칸 영화제에서 감독상을 수상하자 그의 친구였던 장 뤽 고다르는 '우리가 전투에서 이겼다'고 의기양양해했다.

트뤼포를 비롯한 누벨바그 감독들은 영화를 '쓰고' 자신만의 예술적 비전에 따라 스타일을 창조하는 '작가'라는 자부심을 내걸었다. 알렉상드르 아스트뤽이 1949년에 발표했던 「카메라 만년필설」은 그들의 존재의의에 밑거름을 주었다. 이에 따르면 누벨바그 감독들은 작가들처럼 카메라를 펜대 삼아 영화를 쓰는 예술가들이었다. 이것은 또한 트뤼포를 비롯한 누벨바그 영화인들이 선배들을 공격할 때 써먹은 기준이기도 했다. 자기만의 세계관과 영화적인 표현양식이 있는 장 르누아르는 작가고 기술만 있는 르네 클레망은 장인이라는 식이다.

이 시기에 만든 〈400번의 구타〉, 〈피아니스트를 쏴라〉, 〈쥘과 짐〉은 이후 트뤼포 영화의 상당 부분을 예시하는 것이었다. 자전적인 영화, 상드 관습을 희롱하며 밈대로 노는 영회, 그리고 연애영화가 트뤼포

영화세계의 삼각 축이었다. 데뷔작 〈400번의 구타〉가 감옥 같은 학교와 학교 같은 집을 오가며 방황하는 불우한 사춘기 소년의 좌절과 일탈을 다룬 것이라면 〈피아니스트를 쏴라〉는 여러 장르의 스타일을 절충한 재기발랄한 범죄 멜로드라마였다. 그리고 이어서 성숙한 연애 영화 〈쥘과 짐〉을 찍은 것이다.

영화광의 감성으로는 〈피아니스트를 쏴라〉가 몇 번이고 봐도 신나는 해방감을 준다. 〈피아니스트를 쏴라〉는 불행한 성장기를 오로지 영화에 대한 사랑에 의지해 견뎌내려 했던 영화광 트뤼포의 취향을 드러낸다. 이 영화에서 트뤼포는 한순간도 정해진 분위기로 이야기를 끌고 가지 않는다.

한 사내가 정체 모를 괴한들에게 쫓기는 것으로 시작하는 영화의 도입부는 전형적인 범죄 누아르 영화의 분위기를 띤다. 사내가 괴한들을 따돌리고 나서 지나치다 만난 남자와 수다를 떨며 어느 카페에 들어서면 흥겨운 음악과 춤이 펼쳐지는 달콤한 로맨스 영화의 분위기로 바뀐다. 그곳에서 피아노를 치며 살아가는 샤를르는 전직 유명 피아니스트였고 출세와 실연에 환멸을 느껴 카페의 무명 연주자로 은둔하며 살고 있다. 불과 몇 분 사이에 도입부의 누아르 영화적인 분위기는 사라지고 없다. 그러곤 퇴근길에 카페 여급 레나와 함께 밤거리를 걸으며 그녀의 손을 잡을까 말까 고민하는 샤를르의 중년 남자답지 않은 순진한 망설임을 표현하는 몇 번의 인상적인 클로즈업을 담는다.

그 당시 트뤼포는 장 뤽 고다르와 함께 영화로 무엇이든 가능하다는 믿음을 심어주며 영화의 자유를 외쳤다. 그는 자유만 부르짖은 것이 아니라 새로운 어휘를 창조했다. 〈피아니스트를 쏴라〉의 한 장면에는 다음과 같은 이례적인 긴 디졸브 기법이 쓰인다.

샤를르와 사랑에 빠지는 레나의 내레이션, "내가 생일날 카페의 모든 직원들과 키스한 것은 바로 당신과 키스하기 위해서였어요"가 깔릴 때 화면은 큰 폐차장의 이미지를 보여준다. 화면이 디졸브 되면 침대에 누워 사랑을 속삭이며 키스를 나누는 샤를르와 레나의 모습이 보인다. 그들이 누워 있는 침대 전체를 담은 풀 쇼트 크기의 화면은 곧 그들 두 남녀의 얼굴을 화면 가득 클로즈업한 화면으로 디졸브된다. 화면은 다시 풀 쇼트로 바뀌고 클로즈업으로 옮겨가기를 되풀이한다.

조지 스티븐스의 〈젊은이의 양지〉 마지막 장면을 떠올리게 하는 이 이례적인 디졸브 기법은 몇 마디 대사로 요약될 수 없는 그들 남녀의 환희와 절망을 생생하게 포착한다. 이 장면의 첫 화면에서 폐차장 이미지가 보인 것은 아마도 삶의 구석에 몰린 남녀 주인공의 내면의 풍경을 비유하기 위해서였을 것이다. 그런 상황에서 나누는 사랑은 그들에게 유일한 구원이다. 거기서 느낀 행복감을 트뤼포는 그렇게 이례적으로 긴 디졸브의 효과로 표현했다.

트뤼포가 창조한 것은 바로 등장인물의 감정을 담아내는 그 영화적 어휘였다. 영화 말미에 레나와 함께 산 속 별장에 피신해 있던 샤를르는 괴한들의 총에 맞아 레나가 죽는 것을 눈앞에서 목격한다. 눈 쌓인 산비탈에서 괴한들의 총을 맞은 레나는 하염없이 비탈을 굴러 내려오고 카메라는 빠른 스위치 팬으로 그녀의 모습을 따라가면서 그걸 보고 경악하는 샤를르의 모습으로 어느새 옮겨간다. 비탄을 자아내는 순간마저 약동하는 기법으로 담아낸 점이 초기 누벨바그 영화의 매력이었다. 기법을 위한 기법이 아니라 한순간도 멈춰 있으면 참지 못하는 젊은 기분으로 인생의 슬픔과 기쁨이여 내게 오라, 다 감당해 보겠다, 라는 태도가 스며 있는 어휘들인 것이다. 트뤼포의 영화에서 두드러지는 이미지, 아이들이 거리에서 달리는 모습이 주는 가벼운 흥분도 마찬가지다.

젊은 시절의 트뤼포는 여자와 아이들과 자연을 사랑하며 지금 이 순간 어떤 경계에도 묶이지 않은 채 질주하려는 청춘의 감성으로 굉장한 어휘 탐식증을 발휘해 새로 영화 어휘 사전을 써내려갔다. 〈피아니스트를 쏴라〉는 지금도 여전히 새롭고 재치 다발인 영화다. 탐정 영화, 멜로드라마, 코미디를 자유자재로 오가는 가운데 트뤼포는 하나의 장르로 잡아챌 수 없는 역동적인 인생의 찰나적인 환희와 긴 좌절을 담았다. 〈피아니스트를 쏴라〉의 진정한 주제는 바로 그 스타일의 활기였다.

세월이 흘렀다. 누벨바그도 변했고 프랑수아 트뤼포도 변했다. 1968년 5월 혁명의 여파가 아직 남아 있던 1970년대 초, 트뤼포는 이제 영화청년이 아닌 중견 감독이 되었다. 친구였던 장 뤽 고다르가 '원점으로의 회귀'를 외치며 급진적인 영화를 찍고 있을 때 트뤼포는 여전히 '인생과 여자와 아이들에 대한 사랑'을 영화로 보여주고 있었다. 좋게 말하면 영화광의 열정을 간직한 중견 감독이었고 나쁘게 말하면 동어반복에 갇힌 부르주아 감독이었다.

1973년 영화인 〈아메리카의 밤〉은 어느덧 작가가 아니라 장인이 된 트뤼포 감독의 자기변명 같은 영화였다. 진부하고 뻔한, 이를테면 페데리코 펠리니의 〈8 1/2〉에서와 같은 혁신적인 형식은 눈을 씻고 찾아봐도 없는 영화였지만, 동시에 언제 봐도 새롭고 기운이 나게 만드는 영화에 관한 영화였다.

트뤼포가 직접 극중 영화감독 페랑으로 출연하는 〈아메리카의 밤〉은 영화제작을 소재로 한 편의 영화가 만들어지는 다사다난한 과정을 예찬한다. 남녀간의 불륜을 소재로 한 통속 취향의 영화가 기획되고 배우를 비롯한 스태프들이 모이지만 촬영이 시작되자 사소한 불협화음이 연이어 일어난다. 신경증 환자인 여배우가 있는가 하면 외로움을 동성애로 달래는 남자 배우가 있다. 여주인공 역의 배우는 임신한 사실을 감추고 있다가 들통이 나자 무책임한 태도로 나온다. 사춘기 소년처럼 성숙지 못한 젊은 남자 배우는 철부지 어린애와 같아서 스크립터인 애인이 단역배우와 눈이 맞아 현장을 떠나자 영화에 더이상 출연을 못하겠노라고 떼를 쓴다. 임신한 주연 여배우를 대신해 캐스팅된 스타 여배우 재클린 비셋이 그런 남자 배우를 동정한 나머지 하룻밤을 같이 자준다. 그런데 이 친구, 그녀의 남편에게 전화를 걸어 그 사실을 밝히고 이혼하라고 협박한다.

이런저런 말도 안되는 상황에서 영화감독 페랑은 속이 탄다. 그는 영화를 연출하는 게 아니라 신경증 환자 같은 스태프들을 다독이며 끌고 가느라 기운이 다 빠지는 것이다. 영화인들은 다 저 잘난 맛에 사는 노출증 환자이자 타인의 사랑을 맹목으로 요구하는 어린애 같은 투정이 배어 있으며 서로 주고받는 데 익숙하지 못한 미성숙한 인간들이라는 것이 촬영 곳곳의 에피소드에서 드러난다. 그럼에도 불구하고 트뤼포는 이 자기도취 환자들이 모여 있는 것 같은 영화현장에서 창조되는 결과물을 사랑한다.

영화제작 현장에서 벌어지는 응급상황을 허둥지둥 메우느라 시간이 허비되는 가운데 페랑이 주문한 영화관련 서적이 배달되는 장면이 나온다. 하워드 혹스, 루이스 브뉘엘 등의 작품세계에 관해 씌어진 일련의 멋진 비평서 표지가 페랑의 책상에 하나 둘씩 쌓인다. 이것은 통속영화를 찍고 있는 프랑수아 트뤼포의 자아를 간접적으로 드러내는 일종의 유머이자 위대한 영화에 대한 존경심의 표현이기도 하다.

그러나 〈아메리카의 밤〉은 평범한 상업영화가 아니다. 트뤼포는 일종의 공동체적인 우정으로 한 편의 영화가 만들어지는 과정을 그려낸다. 그런 따뜻함이 가장 잘 배어나는 장면이 응석받이 배우에 대한 연민으로 재클린 비셋이 같이 하룻밤을 자주는 장면이다. 미성숙한 사내를 아무 사심 없이 품어주는 재클린 비셋의 모습은 결국 이 구제 불능처럼 보이는 영화 공동체에서 오가는 근본적인 유대감, 타인에 대한 배려를 감동적으로 웅변한다. 더욱 불가사의한 것은 어떤 우여 곡절이 있더라도 영화는 대체로 완성된다는 것이며 때로는 아름다운 예술품이 된다는 것이다. 이 영화의 후반부 장면, 지하철 역을 배경으로 클라이맥스를 찍는 장면은, 한 세트에서 몇 번이고 반복되는 군중 장면 촬영을 통해 마침내 감정의 응집력이 최고조에 달하는 영화제작의 마술을 섬세하게 담아내고 있다.

트뤼포의 이런 섬세함은 그의 영화 가운데 결코 성공작이라고 할 수 없는 〈여자들을 사랑한 남자〉와 같은 소품에서 오히려 더 잘 드러난다. 이 영화는 결혼하지 않은 채 숱한 여자들과 연애하는 것에 전력하는 한 중년남자의 이야기다. 자신의 삶을 정리하는 자서전을 쓸 때 다른 특별한 말이 떠오르지 않아 책의 제목을 '바람둥이'라고 쓸 만큼 이 남자의 삶은 부도덕하다. 특별히 잘나거나 주목할 만한 매력이 없는데도 숱한 여자들을 매혹시킨 이 남자의 비밀이 영화 속에서 명쾌하게 밝혀지는 것은 아니지만 이런 유형의 삶이 주는 긴장의 중독성이랄까, 하는 것에는 어렴풋이 공감하게 된다.

영화 속에서 주인공 베르트랑 모란은 각양각색의 여자들에게 신분과 나이를 가리지 않고 돌진한다. 백화점에서, 세탁소에서, 렌터카 사무실에서, 카페에서, 영화관에서, 집 근처 상점에서 자신의 눈길을 빼앗는 다리를 지닌 여성에게 돌진하는 것이다. 영화 속 대사에 따르면 '여자들의 다리는 지구의 모든 방향을 측정하면서 평형과 조화의 상태로 유지하게 만드는 컴퍼스'다.

한 정신 나간 남자의 일대기를 다룬 듯한 이 영화는 기묘한 종교적 열정으로 승화된다. 이 영화의 마지막 장면은 교통사고로 병원에 입원해 죽어가면서도 간호사의 아름다운 다리를 보고 억제할 수 없어 침대에서 일어나려 애쓰다가 쓰러지는 베르트랑 모란의 모습을 담고 있다. 『트뤼포』에서도 지적하고 있듯이, 이 대목은 발자크의 『외제니 그랑데』에서 외제니의 아버지가 사망 직전에 사제의 금제 십자가를 낚아채려 애쓰는 묘사를 떠올리게 한다. 또한 영화 속에서 베르트랑 모란의 자전적 소설의 가치를 알아본 책 편집자이자 마지막 애인이었던 주느비에브는 베르트랑이 자기도취에 빠진 구제불능의 남자가 아니라 상대방의 가치를 알아보는 데 비상한 혜안을 지닌 사람임을 인정한다. 이는 베르트랑의 영혼이 어떤 관습의 고정성이나 일상의 무감각에도 갇히지 않았던 열정의 소유자라는 뜻이기도 하다.

주느비에브는 베르트랑과 짧은 연애를 즐기면서 그가 자신의 가슴을 만질 권리는 있지만 의무는 없다고 말한다. 권리는 있지만 의무는 없는 관계의 긴장을 버텨내는 열정은 이 책에 따르면 프랑수아 트뤼포의 삶에서 줄곧 염원하던 가치와 통하는 것이었다. 물론 그런 그의 삶이 마냥 행복할 리는 없었다. 성장기의 자전적 체험을 다룬 〈400번의 구타〉로 성공하면서 겪은 부모와의 불화에서부터 아내와 딸들과 누린 일시적인 평화와 장기적인 부조화의 갈등도 그렇고 영화를 찍을 때 누린 공동체적 친밀감과 영화가 끝난 후에 느끼는 이별의 상실감 같은 것들이 그의 삶과 영화에선 늘 반복된다.

트뤼포의 후기작에서는 젊은 시절의 열병과 같았던 사랑에의 열정이 서서히 스산해지는 것을 볼 수 있다. 〈이웃집 여인〉에서 오랜만에 이웃으로 재회한 남녀 주인공은 젊은 시절 뜨거운 사랑에 빠졌던 자신들의 열정을 되살릴까 말까 한동안 고민하는 시간을 보낸다. 그들이 마침내 억제할 수 없는 열정을 분출시켜 사랑을 다시 시작하는 순간 여자는 남자의 머리에 총구를 대고 방아쇠를 당긴다. 사랑의 절정기에 죽음을 맞는 이 돌연한 결말은 인생의 충만한 행복은 영원히 지속되지 않는다는 지극한 절망의 표현이다.

영화라는 것도 결국 그런 것이 아닐까. 일종의 시체애호증처럼 필름이 마모될 때까지 우리는 스크린 속 꿈의 실체를 거듭 음미하고자 영화관을 찾는다. 비디오와 DVD로 매체가 호환되는 현대에 그런 영화광의 매혹은 점점 과거의 것이 돼가고 있지만, 유한한 실제 삶과 달리 실제 삶을 모방한 이미지는 불멸의 것이기 때문에 우리가 영화를 사랑하는 것이라는 평론가 앙드레 바쟁의 명제는 오늘날에도 유효하다. 영화는 현실에서 되살릴 수 없는 일종의 시체와 같은 것이지만 동시에 영원히 마모되지 않는 불멸성의 화신이기도 한 것이다.

트뤼포의 삶과 영화는 바로 그런 삶의 불가능한 충만함에 대한 거듭된 시도이자 열정이었음을 보여준다. 동시에 트뤼포는 프랑스 영화계의 기린아가 되기 위해 엄청난 야심을 불살랐던 젊은 시절부터 영화계의 중심부에 오르게 된 장년에 이르기까지 숱한 권력적 행보를 서슴지 않았으면서도 그의 스승 앙드레 바쟁이 그랬던 것처럼 사람에 대한 애정을 잃지 않았고 그 때문에 극적인 삶을 살았다. 트뤼포는 흥미로운 영화세세를 펼쳤으며 그것 이상으로 굴곡 많은 삶의 궤적을 보여준 한 영화광의 삶을 자신의 인생에서 실연한, 스크린 안과 밖이 겹치면서 생기는 긴장과 열정의 충돌을 몸소 겪은 20세기 영화광의 초상을 생생하게 증거했다.

삶은 불우했으나

오슨 웰스

가끔 고전 걸작 DVD를 볼 때 음성해설의 드림팀을 몽상해보곤 한다. 〈시민 케인〉의 가치를 처음 인정하고 주목할 만한 논문을 쓴 프랑스 비평가 앙드레 바쟁이 생존해 이 영화의 음성해설을 하고 있다면 어떨까. 오슨 웰스도 생존해 두 사람이 대화를 주고받는다면 어떨까. 로버트 알트만의 영화를 줄곧 옹호했던 평론가 고 폴린 카엘이 알트만의 〈내쉬빌〉을 음성해설하면 어떨까. 평론가 시절 미국 B 장르영화를 좋아했던 장 뤽 고다르가 니콜라스 레이의 〈그들은 밤에 산다〉와 같은 영화의 음성해설을 한다면 어떨까.

20세기의 예술인 영화는 21세기 들어 DVD라는 새로운 그릇에 담기게 되었고, 이를 통해 가끔 시대의 증언을 듣는 체험은 기분 좋은 여운을 남겨준다. 페데리코 펠리니의 〈8 1/2〉 음성해설에 참여한 평론가 기데온 바흐만의 증언이 그렇다. 귀두 아리스타코 등이 주도했던 사회적 비판에 주력하는 평단의 영향력이 막강할 때 자신의 전성기를 연 펠리니는 아직 네오 리얼리즘의 미학적 강령이 우세한 상황에서 탐미적이고 퇴폐적인 몽상가란 비난을 종종 들었다. 펠리니의 영화를 옹호하며 평생 우정을 지속했던 기데온 바흐만은 그런 시대적 분위기를 증언하면서 펠리니가 생각하는 영화감독은 서커스 단장의 위치 같은 것이었다고 회고한다.

펠리니는 실제 인생이 세트 안에 존재한다고 믿었고 인생이 예술이 되는 그 순간의 마술을 찬미했다. 어른 남자의 유치한 상상을 몽환적인 꿈으로 만들어버리는 그의 상상력에 대해 바흐만은 '마술적 천국'이라는 표현으로 '누구나 살아가면서 창조할 수 있는 세상'을 꿈꾼 모험을 칭찬한다. 펠리니가 자주 했다는 말, "의미라는 말이 도대체 무슨 의미요?"라는 반문은 자신의 영화를 언어의 감옥에 가두려는 비평의 시도에 대한 그 자신의 반감을 정확하게 드러낸다. 바흐만은 이 음성해설의 말미에 "여하튼 펠리니와 동시대를 살면서 체험을 나누었던 것은 내 인생의 행운이었다고 생각한다"고 말한다.

오슨 웰스의 전설적인 걸작 〈시민 케인〉 DVD의 음성해설에 참여한 감독 피터 보그다노비치의 증언에도 그런 시대의 흔적을 느낄 수 있다. 감독으로 성공하기 이전에 열정적인 평론가로 활동했던 그는

오슨 웰스와 존 포드와 하워드 혹스 등의 고전기 영화 거장의 열렬한 추종자였다. 자칭 오슨 웰스였던 보그다노비치는 감독으로 성공한 후에 불우한 말년을 보내고 있던 오슨 웰스를 자신의 저택으로 모셔와 함께 지낼 만큼 웰스에게 각별한 애정을 갖고 있었다. 함께 실린 평론가 로저 에버트의 음성해설에 비한다면 느리고 차분하게 가라앉은 톤이지만 웰스와 함께 보낸 세월이 묻어 있는 보그다노비치의 해설도 재미있다.

감독으로서의 그는 이를테면 주인공 케인의 어린 시절을 보여주는 회상 단락에서 경쾌하고 낭만적인 음악이 깔리고 소년 케인이 집 뒷산에서 썰매를 타고 놀다가 눈뭉치를 집 쪽으로 던지면 음악이 멈추는 식의 디테일을 설명하는 데서 흥미를 표한다. 로저 에버트가, 단역 시절의 앨런 래드가 이 영화에 주로 뒷모습만 출연했으며 시사회장에서 "내가 누구인지 모르실 거예요. 그러나 제 뒷모습을 보면 누구인지 아실 거예요"라고 관객에게 인사했다는 등의 에피소드를 장면 분석 막간에 집어넣는다면, 보그다노비치는 곧잘 웰스에 대한 전기적 회상으로 막간을 채운다.

〈시민 케인〉을 화질 나쁘고 자막 없는 복제 비디오테이프로 봤던 세대에게 선명한 DVD 화질로 음성해설까지 곁들여가며 보는 체험은 갑자기 타임머신을 타고 시간의 미로를 거쳐 개명된 세상에 도착한 것 같은 경이감을 준다. 보그다노비치의 말에 따르면 당대의 가장 뛰어난 촬영감독이었던 그렉 톨랜드는 젊고 오만한 천재 오슨 웰스의 의도를 이해하고 완벽하게 그 의도를 뒷받침해줬다.

깊이감을 주는 딥 포커스 화면으로 전경, 중경, 후경에 있는 사람과 사물을 평등하게 선명히 보여주는 〈시민 케인〉의 대다수 화면은 등장인물들과 소품이 빛의 대조적인 주름으로 넘쳐나는 느낌을 준다. 극단적인 로우 앵글(앙드레 바쟁이 '지옥에서 본 앵글'이라고 칭했던)로 비춰 보이는 케인과 그의 주변 세상은 말의 호소력을 넘어서는 이미지의 위력을 실감하게 만든다. 흥미로운 주석이 달린 잘 만든 화집을 보는 것처럼 〈시민 케인〉의 딥 포커스 화면에 대한 음성해설의 면면은 천재적인 예술가의 모험이 할리우드라는 시스템과 어떻게 기적적으로 만날 수 있었는지를 알려준다.

그러나 이 DVD에 실린 가장 흥미로운 서플은 오슨 웰스와 〈시민 케인〉의 실제 모델이었던 언론 재벌 허스트의 대결을 다룬 다큐멘터리 〈The Battle over Citizen Kane〉이다. 과대망상의 권력욕에 사로잡혔던 두 거물이 각자 다른 인생의 지점에서 만나게 되는 극적인 스토리는 결국 두 사람의 종말을 비슷한 것으로 만든다.

여덟 살 때 우주의 역사에 대한 논문을 썼던 조숙한 천재 웰스는 자신의 작업이 받는 환대를 한번도 이상하게 여기지 않았던 재능의 소유자였다. 웰스 스스로 "내가 하는 일에는 한계가 없었다"고 자랑스럽게 회고할 만큼 그는 누구도 하지 않은 작업을 했고 그때마다 성공했다. 뉴욕 할렘의 흑인 실업자들을 고용해 연극 〈맥베스〉를 연출하고 나치에 대한 풍자라는 현대적인 맥락으로 번안한 〈줄리어스 시저〉를 연출해 환호를 받은 그는 라디오와 연극계를 오가며 수백 개의 캐릭터를 연기하고 연출했던 엄청난 창의적 에너지의 소유자였다. 그가 화성인 침공을 주제로 한 라디오 드라마를 방송했을 때 그게 쇼인 줄 몰랐던 미국인들은 대피 소동을 벌였고 방송국 바깥에 경찰이 와서 기다리고 있는 동안에도 웰스는 태연했다.

세상이 자신의 상상력의 지배 아래 있다고 생각한 웰스의 자부심 이면에는 그가 경솔하고 반성할 줄 모르는 오만한 천재로, 함께 일하기 까다로우며 그의 오만 때문에 곧 파멸을 맞을 것이라는 징후가 내재돼 있었다. 〈줄리어스 시저〉의 초연 날, 공연은 실패했고 관객은 서둘러 자리를 떴지만 웰스를 비롯한 배우들은 관객의 커튼콜을 기다리고 있었다. 커튼콜을 받지 못했다는 전갈을 갖고 온 극단 관계자의 얼굴에 웰스는 침을 뱉었다. 웰스는 절대적인 권력자였으며 나이가 많은 스태프들에게도 왕처럼 군림했다. 〈줄리어스 시저〉의 공연이 본 궤도에 올랐을 때 그는 무대에서 연기에 열중한 나머지 칼을 진짜로 휘둘러 동료 배우의 목숨을 위태롭게 했지만 끝까지 연극을 중단하지 않고 강행했다. 대단한 강심장의 소유자였다.

할리우드 역사상 전무후무한 파격적인 조건으로 그가 RKO와 계약을 맺었을 때 그가 할리우드를 접수하는 것은 시간문제로 보였다. 그러나 그의 불운은 그때부터 시작됐다. 언론계의 절대적인 군주로 군림했으나 몰락해 자신의 성에서 은둔하고 있던 언론 재벌 허스트의 삶에 기조한 삭본을 허먼 맨키비츠가 썼을 때 웰스는 이 영화를 둘러싼 논쟁이 자신의 데뷔작의 성공을 보장해줄 것이라고 확신했다. 그러나 그런 일은 일어나지 않았다.

허스트는 자신의 힘을 동원해 오는 웰스의 성공을 막았으며 엘스는 서서히 고립됐다. 〈시민 케인〉의 흥행 실패가 영화 자체의 혁신적인 미학 때문이 아니라 언론과 할리우드를 장악한 허스트의 방해 공작 때문이었다는 것은 역설적이다. 웰스는 할리우드를 접수하기 위해 할리우드 바깥의 큰손을 공격하는 영화를 만들었지만 그것으로 그의 영화 경력은 처절한 패배를 맞았다.

이 다큐멘터리에서 오슨 웰스는 "내 인생의 2퍼센트는 영화를 만드는 것이었고 나머지 98퍼센트는 영화를 만들기 위한 투쟁으로 채워졌다"고 회고한다. 웰스의 또다른 말 한마디. "내가 영화와 맺은 인연은 결혼하지 말았어야 했는데 사랑했으므로 결혼했고 그 때문에 고통 받은 것과 같다." 그런 만큼 웰스가 겪은 영화인생의 흥망성쇠를 회고하는 것은 고통을 준다.

오슨 웰스는 생전에 셰익스피어의 비극을 영화로 만들 감독은 자기밖에 없다고 큰소리쳤다. 실제로 그는 셰익스피어의 비극을 여러 차례 영화로 만들었다. 〈맥베스〉, 〈오셀로〉, 〈팔스타프〉 등이었다. 꼭 셰익스피어의 희곡을 원작으로 한 게 아니라도 그의 영화에는 언제나 셰익스피어적인 기운이 묻어났다. 선하고 정직한 관리와 타락한 형사의 이야기인, 웰스의 필름 누아르 걸작 〈악의 손길〉에도 웰스적이며 동시에 셰익스피어적인 윤리관이 배어 있다. 맥베스의 무고함과 오셀로에 대한 공감을 표했던 웰스는 늘 악인에게 감춰진 장엄함을 끄집어내는 걸 즐겼다. 더 정확하게 말하자면 악의 장엄함이 아니라 죄악, 결함, 범죄 속에 담긴 순결함을 담고 싶어했다.

웰스가 만들고 싶어했던 주인공들은 이중적이고 애매모호한 성격을 지닌 인물이었다. 캐롤 리드의 〈제3의 사나이〉에서 전후 비엔나에서 가짜 페니실린을 만드는 범죄자 해리 라임으로 나온 오슨 웰스가 직접 쓴 것으로 알려진 대사는 유명하다. "대천사가 이제는 가련한 악마로 전락했다. 그리하여 자신의 재능을 비천한 일에나 쏟아부을 뿐이다." 그건 한때 할리우드에서 가장 파격적으로 데뷔한 그가 유럽을 떠돌며 제작비를 구하는 등 천대받던 자신의 처지를 비유하는 말이기도 했다.

〈악의 손길〉은 너무 톤이 어둡다는 이유로 유니버설에서 제작을 망설였던 작품이다. 1950년대 내내 유럽에서 떠돌며 작품활동을 했던 웰스로서는 할리우드로 복귀할 좋은 기회였지만 결과는 그리 성공적이지 않았다. 주연을 맡은 찰턴 헤스턴이 웰스가 감독하지 않으면 출연하지 않겠다고 버틴 덕분에 제작된 〈악의 손길〉은 다시 한번 웰스적 터치가 비대중적인 것임을 입증했다. 이 영화에서 웰스는 체구가 비대한 악당 퀸란 형사를 직접 연기하며 정직한 관리 바가스 역으로 나온 찰턴 헤스턴을 압도하고 있다. 흥행 성적이 좋았을 리가 없다. 웰스가 자기식의 영화를 찍었다고 판단한 유니버설 스튜디오는 그의 편집실 출입을 봉쇄했다.

〈악의 손길〉 이후 프랑스 평론가 앙드레 바쟁과 나눈 인터뷰에서 웰스는 자신의 도덕적 견해가 분명하다고 주장했다. 그리고 그가 출연하고 연출했던 영화에 나온 악인들인 퀸란, 해리 라임, 맥베스, 케인을 비난했다. "그들은 모두 파우스트의 후손들"이라는 것이다. 그러나 그의 영화에는 이 주인공들을 무조건 비난할 수 없는 어떤 장엄한 기운이 흐른다. 이들 주인공은 도덕적으로 비난받아 마땅하지만 범접할 수 없는 어떤 숭고함을 지니고 있다. 그럼에도 불구하고 우리는 그의 영화를 보며 등장인물에 대한 도덕적 판단을 내려야 한다. 여기서 웰스 영화의 긴장이 발생하며 그 긴장감이 작품을 비극으로 끌어올리는 것이다. 그렇지 않았다면 메시지 영화나 멜로드라마에 그쳤을 것이다.

〈악의 손길〉의 후반부에는 타락한 형사 퀸란을 연기하는 오슨 웰스가 변두리의 허름한 카페 여주인으로 있는 마를렌 디트리히를 만나는 장면이 나온다. 주크박스에서 경쾌한 음악이 흘러나오고 디트리히는 예의 그 유명한 포즈, 다리를 꼬고 앉아 담배를 피워 물고 있지만, 안타까워라. 그녀는 1930년대의 전성기 때처럼 눈길 하나로 남자들을 실신시키는 당대의 뮤즈가 아니라 세월의 주름을 감출 수 없는 할머니다.

오슨 웰스(퀸란)는 디트리히에게 "그때 좋은 시절이 있었지"라고 말한다. 영화 속 두 남녀 사이에 젊었을 때 무슨 일이 있었는지는 알 수 없지만 스크린을 빠져나와 이 두 사람을 보면 할리우드의 황금기를 누리던 시절을 떠올리게 하는 것이다. 오슨 웰스가 데뷔작 〈시민 케인〉으로 할리우드를 접수하고, 디트리히가 조셉 폰 스턴버그 감독의 연출로 마술적인 조명 세례를 받으며 몽환적인 쾌감을 안겨준 영화를 만들던 시절 말이다.

〈악의 손길〉의 마지막 장면에서 오슨 웰스(퀸란 형사)는 〈시민 케인〉을 찍을 때의 날렵하고 매서운 매력은 거의 찾아볼 수 없는 뚱뚱하고 추한 육체로 흐느적거리다가 총을 맞고는 개천에 둥둥 뜬 채 죽어 있다. 아마 자신이 주연과 감독을 맡은 영화에서 이처럼 추한 몰골로 죽어간 예는 전무후무할 것이다. 그렇게 추한 꼴로 죽어 있는 퀸란 형사를 보며 디트리히는 말한다. "그는 참 좋은 사람이었는데……." 왕년의 뮤즈 디트리히가 왕년의 풍운아 웰스에게 던진 한마디. 한때 천재 소리를 들었던 할리우드의 풍운아가 유럽을 떠돌며 힘들게 영화를 찍다가 모처럼 할리우드에 돌아와 만든 B급 제작 규모의 형사 영화에서 비참한 결말을 맞고 있는 것이다. 웰스의 영화는 자신의 인생을 모방하는 예술이기도 했다.

2만 마일을 구르는 배짱

존
휴
스
턴

존 휴스턴은 남자들의 로망을 즐겨 다룬 감독이다. 나는 〈말타의 매〉, 〈아프리카의 여왕〉 같은 초기작은 물론이고 〈살찐 도시〉, 〈매킨토시의 남자〉, 말년에 만든 〈프리찌스 오너〉 모두 좋아한다. 후배 감독들이 누구보다 본받고 싶어했던 명감독이었지만 일각에서는 존 포드나 하워드 혹스에 비해 예술가적 자질이 떨어진다고 폄하당했던 감독이기도 하다. 프랑스 비평가 앙드레 바쟁은 존 휴스턴이 어떤 소재를 다뤄도 뚱땅거리며 기술적으로 매끈하게 찍어내지만 히치콕이 지녔던 비전은 없는 감독이라고 깎아내렸다. 그건 좀 지나친 평가이기도 했다.

휴스턴은 타협을 모르는 자기만의 개성을 갖춘 영화감독이었다. 〈존 휴스턴의 전사의 용기〉를 찍기 위해 휴스턴은 20세기 폭스 사장인 대릴 자눅에게 여러 차례 사정했다. 휴스턴만큼 고집이 셌던 자눅은 흥행성이 없다는 이유로 〈존 휴스턴의 전사의 용기〉 제작을 허락하지 않았다. 지칠 줄 모르고 달려드는 휴스턴의 열의에 자눅은 지쳤다. "자네, 그렇게 이 영화를 찍고 싶나?" "그렇습니다." 한참 뜸을 들인 후에 자눅은 말했다. "좋아. 영화를 찍어. 하지만 만약 이 영화가 흥행이 되면 내 손에 장을 지지겠어."

화가이기도 하며 남의 영화에 곧잘 조역으로 얼굴을 들이민 휴스턴이었지만 역시 영화감독으로서의 재능이 가장 돋보인다. 휴스턴은 다양한 장르의 영화를 만들었으나 주로 목숨을 건 일에 매달리는 사내들의 모험을 다룬 점에서 그는 하워드 혹스 감독이나 소설가 어니스트 헤밍웨이와 통하는 바가 있다. 그의 간결하고 거두절미하는 스타일은 특히 헤밍웨의 문체를 떠올리게 한다. 심지어 화가 로트렉의 일대기를 담은 〈물랭 루즈〉처럼 회화적인 색감이 돋보이는 영화조차도 휴스턴은 박력 있게 감정을 담아낸다. 그렇게 새겨놓은 집약된 감정은 알아채는 사람은 알아채겠지만 모르는 사람은 모를 것이다. 우리 실제 인생도 그렇듯이.

젊은 시절의 휴스턴의 삶을 엿볼 수 있는 영화로 클린트 이스트우드가 연출하고 주연을 맡은 〈추악한 사냥꾼〉이란 제목의 영화가 있다. 이 영화에서 존 휴스턴으로 추정되는 인물은 존 윌슨이란 이름이

감독이다. 그는 할리우드에서 타협을 거부하는 감독으로 명성을 쌓는다. 시나리오 작가인 피터 바틀은 그런 윌슨을 좋아하며 윌슨 역시 피터를 친구로 여긴다. 윌슨과 바틀은 새 영화를 찍기 위해 아프리카에 간다. 로케이션 촬영이 흔치 않았던 시절에 윌슨이 굳이 아프리카행을 고집한 데는 이유가 있었다. 그곳에선 코끼리 사냥을 할 수 있기 때문이다.

아프리카에 가서도 윌슨의 싸움꾼 기질은 곧잘 사건을 일으킨다. 저녁 식탁에서 반유태주의자인 영국 귀부인을 차분한 독설로 망신주는가 하면 흑인을 업신여기는 호텔 지배인에게 결투를 청했다가 흠씬 두들겨맞기도 한다. 만신창이가 된 몸을 침대에 누이며 윌슨은 말한다. "내가 옳았어. 옳다고 여기면 싸워야 돼. 그렇지 않으면 기분이 엉망이 되거든. 몸이 힘들어도 이 편이 훨씬 마음 편해." 그런 윌슨에게 코끼리 사냥은 평범한 일상에선 누릴 수 없는 희열을 준다. 촬영을 시작해야 하는데도 영화보다 코끼리 사냥에 마음이 쏠려 있는 윌슨을 친구 피터는 못마땅하게 여긴다.

예술적 표현의 단순화를 추구하며 구속되지 않는 삶의 모험을 찬미하는 이 고집불통 감독은 결국 이 코끼리 사냥 때문에 예기치 않은 불운을 겪는다. 그토록 바라던 코끼리 사냥에 나선 윌슨은 바로 눈앞에 다가온 거대한 코끼리의 급소를 총으로 겨누지만 코끼리의 맑은 눈동자와 마주치자 방아쇠를 당기지 못한다. 피터가 말했듯이 코끼리는 '지구상에서 가장 고상한 동물'이었던 것이다. 윌슨은 총구를 내리고 코끼리는 돌아간다. 이때 윌슨에게 뛰어오는 아기 코끼리를 보자 아기 코끼리가 다칠까 염려한 어미 코끼리가 다시 윌슨에게 달려든다. 윌슨의 목숨이 경각에 달린 순간 흑인 안내인은 윌슨을 밀쳐내고 대신 코끼리의 날카로운 상아에 몸을 내던진다. 충격을 받고 촬영장에 돌아온 윌슨은 멀리서 치는 북소리를 듣는다. 동료의 죽음을 알리는 흑인들의 북소리의 내용은 이랬다. '백인 사냥꾼, 검은 마음'(이것은 이 영화의 원제이기도 하다).

누구에게도 짓눌리지 않는 윌슨의 예술가적 기질은 돈에 혈안이 돼 있고 역겨운 문화적 우월감에 사로잡혀 있는 백인사회에서 그를 반골 영웅으로 만들었다. 그러나 아프리카의 원초적 자연과 흑인 공동체의 품에선 그의 그런 기질도 다른 백인들처럼 오만한 지배자의 것에 불과하다. 코끼리의 맑은 눈과 친구의 목숨을 구하려다 죽은 흑인의 눈은 서구인의 오만한 눈과는 다르다. 윌슨의 비타협적이며 창조적인 기질이란 것도 공존보다는 정복을 겨누는, 절대적으로 백인이 중심이 된 주체관에서 한 치도 벗어난 것이 아니었다. 큰 충격을 받은 윌슨이 사력을 다해 힘겹게 촬영장에서 액션이라고 외치는 그 순간, 윌슨(존 휴스턴)의 예술적 자아는 다른 단계로 넘어갔을지도 모를 일이었다.

〈추악한 사냥꾼〉에서 다뤄진 괴짜 사냥꾼이자 예술가의 삶은 휴스턴 그 자신의 삶이었지만 휴스턴 감독도 그 비슷한 얘기를 영화로 담은 적이 있다. 〈왕이 되려던 사나이〉란 영화가 그것인데, 이 영화 역시 내 영화의 베스트 목록에 올라 있다.

이 영화에서 숀 코너리는 사기꾼 기질이 있는 용감한 퇴역 군인 다니엘로 나온다. 숀 코너리의 음성은 멋지고 그가 발성을 하면 별것 아닌 것도 근사하게 들린다. 그는 이 영화에서 마이클 케인이 연기한 퍼치와 함께 아시아에서 전쟁을 벌여 한몫 챙기려는 사기꾼으로 활약한다. 미개한 근동 아시아의 부족들간 싸움에 끼어든 두 사람은 서구식 전법으로 상대를 초토화시키면서 일약 그 지역의 지배자로 떠오르는데 그 중 결정적인 사건이 하나 벌어진다. 전투 중에 화살이 심장에 명중했는데도 용감무쌍하게 싸우는 다니엘을 본 사람들이 그를 신으로 오해하기 시작하는 것이다. 사실은 그가 가슴에 차고 있던 배지가 화살을 대신 막아준 것이었는데도 말이다.

전투 중에도 승려들이 지나가면 땅바닥에 엎드려 존경을 표하는 이 지역 사람들에게 언젠가 지상에 재림한다는 시칸다란 이름의 신의 존재는 절대적인 것이다. 다니엘은 하마터면 신이 아니라 인간이라는 게 들킬 뻔하지만 가슴에 차고 있던 휘장을 신의 표식으로 오해받은 덕택에 신으로 공인 받게 된다. 그러나 사원에 있는 금은보화를 적당한 때에 들고 튀었으면 됐을 것을, 다니엘과 퍼치는 실컷 호강을 누리며 진짜 신 행세를 하려다가 결국엔 들통나고 만다. 한눈에 반한 여자를 취하려던 다니엘이 반항하는 여자의 손톱에 긁히면서 피를 흘리고 마는 것이다. 당연한 말이지만 신은 피를 흘리지 않는다.

이 영화에 대한 가장 일반적인 평은 명백한 인종차별주의가 불쾌하다는 것이다. 실제로 영화 초반에 같은 열차 칸에 탄 무지한 인도인을 퍼치가 창밖으로 던져버리는 장면이 나오는데 떨어지는 그 인도인의 대답이 걸작이다. "감사합니다, 선생님!" 이것말고도 영화 곳곳에는 다니엘과 퍼치가 아시아인을 모욕하는 장면이 들어 있다. 이런 장면을 두고 아시아는 미개하고 서구인은 아무리 하급 종자일망정 우월하다는 상투적인 전형을 읽어낼 수 있겠지만 이는 정치적 공정성 차원의 문제가 아니라 현실묘사 차원의 문제다. 다니엘과 퍼치가 노란 얼굴의 인종을 깔보는 서구인이라고 해서 이 영화가 인종차별 영화인 것은 아니다. 그것은 실제로 그 당시 대다수 서구인의 모습일 것이기 때문이다. 그리고 그들의 눈에 비친 동양인의 모습도 그랬을 것이다.

〈왕이 되려던 사나이〉는 하늘 높은 줄 모르고 욕심을 부리던 두 서구인이 끝장나는 것으로 결말지어진다. 제국주의를 빗댄 경쾌한 우화인 것이다. 영화 말미에 크리스토퍼 플러머가 연기하는 작가 키플링의 서재에 찾아온 퍼치는 그네들이 겪었던 믿기 힘든 이야기를 들려주면서 가짜 신이라는 게 들통난 다니엘이 승려들에게 쫓겨 벼랑 아래로 떨어져 죽은 최후를 전해준다. 그는 죽은 다니엘의 해골을 놓고 사라지는데 그 해골은 우스꽝스럽게도 화려한 금관을 쓰고 있다. 텅 빈 안구와 너덜너덜해진 살가죽에 뽀얗게 먼지가 낀 해골, 오만한 서구 문명인의 사필귀정을 섬뜩하게 보여주는 그 황폐한 죽음의 흔적 위로 영화의 끝 자막이 뜬다. 이것이야말로 〈왕이 되려던 사나이〉가 제국주의의 우월감을 드러내는 영화가 아니라 그 끝을 보여주는 영화라는 걸 말해주는 장면이 아닐까.

더 인상적인 것은 다니엘의 최후 모습이다. 앞에서 경쾌한 우화라고 했지만 이런 상상력은 장중하기까지 하다. 퍼치는 이렇게 말하고 있다. "다니엘은 거의 2만 마일이나 떨어져서 죽었다네. 30분이 지나서야 몸이 바위에 부딪치는 소리가 들렸지." 대단하지 않은가. 2만 마일이라니. 그런 상상력은 왠지 한번도 경험하지 못한 세계에 대한 동경을 기리는, 존 휴스턴의 내면을 슬쩍 엿본 듯한 기분을 느끼게 한다.

존 휴스턴의 영화는 드러내놓고 과시하진 않았지만 기저에는 늘 남자다움의 세계, 오늘 패배하더라도 내일 다시 도전하는 불패정신이 깔려 있다. 그렇지만 그것은 또한 스스로 무너져가는 내파의 흔적을 감춘 것이기도 했다. 어떤 때는 너무 태연하게 그 내파의 흔적을 드러내서 보는 사람이 소름 끼칠 정도다. 잭 니콜슨과 캐서린 터너가 주연한 갱스터 블랙코미디 〈프리찌스 오너〉에서 서로 죽여야만 하는 상황에 처한 부부의 이야기에서처럼 요지경인 현실을 보여주는 것이다. 이 영화의 후반부에는 '필살의 화살'이라 불리는 살인청부업자 찰리가 역시 그에 못지않게 실력이 만만치 않은 청부업자 이렌느와 결혼했다가 조직의 이해가 걸린 사업상의 문제 때문에 침대에서 서로 죽여야 하는 상황에 직면한다. 자본주의적 인간관계의 본질을 이처럼 절묘하게 파고든 영화는 흔치 않다.

존 휴스턴의 영화는 속물적인 남성주의의 찬양과는 거리가 멀다. 으스대고 폼 잡는 세계가 아니라 그 이면에 있는 섬뜩하고 무시무시한 파멸의 흔적도 담아내는 것이다. 현실과 허구는 늘 다른 것이지만 허구를 다루면서도 현실을 담아내는 감독은 위대하다. 휴스턴이 바로 그런 감독이었다. 겉멋을 부리는 것은 쉽지만 실제로 그 대가를 치르며 사는 것은 쉽지 않다. 2만 마일이나 구르며 떨어져 죽을 배짱이 있는 인간은 그리 흔치 않을 것이다.

기이한 스펙터클의 세계

데이비드 린

영화의 진정한 맛을 알기 위해 모든 영화를 스크린으로 봐야 하는 건 아니다. 사실, 대다수 흥행작은 비디오나 DVD로 봐도 감흥을 받는 데 전혀 지장이 없다. 〈매트릭스〉 시리즈와 같은 현대 할리우드 블록버스터 영화는 스크린에서 보는 것보다 홈 시어터를 통해 DVD로 보는 것이 더 큰 흥분을 주기도 한다. 여기에 예외가 있다면 영화라는 매체를 텔레비전 화면으로 보게 된다는 것을 아예 상상할 수 없었던 무성영화, 또는 텔레비전이 따라올 수 없는 스크린 사이즈로 관객을 압도하는 고전 영화들이다. 그 대표적인 예가 데이비드 린의 〈아라비아의 로렌스〉다.

지금은 개보수해 멀티플렉스로 변신한 구 대한 극장은 한때 동양 최대의 객석을 보유한 대형 극장으로 이름을 알렸다. 이 극장은 70밀리 영화를 상영할 수 있는 대형 스크린을 보유하고 있었으며 헐리기 직전 마지막으로 상영한 70밀리 영화가 바로 〈아라비아의 로렌스〉였다. 이 영화를 70밀리 스크린으로 본다는 역사적 체험에 흥분한 나는 구닥다리 영화를 군이 왜 보느냐는 후배들을 꼬드겨 함께 극장에 갔다. 그리고 생전 처음 대형 스크린이 주는 영상과 사운드의 압도적인 감동에 취한 그들이 극장을 나와서 잠시 비틀거리는 것을 봤다. 돌비 서라운드 스테레오로 청각을 홀리지 않고도, 영화가 갖고 있는 이미지의 깊이만으로도 젊은 관객들을 취하게 만들 만큼 〈아라비아의 로렌스〉는 대단한 유혹을 발휘했던 것이다.

결국 위대한 명화라고 하는 것은 무성영화 시대의 매력으로 돌아가는 것이라고 생각한다. 소리가 없었던 시절, 오로지 보여주는 것만으로 모든 표현을 처리해야 했던 무성영화 시대는 영상의 깊이가 가장 고차원에서 발휘된 시대이기도 했다. 〈아라비아의 로렌스〉의 데이비드 린 감독은 바로 그렇게 영상의 매력을 제대로 아는 감독이었다.

1927년 스튜디오 잡역부로 영화계에 입문해 30년대에는 꽤 촉망받는 편집기사로 이름을 날리고 전쟁 드라마 〈토린호의 운명In Which We Serve〉으로 감독 데뷔한 이래 〈밀회〉, 〈위대한 유산〉, 〈올리버 트위스트〉 등의 영화를 찍었던 데이비드 린은 영국문학의 위대한 유산을 영화로 옮길 줄 아는 교양주의자였다. 린이 초기 영국시절에 만든 작품들의 단아한 고전미학의 정수를 맛본 이들에게 〈서머타임〉, 〈콰이강의 다리〉, 〈아라비아의 로렌스〉, 〈닥터 지바고〉, 〈라이언의 딸〉로 이어지는 린의 대작 연출 시기는 '변절'로 비쳤다. 할리우드 영화산업

이 텔레비전에 맞서 무분별하게 크기와 물량으로 경쟁하면서 앞다투
어 포장만 요란한 대작을 만들어 자멸의 함정을 파고 있던 시대 흐름
에 편승해서 린 감독이 초기 시절의 재능을 교묘하게 빼먹는 스펙터
클로 재능을 탕진하고 있다는 비난이 사방에서 들렸다.

〈라이언의 딸〉은 영국에서 1년간 장기상영됐을 만큼 관객의 사랑
을 모았지만 미국 뉴욕에서 가진 첫 시사회 때 린은 여생 동안 잊지
못할 수모를 겪었다. 시사회가 끝난 후 열린 만찬에서 뉴욕평론가협
회 회원들은 린에게 〈라이언의 딸〉이 그럴듯하게 예술적으로 치장
한 통속물이라고 사정없이 공격을 퍼부었다. 참다못한 린은 "그럼
여러분은 40년대에 그랬던 것처럼 내가 지금 표준화면 크기에 흑백
인 영화를 만들기를 바랍니까?"라고 물었다. 폴린 카엘은 "색채영화
까지도 봐드릴 수 있습니다"라고 답했다. 카엘의 날카로운 혀에 눌
린 린은 충격을 받았다. 평론가들의 집요한 공격에 자신을 잃은 린
은 〈인도로 가는 길〉을 내놓을 때까지 무려 14년간을 칩거상태로 보
냈다.

역사는 종종 중생들의 근거 없는 편견을 비웃는다. 1962년 런던의
로열 퍼포먼스에서 엘리자베스 여왕을 비롯한 저명인사들을 상대로
상영시간 222분 분량의 원판을 상영한 이래, 배급업자들의 요구로 20

분이 잘린 채 전세계로 배급되고 그 후 텔레비전의 고전 방영시간에나 간간이 얼굴을 비추던 〈아라비아의 로렌스〉가 1989년 데이비드 린 본인의 감수로 원판에 가까운 216분 분량의 복원판으로 다시 개봉했을 때 사람들은 1962년의 관객들이 그랬듯이 70밀리 렌즈로 잡아낸 이 영화의 장대한 이미지에 넋을 잃었다. 〈아라비아의 로렌스〉는 세르게이 에이젠슈테인의 〈알렉산더 네프스키〉나 스탠리 큐브릭의 〈2001년 스페이스 오딧세이〉(〈아라비아의 로렌스〉와 마찬가지로 슈퍼 파나비전 70 방식으로 촬영됐다)와 나란히 영화예술의 순수한 시청각적 쾌감의 극점에 도달함으로써 한때 영화매체가 얼마나 굉장한 스펙터클의 경지에 있었는지를 증명한 작품이었다.

TV가 이전 영화의 화면 비율인 1:1.33을 채택하면서 그에 맞선 대안으로 나타난 와이드 스크린 방식은 최초의 시네마스코프 영화 〈성의〉가 폭스 제작으로 개봉하면서 대중에게 처음 선보였다. 그러나 감독이나 비평가들은 이 스크린 비율이 전통적인 영화미학의 종말을 알리는 재앙이라고 생각했다. 영상을 창조적인 방식으로 연속적으로 배열함으로써 의미와 감정을 심는 전통적인 미학과는 달리 와이드 스크린은 큰 화면 때문이 편집에 불가능한 매체라는 오해를 받았다.

그러나 압축렌즈로 영상의 좌우를 압축해서 35밀리 필름에 기록했다가 영사할 때 다시 풀어서 넓게 펼쳐놓는 방식이었던 1:2.35 비율의 시네마스코프에 이어 1:1.66(유럽식), 1:1.85(미국식)의 비율을 지닌 비스타비전 방식이 개발되고 슈퍼파나비전 70 방식까지 나오자

넓은 수평화면 비율의 와이드 스크린을 효율적으로 이용하는 영화감독들이 늘기 시작했다. "인도산 뱀이나 침대에 나란히 누워 있는 남녀를 찍을 때나 필요한 것"이라고 조소했던 비관론자들은 오토 프레민저, 니콜라스 레이, 앤서니 만, 엘리아 카잔 등의 감독이 공간 전체와 인물의 반응을 한번에 화면에 담는 와이드 스크린 방식의 미학에 말문을 닫았다. 1:1.33 비율의 표준화면에서는 상황과 인물의 반응을 따로따로 이어붙였던 반면에 와이드 스크린은 등장인물을 상황의 맥락 속에서 선명한 비중으로 보여줄 수 있었다.

65밀리 카메라로 찍어 사운드가 들어간 70밀리 프린트로 상영하는 슈퍼파나비전 70방식의 와이드 스크린으로 촬영된 〈아라비아의 로렌스〉는 영상의 3차원적 깊이감을 살리는 화면구성은 물론 편집기술의 극적인 표현에 능한 데이비드 린의 장인적 감각과 거대한 스크린의 조합이 빚은 일대 장관을 펼쳐놓는다. 오마 샤리프가 연기하는 알리 족장이 로렌스 앞에 처음 나타나는 그 유명한 장면에서 극적인 착상을 시각적으로 펼치는 린의 상상력은 몽환적인 경지에까지 나아간다. 백전노장의 촬영기사 프레디 영이 특별히 주문한 450밀리 장초점 렌즈로 촬영한 이 장면에서 알리 족장은 처음에는 사막 지평선 끝에서 한 점의 존재로 나타나 아지랑이 같은 착시를 일으키며 서서히 화면 앞으로 다가오는데 영화 역사상 이렇게 멋진 인물의 등장 장면은 이전에도 이후에도 없었다. 이는 사막의 지평선 위에 나타난 작은 반점이 서서히 사람의 형상으로 변하는 것은 과연 어떨까를 상상해낸 린의 감각만이 빚어낼 수 있는 장면이다.

카메라를 손으로 돌리던 1910년대부터 카메라를 잡았고 〈아라비아의 로렌스〉를 찍을 때 이미 60편 이상의 영화를 찍었던 프레디 영은 사막이라는 공간의 잊혀지지 않는 인상을 포착했다. 생생한 사막의 색채, 모래의 질감과 형태 변화, 바위와 절벽의 절경, 대지의 이글거리는 지열로 강한 느낌을 남기는 〈아라비아의 로렌스〉의 진정한 주인공은 사막의 풍경이다. 고요히 비어 있는 사막, 태양이 떠오르는 사막, 모래바람이 훑고 간 사막의 흔적은 말로 요약할 수 없는 풍부한 시각적 체험을 통해 모험에 가득 찬 주인공 로렌스의 삶을 매혹으로 이끈다.

편집기사로 일하던 시절에 린은 주로 전쟁터에서 직접 공수된 필름을 편집해 뉴스릴로 만드는 작업을 했다. 시간에 쫓긴 나머지 본능과 직관에 따라 손이 가는 대로 편집한 뒤에 작업실 뒤편의 마당을 거닐며 자신의 선택이 옳았는가를 점검하면서 영화 편집의 리듬감을 익혔다. "마음으로는 한시도 편집용 가위를 놓은 적이 없다"고 하는 린은 〈아라비아의 로렌스〉를 찍을 때 촬영 단계에서 이미 편집의 세부적인 구성원리를 결정해놓고 있었다. 216분 동안 거의 지루할 틈을 주지 않는 이 영화의 긴박감은 주목할 만한데, 특히 장면전환 기교가 효과적으로 쓰였다.

린은 사운드 오버랩으로 화면이 바뀌기 전에 다음 장면의 음향효과를 먼저 흐르게 하는 방식으로 앞 화면과 이어지는 화면을 시각적, 청각적으로 물 흐르듯이 이어붙였다. 사운드 오버랩을 깔고 숨막힐 듯이 기습적으로 다음 화면을 이어붙이는 화면 연결은 줄거리 전개에 앞서 관객을 심리적으로 반 발자국씩 먼저 앞질러 가게 함으로써 틈새 없이 쭉 일사천리로 뻗어나가는 이 영화의 플롯 전개를 돕는다. 이는 "어떤 영화라도 관객들에게 한 숨 돌리고 담배를 피워 물고 싶은 충동을 느끼게 만든다. 나는 〈아라비아의 로렌스〉를 보는 관객 누구도 담배를 피우고 싶은 생각이 들지 않게 하고 싶었다"는 린의 연출관을 반영하는 장인적 기교의 산물이기도 했다.

그러나 〈아라비아의 로렌스〉가 오직 풍경만으로 기억되는 영화라고 한다면 심심한 영화로 남았을 것이다. 〈아라비아의 로렌스〉는 스펙터클로는 아주 드물게 아이러니로 가득 찬 비극적인 정조를 띤다. 각본을 쓴 로버트 볼트는 〈사계절의 사나이〉로 당시 런던 연극계에서 가장 성공한 희곡작가였는데 철학적, 역사적 주제를 극화하는 재능이 뛰어났다. 볼트는 로렌스에 관한 책을 섭렵한 다음에 로렌스의 불명확한 증언을 비롯해 어떤 사실도 믿을 수 없으며 로렌스라는 인물을 묘사하는 최선의 방법은 멀리서 지켜보는 듯한 태도를 취하는 것이라고 생각했다. 린 역시 볼트의 접근법을 지지했다. 볼트는 오직 로렌스의 자서전인 『지혜의 일곱 기둥』에만 기초해 각본을 쓰기로 결심했다. 로렌스가 『타이타닉 북』에 영감을 얻어 여러 해 동안 저술한 『지혜의 일곱 기둥』은 영어권에서 『백경』에 필적하는 저작으로 평가

받고 있다. 이 책은 사건과 줄거리가 풍부한 행동의 기록이자 풍부한 인물관찰 및 자신의 복잡한 심리적 변화를 드러내는 진지한 자기관찰로 가득 차 있다.

소년 시절의 토머스 에드워드 로렌스는 십자군 원정담과 원탁의 기사 얘기와 같은 중세의 낭만적인 이야기에 심취해 있었다. 옥스퍼드 대학에서 역사와 군사이론을 전공하던 청년 시절에도 십자군에 대한 매혹을 간직한 채 도보와 자전거로 프랑스를 일주하기도 했으며 나중에는 십자군 연구를 위해 시리아를 도보로 일주하고 시리아와 이집트의 인류학 연구단에 참가했다. 1914년 1차세계대전이 발발하기 직전에 로렌스는 팔레스타인 탐사기금의 지원을 받는 학술여행에 참가해 시나이 북부를 탐사했는데 이는 사실상 영국군을 위해 지도를 만드는 임무를 띠고 있었다. 몇 달 후에 로렌스는 군사령부로부터 작전장교로 발령받아 카이로에 가서 2년 동안 지도제작자로 일했다.

1916년 터키에 맞서 아랍 봉기가 일어나자 로렌스는 아랍에 파견됐고 당시 메디나 남서부에서 아랍군을 지휘하던 파이잘 왕자와 협상을 진행시켜도 좋다는 허락을 받았다. 이때부터의 로렌스의 행적을 담은 〈아라비아의 로렌스〉는 로렌스의 파란만장한 삶을 고도로 농축하고 단순화시켰다. 네푸드 사막과 시나이 반도 횡단, 터키 후방에서 펼친 게릴라 작전, 데라라에서 터키군에게 잡혀 고문받은 사건, 타파스에서 터키 패잔병 부대를 학살한 일, 다마스커스 진격으로 단순화시켰다.

　로렌스의 행적을 따라가는 〈아라비아의 로렌스〉의 플롯의 세부는 농밀하지 않다. 그러나 도도한 물줄기로 흐르다가 한순간에 비극적인 인식에 이르는 힘이 있다. 로렌스가 알렌비 장군을 처음 대면하는 자리에서 알렌비는 '제멋대로이고, 규율을 지키지 않고 단정하지 못하다. 그러나 해박하고……' 라고 적혀 있는 로렌스의 인사고과기록을 읽는다. 로렌스는 영국 상류사회의 관습에 순응하지 않는 태도를 지닌 인물이다. 관습을 거스르는 기질 때문에 로렌스는 스스럼없이 아랍 문화권과 자신을 동화시킬 수 있었다.

　그러나 린은 '낙타를 탄 돈키호테'인 로렌스의 행적에서 풍부한 아이러니를 끌어낸다. 로렌스가 아랍 소년을 데리고 시나이 반도를 건너 카이로의 영국군 사령부에 있는 장교클럽에 도착하는 장면에서 아랍 복장을 한 로렌스는 다른 장교들의 제지를 받는다. 로렌스는 굴하지 않고 소년에게 줄 레모네이드를 주문하는데 로렌스가 아카바의 승전보를 말하기 전까지 영국 고급장교들은 로렌스와 아랍 소년을 적의와 경멸에 찬 시선으로 바라본다. 이 장면은 영국군의 계급적 속물의식과 제국주의의 억압을 경쾌한 아이러니로 드러내지만 린은 로렌스와 아랍 소년이 어디까지나 주인과 하인의 관계라는 점을 가감 없이 보여줌으로써 이 아이러니를 심화시킨다. 로렌스는 스스로 아랍인의 친구라고 자임하지만 그래봤자 그는 제국주의 군대의 고급장교다.

영국 장교였지만 아랍 부족을 이끄는 지도자였던 로렌스가 수행한 역할의 모순은 영화의 말미에 서로 상승작용을 일으키며 로렌스를 역사의 한 바닥에 내팽개쳐진 외톨이로 만든다. 로렌스는 아랍의 독립을 위해 동분서주하지만 영국은 이미 아랍의 이권을 놓고 아랍을 분할하기 위한 전략을 세워놓고 있었다. 로렌스는 예외적인 전쟁영웅이었지만 어느 쪽에서 봐도 가련한 꼭두각시일 뿐이었다. 사막을 왜 좋아하느냐는 신문기자의 질문에 로렌스는 "깨끗하니까"라고 말하는데 이는 게이였던 로렌스의 정체성을 암시하는 말이기도 하지만 동시에 겉과 속이 다른 영국의 문명사회에 비해 원초적인 담백함을 지닌 아랍의 원시문명에 대한 로렌스의 동경을 드러낸 말이기도 하다. 그러나 로렌스는 아랍인이 아니고 우아하게 걸어다니는 서구의 문명인일 뿐이다.

〈아라비아의 로렌스〉는 일반적인 역사영화의 정형을 벗어난다. 인도 태생의 영국 작가이자 시인이었던 루디야드 키플링이 즐겨 그려냈던 것처럼 서구인이 야만의 땅에서 벌이는 모험이라는 기본틀은 색다를 것이 없지만 린의 영화에 나오는 강가딘들은 상대적으로 지적이다. 린은 아랍인들에게서는 현명한 생각을 할 줄 아는 사람들이라는 이미지를 끌어내고 영국인에게는 어두운 그림자를 드리운다. 그러나 이런 접근법 역시 이중적이고 모순적이다. 영국과 아랍의 주종관계는 추호도 의심할 수 없는 것으로 비치기 때문이다.

일본 감독 오시마 나기사는 언젠가 "나는 일본사회를 비판한다. 그러나 일본사회의 전통은 존중한다"고 말했다. 똑같은 말을 〈아라비아의 로렌스〉를 만든 데이비드 린에게도 할 수 있다. 린은 풍부한 아이러니를 깔고 영화역사상 어느 스펙터클 영화보다도 가장 복합적이고 비극적인 영웅을 창조했지만 그는 갈데없는 영국신사였다. 린은 〈아라비아의 로렌스〉를 신기루처럼 나타났다가 사라지는 환몽처럼 연출했으며 그것은 이상주의자이자 제국주의자였던 괴짜 모험가의 삶의 자취를 따라가는 데는 더할 나위 없이 적합한 환몽이었다.

앤서니 퀸의 자서전인 『원 맨 탱고』에 실린 회고담 한 토막. 촬영이 시작된 지 몇 개월이 지났을 때 앤서니 퀸 부부는 제작자 샘 스피겔과 함께 린 감독의 저녁 초대를 받았다.

린은 그 모임의 주도권을 잡고 있었다. 늘 그랬듯이 린의 모습엔 위엄이 있었는데, 그의 말투에는 빈틈이 없었고 담배를 들고 있는 모습은 성스럽기까지 했다. 린의 태도는 그가 하는 말의 충격을 얼마간 완화시켜주는 것 같았다. "샘," 린 감독은 완곡한 표현으로 제작자에게 자기 의견을 말했다. "내 말이 당신을 실망시킬지도 모릅니다만 대본을 자세히 검토해보니 후반부가 전반부보다 훨씬 떨어진다는 것을 발견했습니다. 아무래도 영국에 있는 볼트를 불러다가 후반부를 더 강화할 수 없는지 의논해보는 것이 좋을 것 같습니다." 시나리오 작가인 로버트 볼트는 이미 후반부를 다시 쓰려면 약 10주일은 걸린다고 추산해놓고 있었다. "10주일이라고?" 샘 스피겔은 크게 화를 냈다. 그는 린 감독만큼 세련되고 품위 있는 인물이 아니었다. "그렇게 되면 엄청난 경비가 추가될 것 아니오!" 그러고는 경련을 일으키기 시작하더니 머리를 수프 접시에 박아버렸다. 말 그대로 진짜로 접시에 얼굴을 박아버렸다. 린 감독은 더할 수 없이 우아한 태도로 앤서니 퀸의 부인인 욜란다를 돌아다보고 말했다. "욜란다 씨, 샘이 회복하도록 도와주시겠소?" 그러고는 식당을 떠나버렸다. 샘이 정신을 차리자 퀸 부부는 샘을 붙잡아두느라고 곤욕을 치르고 있었다. 샘은 화가 머리끝까지 나 있었다. "이 염병할 놈의 데이비드 린은 어디 있지?" 샘은 악을 썼다. "내 손으로 죽여버리겠어!"

린은 자신의 영화에 나오는 주인공들처럼 품위 있게 자제할 줄 아는 감독이었지만 대작을 만든다는 중압감에서 자유로웠던 것은 아니었다. 어느 날 요르단의 사막 촬영현장을 찾아간 샘 스피겔은 린이 울고 있는 것을 보았다. 린은 샘을 붙잡고 눈물을 펑펑 흘리면서 "이 영화는 성공하지 못할 거예요. 모두 영화를 망치고 있어요. 연기도 형편없고 촬영도 엉망이에요. 나는 완전히 자신을 잃어버렸어요"라고 말했다.

린은 자신이 기이한 스펙터클을 만들고 있다는 사실을 잘 알고 있었다. 〈아라비아의 로렌스〉에서 알리 족장 역으로 나와 국제적인 스타가 된 오마 샤리프는 언젠가 흥행과 비평 모두 성공한 이 영화의 불가사의한 매력을 빗대 이렇게 말했다. "당신에게 돈이 있는데 어떤 사람이 와서 스타도, 여성도, 러브 스토리도, 액션도 나오지 않는 4시간짜리 영화를 만들고 싶다고 한다면, 게다가 사막에서 엄청난 제작비를 들여 찍는 영화라고 하면 당신은 뭐라 할 것인가?"

이런 영화를 만들 수 있었던 시대, 그 시대의 분위기를 업고 상상력을 스크린에 옮길 수 있었던 감독의 재능, 그런 것들이 조화를 이뤘던 시대를 영화가 가장 영광스러웠던 시대라고 해야 할 것이다.

코폴라 왕국의 묵시록

프랜시스 포드 코폴라

텔레비전에서 〈대부〉를 다시 틀어주면 나는 이미 줄거리 구석구석을 훤히 꿰고 있는데도 결국 끝까지 다 보고 만다. 줄거리는 어쨌거나 상관없다. 알 파치노의 깊은 눈빛, 말론 브랜도의 쇳가루 굴러가는 목소리와 주름진 얼굴, 제임스 칸의 씩씩한 표정, 그런 것들이 다시 봐도 좋다.

〈대부〉DVD에도 가끔 눈이 가는데, 여기 실린 서플 메뉴에도 흥미로운 게 많다. 그 중에는 상영시간 때문에 〈대부〉1, 2편에 실리지 않았던 장면을 보여주는 꼭지가 있다. 그 장면들은 훗날 코폴라가 연대기순으로 편집한 〈대부〉에픽에 실려 있는 장면도 꽤 있다고 들었지만 〈대부〉에픽을 보지 않은 터라 〈대부〉1, 2편에 담기지 않았던 장면을 보는 건 퍽 재미있었다. (사실 〈대부〉에픽은 별로 보고 싶은 마음이 없다. 연대기순으로 이 영화를 본다는 건 편집의 예술이었던

〈대부〉 2편의 감흥과 〈대부〉 1편의 신비한 낭만적 정조를 마음속에서 지워버리게 될 경험일지도 모르기 때문이다.) 그 중에 마피아 갱이 어느 빵집에 들어와 총을 암거래하는 장면이 있다. 살벌한 그 장소에서 한 아이가 얼쩡거린다. 마피아가 "쟤는 누구야?"라고 못마땅해하자 총을 파는 상인은 말한다. "염려 마십쇼. 제 아들입니다. 애야, 이리 와서 플루트를 불어보렴!" 아이는 망설임 없이 플루트를 불기 시작한다. 거래를 마친 마피아는 아이의 음악 교육비에 보태 쓰라고 돈을 더 탁자 위에 얹어놓는다.

이런 것이 코폴라 영화의 핵심이다. 가장 살벌한 순간과 따뜻한 순간이 공존하는 장면에서 뭔가 할 말을 하는 것이다. 〈대부〉의 유명한 암살 시퀀스는 말할 것도 없고 과거와 현재를 오가는 〈대부 2〉의 정서적 질감은 대개 이런 대구로 짜여 있다. 젊은 날의 비토 꼴레오네가 승승장구하며 가족의 화목을 즐기고 있으면 현재의 마이클 꼴레오네는 가족들에게 소외돼 외로운 군주로 고립돼가고 있다는 것을 과거와 현재의 병치 편집으로 보여주는 것이다. 〈지옥의 묵시록〉에서 말론 브랜도가 연기하는 커츠 대령은 그런 모순된 것들을 한 몸 안에 지니고 있는 인간이다. 바이런의 시구를 읊조리다가 사람의 목을 따고도 태연할 수 있는 인간이다.

〈대부 2〉 촬영이 끝나고 《사이트 앤 사운드》와 가진 인터뷰에서 코폴라는 앞에 든 플루트를 부는 소년 에피소드를 언급하면서 "어때요? 굉장한 장면이죠?"라고 자랑했다. 〈대부 2〉는 테스트 시사에서 상영시간이 너무 길다는 일반관객의 불만을 들었다. 결국 그 장면은

〈대부2〉에 담기지 않았다. 프리프로덕션 단계에서 상영 때까지 애초에 구상했던 원대한 아이디어가 버려지는 예는 꽤 많을 것이다. 이런 예를 다룬 이면의 일화들은 늘 흥미진진하다.

그밖에도 〈대부〉의 서플에는 인상적인 일화들이 꽤 많이 나온다. 코폴라가 스튜디오의 신임을 얻지 못해 매일 해고 위협을 받으며 영화를 찍었고 현장에는 늘 그를 대신할 다른 감독이 출근하고 있었다는 사실을 여러 사람이 증언하는 대목도 재미있었다. 흥미롭게도 코폴라가 해고 위협을 받은 결정적인 이유는 당시 퇴물 대접을 받던 말론 브랜도를 주연으로 끌어들였고 미남이 아닌 데다 검증되지 않은 신인배우였던 알 파치노의 캐스팅을 고집했기 때문이라는 것이다. 오늘날 대가가 된 감독과 배우는 그들이 풋내기였던 그 당시에 주변의 시선이 그들을 얼마나 하찮게 여겼는지를 증언하며 여유 있게 웃고 있다. 다중의 의견이란 것이 때로는 얼마나 우스꽝스러운 것인지를 〈대부〉의 성공 스토리는 말해준다. 창의적인 혁신은 늘 기존의 것을 되풀이하려는 비즈니스의 관성과 부딪치는 것이다.

잘된 영화는 줄거리, 연기, 촬영, 연출이 기적처럼 조화된 생명력을 지니고 있어서 그 영화의 심줄이 보는 사람을 언제든지 흥분시키는 것이다. 〈대부〉가 바로 그랬다. 아무리 낭만적으로 마피아를 치장했어도 그 바닥에 깔린 통찰은 서늘한 것이다. 이 영화는 따스한 순간과 잔인한 순간이 무심한 듯 촘촘히 잊을 수 없게 짜여져 있다. 특히 대사는, 어떤 대사는 도저히 상상으로 쓸 수 있는 대사가 아니다. 죽음을 앞둔 비토 꼴레오네가 마이클 꼴레오네와 정원에서 자신들의 부자관계에 대해 쓸쓸하면서도 정감 넘치는 대화를 주고받는다. 아버지는 조심스럽게 말을 아끼면서 아들이 깡패 사업을 물려받지 말고 더 나은 삶을 살기를 바랐던 속마음을 회한에 차 내비친다. 아들은 그런 아버지를 위로해주지만 두 사람 모두 이제 그네들 가족의 삶 앞에는 사느냐, 죽느냐 하는 전투가 기다리고 있다는 걸 알고 있다. 바깥이 아무리 전쟁터여도 〈대부〉의 그 장면처럼 그렇게 휴식처럼 다가오는 삶의 순간은 귀중하다. 잠시 걸음을 멈추고 호흡을 고르고 감상에 차 주위를 돌아보는 것이다. 그런데 비토가 그 자리를 먼저 뜨면서 이렇게 말한다. "내가 죽고 나서 화해하자는 상대편의 전갈을 갖고 오는 자가 있으면 그 자가 배신자야. 내 말을 절대 잊으면 안돼." 이런 대사는 무릎을 치게 만든다.

영화의 후반부에 알 파치노가 연기하는 마이클이 조카의 세례식에 대부로서 참석했을 할 때 그가 보낸 자객들이 반대파의 보스를 암살하는 장면의 교차 편집은 뜨끔한 통증 같은 것을 전해줬다. 영화 초반 장장 40분 동안 이어지는 결혼식 장면도 그랬다. 밝은 햇볕 아래 치르는 정원의 결혼 잔치와 어두운 사무실 방 안에서 벌어지는 사업 거래를 교대로 오가면서 영화는 밝음과 어두움이 공존한다는 것을, 공적인 사업과 개인적인 행복은 겹쳐 있다는 것을 말해준다. 세상사는 만만치 않은 것이어서 공적으로 추구하는 행복과 개인적인 행복이 늘 일치하는 건 아니다. 말론 브랜도가 연기하는 비토 꼴레오네는 한 가정의 이상적인 아버지이자 마피아 패밀리의 유능한 두목이지만 어쨌든 간에 그는 사악한 깡패 집단의 우두머리다. 세상사와 마찬가지로 인간에게도 자주 두 얼굴이 공존하는 것이다.

마이클 역의 알 파치노가 조직의 보스로 자리잡는 마지막 장면에서 그는 이미 조직의 유능한 보스지만 인간적으로는 망가져 있다는 걸 드러낸다. 누이동생의 남편을 죽인 그는 정말 살인을 저지르지 않았느냐고 묻는 아내의 질문에 "이번만 말해주지. 난 죽이지 않았어"라고 말한다. 조직인의 도리와 개인의 도리는 늘 양립하지 않는다. 한 여자의 남편인 그는 아내에게 살인 사실을 솔직히 털어놓아야 했겠지만 조직의 보스인 그는 그 사실을 부정했다. 〈대부〉의 역설은 마이클이 조직의 보스 역할에 최선을 다하면 다할수록 그 개인의 삶은 점점 불행해진다는 것이다. 사업의 승리는 인간적인 덕목과는 아무 상관없다. 조직을 효율적으로 이끌고 냉정하게 이윤을 계산할수록 인간으로서는 점점 가라앉는 것이다.

프랜시스 포드 코폴라는 자신의 영화를 통해 기묘하게 자신의 자아를 투영하는 천재의 이미지를 반영했다. 〈대부〉 시리즈와 〈지옥의 묵시록〉, 〈터커〉 등의 영화에서 시스템에 저항하고 새로운 시스템을 만들어내려는 주인공들은 장렬한 파국을 맞는다. 그건 코폴라 자신의 예술가적 자아가 투영된 상상적 캐릭터들이다. 그 캐릭터들이 맞는 파국을 통해 코폴라는 스펙터클을 추구하고 연출했다. 코폴라의 영화는 그들 캐릭터의 욕망을 반영하고, 말 그대로나 비유적인 의미에서나 모두 그들을 파괴시키는 데 소용된 것이다. 이런 자기파괴의 스펙터클은 모두 상당한 제작자의 투자가 뒷받침돼야 하는 산업 기술의 산물인 현대적 스펙터클이다.

〈대부〉 1, 2편의 성공으로 코폴라는 한때 할리우드의 가장 영향력 있는 감독이자 제작자이자 스튜디오 수뇌일 수 있는 권력을 지니게 되었다. 특히, 1975년에 프랜시스 포드 코폴라 감독은 생애 최고의 순간을 맞고 있었다. 바로 전 해에 발표한 〈대부2〉와 〈도청〉은 믿을 수 없는 성공을 거두었다. 코폴라는 대중적 흡인력이 있는 대작과 소규모 예산의 오락영화를 다 잘 만들 수 있는 불세출의 천재 대접을 받았다. 전편보다 나은 속편은 없다는 속설을 깬 〈대부2〉는 평단의 만장일치 지지를 받으며 흥행했으며 오스카 작품상을 받았다. 실험적인 스타일로 도청 강박증에 걸린 미국 사회의 이면을 건드린 〈도청〉은 칸 영화제 감독상을 받았다. 그를 '신동'이라 불렀던 평단은 이제 말을 고쳐야 했다. 불과 서른여섯의 나이에 코폴라는 할리우드를 움직일 수 있는 거물이 됐다. 코폴라의 이름은 유럽 영화의 예술적 비전을 할리우드에 이식시킨 예술가와 동의어였다.

코폴라의 필생의 대작이자 뉴 할리우드의 마지막 유산인 〈지옥의

묵시록〉은 그런 분위기에서 만들어졌다. "가장 현명한 일은 엄청난 수익을 올리는 영화를 만들기 위해 내 모든 열정을 다 쏟은 다음 밖으로 나가 메이저 스튜디오를 세워 처음부터 다 뜯어고치는 일이다"라고 말했던 코폴라는 할리우드의 가장 영향력 있는 감독 겸 제작자가 되었다. 그는 1970년대에 자신의 왕국을 건설하려 했다. 우선 코폴라는 샌프란시스코에 세운 조에트로프 스튜디오에 젊은 감독들을 불러모았다. 그의 후배였던 조지 루카스와 존 밀리어스 등이 그의 우산 밑에 들어왔다. 코폴라가 제작한 〈청춘낙서〉는 감독의 미래가 불투명했던 조지 루카스에게 빛을 열어주었다. 루카스는 〈청춘낙서〉의 성공을 바탕으로 어렸을 때부터 꿈꿨던 〈스타 워즈〉 제작에 착수했다.

그 즈음, 존 밀리어스가 새로운 기획을 코폴라에게 제안했다. 베트남전 영화였다. 영웅과 총과 군대가 나오는 이야기를 즐겼던 마초맨 밀리어스는 평범한 미군이 베트남에서 겪는 강렬한 체험을 이야기하고 싶어했다. 밀리어스의 시나리오는 조셉 콘래드의 소설 『암흑의 핵심』을 모델로 삼았다. 소설에서는 말로우란 이름의 사나이가 콩고의 어두운 강을 거슬러 올라가 반쯤 미쳐서 그곳에 왕국을 세우고 제왕으로 군림하고 있는 커츠를 만나러 간다. 영화에서는 "미군의 수치를 제거하라"는 명령을 받은 윌라드 대위가 베트남 메콩 강을 거슬러 올라가 정글 깊숙한 곳에 왕국을 세운 엘리트 장교 출신 커츠 대령을 암살한다는 내용으로 각색된다. 오슨 웰스도 데뷔작으로 만들고 싶어했다는 『암흑의 핵심』은 오슨 웰스와 겨룰 만한 재능으로 평가받던 코폴라의 손으로 1970년대 중반에 베트남 전쟁판으로 태어날 참이었다.

피터 코위가 쓴『지옥의 묵시록 북』에 따르면 코폴라는 원래 이 기획을 재미있는 소일거리로 여겼다. 〈대부〉 1, 2편을 만든 중압감에서 벗어나 가벼운 마음으로 찍을 영화라고 코폴라는 생각했다. 필리핀으로 촬영지를 정하고 코폴라는 "이건 소풍 같은 거야"라고 부인인 엘레노어에게 말했다고 한다. 그러나 영화촬영 일정은 기약 없이 질질 늘어졌고 1979년 4월에 여전히 영화를 완성하지 못한 코폴라는 지옥 한복판에 살고 있었다. 코폴라는 아내인 엘레노어에게 분열증을 느낀다고 고백했다. 배급사인 유나이티드 아티스트는 서두르라고 독촉하고 있었다. 영화를 마치기도 전에 제작비가 너무 올라갔던 것이다. 코폴라는 아내에게 대답이나 엔딩을 찾을 수 없다는 것을 인정했다. 그가 찾아내려고 할수록 그것들은 달아났다. "결말을 작업하는 것은, 손톱으로 유리잔을 올리는 것과 같다"고 그는 토로했다.

언론에는 이 영화를 두고 '전혀 완성되지 않을 묵시록'이라고 빈정대는 기사가 곧잘 실렸다. 코폴라는 자신의 전 인생을 걸고 매달리고 있었다. 그 당시 누구도 코폴라처럼 그렇게 영화제작에 많은 시간을 들이지 않았고 끊임없이 영화에 대해 얘기하지도 않았다.

1975년으로 돌아가보면 이 영화에 관한 모든 기획이 순조롭지 않았다는 것을 알 수 있다. 처음에 제안을 받았던 스티브 맥퀸은 윌라드 대위 역이 자신에게 맞지 않는다고 거절했다. 커츠 대령 역으로 하마평에 올랐던 말론 브랜도는 그처럼 비중이 작은 역에는 관심이 없다고 말했다. 그래서 코폴라는 스티브 맥퀸이 맡을 역을 제의했으나 브랜도는 출연료로 3백만 달러를 요구했다. 거절할 수밖에 없었다. 윌라드 역으로 알 파치노, 제임스 칸, 잭 니콜슨, 로버트 레드포드에게 제의가 들어갔지만 그들 모두 퇴짜를 놓았다. 그후 하비 케이틀이 윌라드 역에 캐스팅됐다.

1976년 3월 코폴라 일가는 어쨌거나 휴가를 즐긴다는 기분으로 5개월 촬영 일정을 잡고 필리핀에 갔다. 영화의 원래 예산은 1천3백만 달러였다. 4년 전에 만든 대작 〈대부〉의 예산은 6백만 달러였다. 브랜도는 백만 달러의 출연료에 촬영 일정이 초과할 경우 주급 2만5천 달러를 받는다는 조건으로 커츠 대령 역을 수락했다. 그리고 흥행 수입이 885만 달러를 넘길 경우 이익의 11.3퍼센트를 받는다는 조건이 추가됐다.

재앙의 시작은 태풍이었다. 필리핀에 닥친 태풍은 세트를 날려버렸다. 케이틀은 미스캐스팅임이 드러나 교체됐다. 마틴 신이 대신 역할을 맡았으나 심한 고생으로 심장병을 앓았다. 코폴라 자신도 긴 제작기간 동안 길을 잃었다. 그는 끊임없이 시나리오를 쓰고 또 썼다. 태풍이 불어와 촬영을 못하게 될 때면 그는 가족들에게 파스타를 요리해주고 서재에 틀어박혀 거듭 시나리오를 고쳐 썼다. 현장의 분위기에 맞게 생물처럼 늘 영화는 변해야 한다는 게 그의 생각이었다.

스토리가 미국과 자신에 대한 모든 것의 은유가 되면서 그는 통제력을 잃었다. 그는 스토리가 무엇을 뜻하는지, 어떻게 끝나야 하는지 알 수 없었다. 그는 여자들에게 탐닉했고 마약에 빠졌다. 위기는 점점

고조되고 널리 퍼졌다. 이 영화가 코폴라 생애의 마지막 영화일지도 모른다고 사람들은 생각했다. 베트남 전쟁이라는 수렁에 빠진 미국처럼 코폴라도 어떻게 헤어날지를 몰랐다. 5개월로 예정된 촬영일수는 238일로 늘어났다. 1천3백만 달러의 제작비는 3천만 달러로 올라갔다. 초과 예산분을 코폴라는 유나이티드 아티스트로부터 빌렸다. 코폴라는 이제 그 영화의 제작권리를 소유할 수 없게 됐다. 그건 거대한 빚이었다.

1979년 5월 21일 아직 후반작업중이라고 코폴라 스스로 밝혔음에도 〈지옥의 묵시록〉은 칸 영화제에서 처음 시사를 가졌다. 기자회견에서 코폴라는 말했다.

"〈지옥의 묵시록〉은 베트남에 관한 영화가 아니다. 이건 베트남이다. 베트남에서 미군이 했던 것과 똑같은 방식으로 우리는 영화를 만들었다. 우린 정글에 있었으며 너무 많은 돈을 썼고 너무 많은 장비를 낭비했으며 서서히 미쳐갔다."

이것은 미국 언론의 반향을 예고한 메아리 같은 것이었다. 여러 평자들이 전쟁 메타포를 끄집어냈으며 베트남에서의 미국의 운명에 대해 말하는 잣대로 영화를 평했다. 칸에서 그랑프리를 받았지만 그럼에도 불구하고 유나이티드 아티스트는 미국에서의 흥행에 부정적이었다. 칸 상영판 영화의 엔딩은 너무 불명확했다. 1979년 봄까지도 코폴라는 결말을 정하지 못하고 있었다.

사람들은 그 영화가 너무 길다고 두려워했다. 《타임스》의 프랭크 리치는 "감정적으로 둔탁하고 지적으로 공허한 영화"라고 평했다.

《뉴욕 타임스》의 빈센트 캔비는 "뭔가를 빌려왔으며 완전히 이해되지 않은" 영화라고 비난했다. 무엇보다도 영화 자체가 혼란스러웠다. 70밀리 버전은 커츠 대령을 죽인 윌라드가 정글을 빠져나오는 것이었지만 35밀리 버전은 커츠의 기지를 공군이 폭격하는 장면으로 끝난다. 평론가들은 그런 혼란이 곧 이 영화의 본질이라고 생각했다.

그 해 아카데미에서 〈지옥의 묵시록〉은 작품상과 감독상을 받지 못했다. 로버트 벤튼의 〈크레이머 대 크레이머〉가 주요 상을 휩쓸어간 그 해 아카데미 시상 결과에 대해 리처드 T. 제임슨은 "〈지옥의 묵시록〉이 위치상으로는 깊숙하고 실제적으로는 얄팍한 작품이며, 〈크레이머 대 크레이머〉가 경제적인 제작 규모에도 불구하고 이 엄청난 대작에 비해 몇 배는 더 관객의 심장박동을 뛰게 한다"고 평했다. 〈지옥의 묵시록〉은 아카데미에서 촬영상과 음향상을 받았을 뿐이었다. 미국 개봉 당시 영화는 7천5백만 달러를 벌어들였다. 1984년에 말론 브랜도에게 간 수익금은 6백5십만 달러가 넘었다. 그러나 정작 감독인 코폴라는 빚에 허덕였다.

코폴라는 그 후 힘든 시기를 보냈다. 코폴라의 낭만적인 실험의 시기는 1982년 코폴라가 많은 예산을 들여 세트장에서 찍은 대작 뮤지컬 영화 〈원 프롬 더 하트〉가 가공할 실패를 기록하면서 짧게 끝이 난다. 1986년 프랑스 일간지 《르몽드》가 전세계 영화인들을 상대로 돌린 '당신은 왜 영화를 만드는가' 란 설문에 대해 코폴라는 간단하게 응답했다. "나는 영화로 진 엄청난 빚을 갚기 위해 영화를 만듭니다."

원작인 조셉 콘래드의 소설 『암흑의 핵심』이 가리키는 대로, 이 영화는 시간이 흐를수록 서서히 화면의 명도가 떨어진다. 인간 내면의 어두운 심연으로 들어가듯 우리를 이끌어가는 이 여정은, 윌라드 대위 일행이 한때 촉망받는 엘리트 장교였으나 미군을 탈영해 정글에 자기만의 왕국을 세운 커츠 대령을 죽이러 메콩 강을 거슬러 올라가는 과정과 같다.

강을 거슬러 올라갈수록 베트남 전쟁의 현실은 그들에게 점점 더 지옥으로 느껴지고 그 와중에 윌라드 대위는 계속 생각한다. 도대체 커츠 대령의 심경에 무슨 변화가 있었던 것일까. 그는 폭력과 광기에 전염된 한 인간의 불우한 초상을 생각한다. 그것은 사이공의 호텔방에서 자해하며 괴로워했던 자신의 모습과 그다지 멀지 않다. 커츠는 윌라드의 미래의 모습일지도 모른다. 윌라드와 커츠는 모두 자신들의 내면에서 벌어지는 전쟁과 싸우고 있는 것이다. 바깥에서 미국이 일으킨 전쟁, 그 지옥의 광기는 그들 내면을 전염시켜 막다른 골목으로 몰고 간다.

마침내 윌라드가 커츠와 대면했을 때, 자신을 죽이러 온 윌라드를 커츠가 마치 기다리고 있었던 것처럼 보일 때, 그들은 자신들이 패할 수밖에 없는 내면의 싸움의 한복판에 있음을 이미 알고 있다. 전쟁의 광기와 혼란에 깊이 전염된 마음의 상처와 고통, 죽음으로 위로받을 수밖에 없는 가장 끔찍한 인간의 초상이 거기에 있다. 원주민들이 황소를 무자비하게 칼로 내려찍는 장면과 윌라드가 커츠를 죽이는 장면이 교차 편집된 후반부는 프레이저의 『황금 가지』에 묘사된 희생의 제의처럼 구원을 꿈꾸지만 고대의 의식과 같아질 수 없는, 이제는 비극만이 남아 있는 절망적인 현대에 대한 은유다. 커츠 대령을 연기하는 말론 브랜도의 웅얼거리는 대사는 가끔 잘 들리지 않지만 그것은 또한 선과 악, 옳은 것과 그른 것을 분간할 수 없는 이 시대의 초상과 닿아 있는 웅얼거림이기도 하다.

커츠와 윌라드 두 사람 모두 영웅이 될 만한 자격이 있었지만 영웅이 되지 못한다. 이 영화가 담아낸 것은 '오디세이'의 영웅적인 여정이 불가능한 시대, 긴 학살의 끝에서 스스로 소모되며 패배감을 맛보는 시대의 공기다. 비토리오 스트라로의 촬영은 이 악몽 같은 여정에 빛과 그늘, 진함과 옅음의 대비를 만들어낸다.

2001년 개봉된 〈지옥의 묵시록 : 리덕스〉에는 79년 개봉판에는 없었던 부분이 추가돼 있는데, 윌라드 일행이 정글 깊숙한 곳에 지어진 프랑스인 농장을 방문하는 장면이 있다. 농장 주인은 윌라드에게 프랑스가 인도차이나 전쟁에서 패하고 대신 미국이 나타난 것에 대한 이중적인 감정을 털어놓는다. 왜 시작했는지 모를 전쟁을 한탄하는 장면에서 대를 이어 순환하는 제국주의의 어두운 얼굴이 드러난다. 그 장면의 말미에 윌라드가 농장의 미망인과 마약에 취한 채 관계를 맺는 짧은 묘사는 이 남성적인 전쟁 스펙터클에 여성적인 몽환적 분위기를 심어줄 뿐 아니라 이 영화가 지닌 본질적인 매력을 다시 떠올리게 한다. 〈지옥의 묵시록: 리덕스〉는 전쟁이 지옥이라는 것을 실감시키는 악몽이다. 그러나 전쟁이 영원히 끝나지 않기를 바라는 악몽이기도 하다.

코폴라가 영화를 가장 잘 만들었던 시대로부터 지금은 너무 많은 시간이 흘렀다. 역사는 이제 뭔가 보상할 기회가 왔다고 알려주고 있었다. 영화의 경향은 1970년대 이래로 크게 변했으나 더 좋아졌다고 말하기는 힘들다. 예술적 모험 시도의 기준은 낮아졌을 뿐만 아니라 완전히 막혀버렸다는 느낌조차 가질 때가 있다. 그 당시의 코폴라가 추구했던 것을 돌이켜보면 그들 세대는 예술적 파장을 원했다. 이제 그들 세대의 감독들도 장인이 되어 그렇고그런 덩어리를 만든다. 영화작가는 그저 이제 산업 시스템의 언저리에서 무력하게 스러진 동정적인 인물로 전락한 것이다.

코폴라는 1980년대 초부터 자주 새로운 유형의 작가에 대한 자신의 생각을 피력했다. 작가/감독의 권위의 무너짐은 개인적인 작가, 전자 커뮤니케이션 네트워크 관객의 부활을 뜻하는 것이다. 미래 기술에 대한 낙관적인 조망과 함께 그는 새로운 작가주의의 토양을 만들어줄 홈 비디오 테크놀로지를 상상했다. 예술가와 관객이 홈 비디오의 교환을 통해 작가주의적 아우라를 지켜나가는 그런 분위기를 상상한 것이다.

"모든 사람이 홈 비디오를 사용할 것이다. 모두 영화를 만들 것이다. 모두 꿈을 만들 것이다. 그런 일이 일어나리라고 생각한다. 당신이 만든 영화를 친구에게 보내고 친구는 다시 당신에게 되돌려줄 것이다. 머지않아 완전히 새롭게 사물에 접근하는 방식이 나타날 것이고 디자이너와 건축가와 철학자와 예술가가 각자 사회를 이끄는 데 합심하는 때가 올 것이다."

코폴라는 작가주의의 허명에 가득 찬 모순을 잘 알고 있었다. 예술을 하기 위해서는 허명의 권력이 있어야 하지만 그것만으로 지탱하기에는 영화산업의 강고한 시스템이 그렇게 호락호락하지 않다. 코폴라는 그의 유명세 덕분에 자발적인 희생양이 돼야 했다. 코폴라의 경력을 다룬 에세이에서 리처드 맥세이는 코폴라를 '마케팅의 신화'라고 평가하며, 그는 영화에만 집중한 오슨 웰스와 같은 감독과는 달리 그 자신이 감독이자 제작자로서 누린 권력을 유지하기 위해 대작을 만드는 할리우드 시스템에 스스로 종속됨으로써 자신의 영화세계를 무너뜨렸다고 말하고 있다. 오늘날 야심적인 영화를 만들고자 하는 감독들 누구도 코폴라가 겪은 운명에서 자유로울 수 없다.

비열한 거리에서

마틴 스코시즈

개인적으로 무조건적인 편애로 대하는 감독이 있다. 마틴 스코시즈가 내게는 그런 감독이다. 스코시즈의 필생의 대작이라 할 〈갱스 오브 뉴욕〉에 대해 세간에선 혹평이 쏟아졌지만 웅장한 서사시가 되어야 할 그 영화가 양아치들의 길거리 막싸움을 다룬 것이었음이 드러났을 때도 나는 황새의 뜻을 참새가 어찌 알겠는가라는 태도로 흥미롭게 봤다.

달라이 라마의 전기영화인 〈쿤둔〉은 스코시즈의 경력에서 이질적인 작품이었지만, 대책 없이 동양의 정신세계를 선망하는 것은 아니라고 봤다. 너무 길고 주제의 초점이 분명하지 않은 하워드 휴즈의 전기영화인 〈애비에이터〉에서도 나는 몇몇 장면들을 흥미롭게 봤다. 그것으로도 본전 생각은 나지 않았다. 청결강박증에 사로잡힌 휴즈가 화장실에서 손을 씻고 나가려는데 화장실의 문이 닫혀 있다. 어떻게 할 것인가. 그 순간 하워드 휴즈의 전 우주에 대한 관심은 눈에 보이지 않는 병균이 득실거릴 것이 틀림없는 화장실 손잡이로 집중된다. 사소한 그 사물을 스코시즈의 카메라는 전력을 다해 묘사한다. 나는 카메라를 통해 보여주는 이런 특권화된 묘사 순간의 긴장과 흥분이 흥미롭고 그걸로 다 용서가 된다고 생각한다.

언젠가 구로사와 기요시와 인터뷰할 때 그는 평소에 의식하고 있는 것은 아니지만 어쩐 일인지 영화의 결말을 맺을 때 사춘기 시절 극장에서 봤던 1970년대의 미국 뉴 할리우드 영화처럼 비인습적인 쪽으로 끝내는 자신을 발견하는 순간, 성장기의 영화체험이 준 영향이 대단한 것임을 실감한다고 말했다. 기요시의 말에 100퍼센트 공감할 수 있었다. 나는 기요시와 같은 세대가 아니지만 영화나 팝송을 비롯한 기타 대중문화의 취향이 1960년대와 70년대에 상당히 기울어져 있다.

스코시즈의 영화에 대한 얘기로 돌아가면 그는 21세기에도 여전히 1970년대의 감성으로 영화를 만들고 있는 감독이다. 나이를 먹었는데도 그렇게 할 수 있다는 것은 대단한 예민함이라고 생각한다. 교양과 지혜의 이름으로 둔탁해지는 영화의 기미를 그에게서는 전혀 눈치챌 수 없다. 언젠가 스코시즈의 영화에 대해 한 기품 있는 여자 선배와 얘기를 나눈 적이 있다. 그는 "스코시즈의 영화에는 교양이 없어. 그렇지만 통찰이 있지. 우리가 알지 못하는 길거리 세계에 대한 통찰이. 그게 어떤 교양보다 통쾌함을 줘"라고 말했다. 역시 그의 말에 전적으로 공감할 수 있었다. 교양주의로 영화를 대하는 이들에게 스코시즈의 작품은 대단한 매력을 못 줄지 모르지만 인간과 짐승의 경계에서 생존을 위해 아귀다툼을 벌이면서도 생의 교양을 흡수하려 애쓰는 인간군상을 보여주는 데는 역시 지금도 스코시즈만한 공력을 지닌 감독이 드물 것이다. 스코시즈의 공력은 잘 알다시피 성장기 체험과 중독에 가까운 영화 보기의 경험 축적에서 나오는 것이지만 무엇보다 그가 영화보다 현실을 우선시하는 태도에서 나온다고 본다.

DVD로 출시된 스코시즈의 영화들에는 대개 거의 예외 없이 스코시즈 자신의 음성해설이 실려 있는데 흥미로운 것은 당대에 둘째 가라면 서러워할 이 테크니션 감독이 음성해설선 그 영화를 만든 배경과 실제 현실을 줄기차게 언급하고 있다는 점이다. 일례로 그는 자신의 첫번째 출세작인 〈비열한 거리〉를 만들 때 '나는 누구인가, 내 소명은 무엇인가'를 확인하고 싶은 마음에서 연출에 매달렸다고 고백하며 영화를 만드는 것은 몸이 약한 자신이 원래 걷고자 했던 직업인 신부 역할의 대체 행로였다고 말하고 있다. 자신이 나고 자란 리틀 이탈리아 지역의 역사와 거기서 열리는 종교 축제의 의미를 상세히 설명하던 그는 그 축제가 열리는 3일 동안 반드시 영화를 찍어야 했던 사정이 이 지역의 공기를 포착하기 위해서였다고 말한다. 영화에서 며칠 동안 벌어지는 상황은 6, 7년 동안 그곳 리틀 이탈리아 지역에서 살아온 가난한 이탈리아계 이민 미국인 세대의 삶을 축약하는 것이다.

스코시즈는 〈비열한 거리〉가 다른 누구보다 자신과 함께 자란 친구들에게 좋은 평가를 얻기를 바랐고 실제 영화를 본 친구들이 진짜

같다고 칭찬해주어 기분이 좋았다고 고백한다. 〈비열한 거리〉가 나온 때는 1973년. 영화를 감독의 개인적인 예술적 비전의 산물로 삼으려 했던 70년대의 뉴 할리우드 세대의 복판에 있던 스코시즈가 자신의 출세작을 지극히 자전적인 이야기에서 취한 것은 일면 당연해 보인다. 그러나 스코시즈는 그 자신의 특수 체험을 누구나 공감할 수 있는 보편적인 환멸과 갈망과 좌절의 이야기로 만들었다.

이 영화의 주인공 찰리는 독실한 가톨릭 신자지만 그가 살아가는 세상은 그가 무구하게 살아가도록 내버려두지 않는다. 마약과 폭력이 만연한 이탈리아 미국인들의 거주지에서 배우지 못한 젊은이들은 마피아를 꿈꾸며 대개는 양아치로 살아간다. 찰리의 주변은 죄에 대한 강박감을 부추긴다. 찰리의 절친한 친구 조니 보이는 사소한 범죄와 폭력에 늘 노출되어 있으며, 찰리의 애인인 테레사는 마치 원죄처럼 간질을 앓고 있다.

찰리와 그의 친구들은 모두 이 지겨운 리틀 이탈리아 지역에서 탈출을 꿈꾼다. 테레사는 다른 곳으로 이사 가자고 틈만 나면 조르고, 로버트 드 니로가 연기하는 조니 보이는 현실에 대한 탈출 심리에서 총질을 해대며, 클럽을 운영하는 찰리의 또다른 친구 토니는 블레이크의 시를 애송하면서 창고 뒤에 몰래 표범을 키운다. 그들이 무슨 마음을 품고 있든 간에 그들은 이 비천한 현실을 벗어날 수 없다. 돈 몇 푼 때문에 벌어지는 마지막의 추격전과 총격전이 끝났을 때, 거리의 소방 수도관에서 터진 물줄기가 주인공들의 지치고 부상당한 육신 위에 뿌려지지만 그들의 죄가 과연 그것으로 사해질 수 있을지는 의문이다.

발작적으로 움직이는 카메라에 실린 이 리틀 이탈리아 지역 젊은이들의 삶의 에너지는 영화청년의 패기와 동시대의 공기를 포착하는 놀라운 직관을 품고 있다. 미국의 가치인 아메리칸 드림과 청교도주의의 자장 안에 있는 인물과 공간을 잡는 데 있어 이처럼 아메리칸 나이트메어의 분위기로 치닫는 영화도 흔치 않을 것이다.

스코시즈의 다른 영화들을 볼 때도 내내 그런 생각이 떠나지 않는다. 〈좋은 친구들〉은 제목과는 달리 좋은 친구들로 지낼 수 없는 마피아 부스러기 인간들의 삶의 전성기와 몰락을 그린 것이다. 〈좋은 친구들〉의 초반부에서 주인공 헨리 빌이 "나는 늘 갱처럼 살고 싶었다"라고 말할 때 관객 중 누구도 그의 그런 욕망을 부정하지 않는다. 영화 같은 신나는 인생이 갱들의 세계에 있다. 아무 데나 주차할 수 있고 20달러 팁을 시도 때도 없이 식당과 나이트클럽 종업원들에게 뿌려대며 자신들의 돈과 권력에 취한 여자들이 이곳저곳에서 추파를 던지고 마음만 먹으면 금방 목돈을 쥘 수 있는 부와 쾌락과 명예가 보장되는 세계가 그곳에 있는 것이다.

끝을 모르고 치솟던 이들의 삶에 균열이 오는 것은 힘을 합치면 돈을 벌 수 있다는 믿음이 깨졌을 때부터다. 피라미드 같은 갱 조직 권력의 위계에 다가설수록 이들은 제거해야 할 대상으로 바뀌고 그들의 생존이 위협받자 좋은 친구들의 의리도 깨진다. 영화의 말미에는 거의 공포영화를 보는 것 같은 기분으로 서로 먼저 해치지 않으면 당할지도 모른다는 위기감에 시달리는 주인공을 비롯한 등장인물들의 히스테리가 미친 듯한 카메라 움직임과 편집 리듬에 실려 전해진다.

〈좋은 친구들〉은 〈대부〉에서 미화된 갱의 신화에 대한 방부제 같은 작품이다. 〈대부〉보다 더 냉정하고 잔혹하게 자본주의적 인간관계의 본질을 바닥까지 내려가 탐구한다. 이 영화에서 그려지는 폭력은 근사한 것이긴커녕 참아내고 보기 힘들 만큼의 감정적 에너지를 요구한다. 영화 초반에 갱 조직 사회의 쾌락에 취해 있던 관객은 중반 이후 등장인물의 공모자가 됐던 자신들의 인내에 한계를 느낀다. 죽음의 그림자가 어른거리기 시작하자 막대한 돈을 거머쥐었던 이 사회의 실체가 드러나기 시작한다. 이곳은 상대를 죽이지 않으면 자신도 살아남을 수 없는 지독한 폭력의 악순환에 빠진 파멸이 대체로 예정된 유사 지옥 같은 곳이다.

이런 영화의 내용만큼 눈길을 끄는 것은 DVD에 서플로 수록된 음성해설이나 메이킹 다큐멘터리였다. 역시 마틴 스코시즈는 영화의 배경을 이루는 이탈리아 마피아의 삶과 그들의 사회에 끼어들지 못해 안달하는 다른 인종 갱들의 현실에 대해 말한다.

　〈좋은 친구들〉의 원작 소설 저자인 니콜라스 필레지나 촬영을 맡은 미카엘 발하우스, 제작자 바바라 드 피나, 편집자 셀마 슌메이커 등도 영화가 담아내는 현실의 세부에 집중하는 스코시즈의 태도를 함께 나누고 있었다. 마치 르포를 쓰는 작가나 기자처럼 자신이 만들 영화의 세세한 디테일에 집착하는 스코시즈의 접근법은 결국 공식대로 영화를 만들지 않는 태도를 통해 한때 영화 미학의 이상이었던 현실에 최대한 근접하는 영화의 꼴이 만들어진다는 것을 입증하고 있다. 스코시즈는 일부러 작정하고 일종의 기록영화 같은 분위기로 이 영화를 찍었다. 주인공 헨리의 내레이션 회상이 깔리고 시간과 장소가 자막으로 보이는 가운데 관객은 마치 현장에 입회하고 있는 것 같은 착각을 느낀다.

　〈좋은 친구들〉의 명장면 중 하나인, 젊은 시절의 헨리가 여자친구 카렌을 데리고 근사한 레스토랑의 뒷문으로 입장하는 모습을 스테디 캠으로 찍은 롱테이크는 원래 원작 소설에선 단 몇 줄로 처리된 사소한 부분에 불과했다. 스코시즈는 이 장면을 끊어지지 않는 호흡으로 남녀 주인공을 따라가면서 그 순간만은 모든 것이 가능하고 왕과 왕비처럼 대접받는 세계의 착시를 훌륭하게 표현했다. 이 삶의 착시감 때문에 우리는 온갖 매체나 주변에서 비춰주는 환상에 매달린다. 그건 그 자체로 근사하다. 스코시즈의 말에 따르면 이 장면은 "카메라가 인물을 같이 따라가며 주인공의 세상을 향해 날아간다. 모든 문들이 다 열리며 그를 맞이한다. 천국과 같고 왕과 여왕이 입장하는 느낌"을 주는 것이다.

고약한 것은 이 판타지에는 대가가 따른다는 것이다. 하나의 막이 닫히고 또다른 막이 열리면 천국에서 지옥으로 떨어지는 하강이 기다리고 있다. 이 상승과 하강의 인생 기복을 기가 막히게 담아낸 것은 스코시즈의 테크닉이 아니라 결국 자신이 다루고자 하는 삶의 본질을 명확하고도 자세하게 이해하려는 노력의 산물이다. 책상머리에 앉아 적당히 머리를 굴리며 대중의 자극과 반응을 궁리하며 쓴 재료로는 이런 감동이 나오지 않는다. 스코시즈의 〈특근〉DVD 부록에 실린 다큐멘터리에는 〈예수의 마지막 유혹〉 제작이 취소되고 할리우드에서 외면당할 위기에 처한 스코시즈가 학생 영화를 만드는 기분으로 이 저예산 영화를 연출한 뒤 다시 영화 연출의 재미를 되찾았다는 일화가 실려 있다. 스코시즈의 영화들이 지닌 저력도 바로 그렇게 잃어버린 영화의 감흥을 되살려준다는 데 있을 것이다.

그런 스코시즈도 새 영화를 내놓을 때마다 늘 만만치 않은 반대 의견에 부딪쳤다. 〈카지노〉는 반발이 특히 심했다. 미국 저널리즘 평단은 이 영화의 드라마에 심각한 결함이 있다고 비평했고 등장인물들이 기관총처럼 퍼붓는 이루 헤아릴 수 없는 내레이션에 어처구니없어했다. 《뉴스위크》의 데이빗 얀센은 "카지노 비즈니스의 내막을 파헤친 면에서는 인류학적으로 걸작이지만 로맨스 영화로는 낙제점"이라고 평했다. 무엇보다도 이 영화는 스코시즈의 전작 〈좋은 친구들〉과 비슷한 느낌을 준다는 것 때문에도 불이익을 봤다.

〈카지노〉에 가해진 비평은 대다수기 오해였다. 스코시즈는 곧잘 그랬듯이 이 영화에서도 드라마로 접수할 수 있는 현실을 보여줬다. 그가 〈뉴욕, 뉴욕〉을 만들었을 때의 유명한 일화. "영화의 결말을 해피엔딩으로 만들면 1천만 달러는 더 벌어들일 것"이라는 조지 루카스의 충고를 듣고도 그렇게 하지 못한 것은 영화 속 남녀 주인공처럼 스코시즈 자신이 사랑의 추락을 경험하고 있었기 때문이었다. 감정의 밑바닥까지 내려간 남녀가 다시 사랑할 수 있으리라는 건 불가능하다는 걸 체험한 스코시즈는 자신의 감정을 속일 수 없었다. 결국 〈뉴욕, 뉴욕〉은 재즈 시대에 대한 따뜻한 엘레지와 파멸한 사랑의 연대기를 묶은 부조화로 흥행에서 재난을 맞았다. 〈카지노〉도 비슷한 운명이었다. 이 영화가 개봉한 후 스코시즈는 유니버설 스튜디오와 맺었던 계약을 일방적으로 파기당했다. 〈케이프 피어〉 이후 한동안 메이저 스튜디오와 밀월관계를 유지하던 스코시즈가 다시 사면초가에 처하는 위기를 맞은 것이다.

그러나 〈카지노〉에 대한 이런저런 비판은 곧 〈카지노〉가 걸작이라는 이유가 된다. 스코시즈는 카지노판의 실체를 기록영화식으로 담으면서 이 추잡한 판에서 성공한 사람들의 인생유전을 집요하게 따라갔다. 〈카지노〉가 다른 갱영화와 다른 점은 주인공의 성공뿐만 아니라 실패까지 함께 다루는 것은 물론이고 궁극에는 그 실패에 초점을 맞췄다는 것이다. 에이스, 니키, 진저 등 〈카지노〉의 세 주인공은 바로 자신을 성공하게 만들었던 무지막지한 물욕 때문에 인생에서 실패한다. 비극적인 로맨스로 고양시키는 데 실패했다고 혐담하는 것은 이 영화를 근본적으로 오해한 것이다. 〈카지노〉는 이들 주인공이 결코 근사한 로맨스의 주인공이 될 수 없다는 걸 말하고 있다. 주인공을 영웅으로 만드는 대다수 미국 영화의 화법과 선을 그으면서, 스코시즈는 로버트 드 니로, 샤론 스톤, 조 페시 등의 쟁쟁한 배우들이 연기하는 그 인물들이 아무리 인간적으로 동정할 만해도 결코 좋아할 수 없는 부류의 인간들이라는 걸 까발린다.

〈좋은 친구들〉과 마찬가지로 〈카지노〉는 갱영화의 신화를 기저에서 공격하고 있다. 깡패 조직의 연대감이 빛 좋은 개살구라는 걸 건드리면서 동시에 로맨스의 낭만적인 신화도 낱낱이 무너뜨려버린다. 말 그대로 무너뜨린다. 스코시즈는 언제나 성공한 인간보다는 패배한 인간에게서 애착을 느낀다. 〈성난 황소〉가 그토록 인상적이었던 것은 한때 성공했으나 나락으로 떨어진 전 복싱 챔피언에게 스코시즈 자신의 흥망성쇠를 비춰보인 그의 예술적 자아 덕분이었다.

영웅을 보는 쾌감은 없지만 〈카지노〉에는 그걸 상쇄하는 다른 즐거움이 있다. 카지노를 중심으로 돌아가는 검은 돈의 흐름과 그 돈에 집착하는 인간 군상을 이 영화만큼 자세하게 보여준 영화는 없었다. 등장인물과 관객이 심리적으로 가깝게 다가서는 걸 말리면서 스코시즈는 곡예와도 같은 카메라 워킹으로 영화광에게 만족을 준다. 덧붙여서 등장인물의 마음에 자유자재로 다가서는 방식인 내레이션 처리는 이 영화 전체에 생생한 활기를 불어넣었다. 이야기를 잠시 멈추고 이야기를 마음대로 앞질러 가면서 등장인물의 인간성을 경쾌하게 파헤쳐 보인다. 그만 하면 미국 영화에선 파격인 것이다. 그건 스코시즈만이 할 수 있다.

스코시즈는 세상을 깡패들의 윤리로 바라보는 저잣거리의 예술가다. 당시 뉴욕의 리틀 이탈리아에서는 골목에서 공을 차고 놀다가 간밤에 마피아들에게 처단 당한 배신자의 목을 쓰레기통 근처에서 발견하는 것이 일상이었다. 이런 곳에서 어린 시절을 보낸 이 이탈리아계 미국인 감독은 폭력을 통하지 않으면 설명될 수 없는 미국 사회의 메커니즘을 구원에의 강박을 안고 들여다본다.

심지어 고상한 뉴욕 상류사회의 스캔들과 로맨스를 다룬 〈순수의 시대〉에서조차도 그는 상류계급의 삶을 갱영화의 틀로 해석했다. 고급 식당에서 본심을 감추고 비즈니스와 관련된 대화를 나누는 마피아 보스들이나 꽉 끼는 정장을 입고 사교적인 대화를 나누는 파티장에서의 상류층 인간들이나 서로 이해득실을 따지는 관계를 헛웃음으로 감추는 위선적인 인간들로 스코시즈는 해석했던 것이다. 〈카지노〉에서 로버트 드 니로와 샤론 스톤은 로맨스를 맺기에는 뼛속 깊이 타산적인 잡놈, 잡년으로 나온다. 근사한 로맨스의 주인공이 될 수 없다는 걸 보여주는 그들의 관계를 두고 멜로드라마적인 감동을 끌어내지 못했다고 평하는 것은 〈카지노〉를 근본적으로 오해한 것이다. 모든 인간관계가 비즈니스의 이익을 통해 정해지는 이런 세계에서 로맨스는 불가능하다.

　말도 많았고 탈도 많았던 스코시즈의 대작 〈갱스 오브 뉴욕〉에서
마침내 스코시즈는 평생 탐구했던 갱영화 윤리학의 총결산을 펼쳐
보인다. 〈갱스 오브 뉴욕〉은 막 현대의 문턱에 접어들 즈음의 뉴욕을
배경으로 뉴욕 역사의 거대한 뿌리를 건드린다.

　레오나르도 디카프리오가 연기하는 암스텔담은 꼬마 시절 자신이
보는 앞에서 신부였던 아버지가 뉴욕 토착 갱조직의 두목인 빌 더 부
처에게 살해당한 기억을 갖고 있다. 소년원에서 성장기를 보낸 그가
청년의 몸으로 다시 뉴욕에 돌아왔을 때도 여전히 빌은 뉴욕 암흑가
의 실력자다. 그는 여전히 뉴욕 토착민의 이해관계를 대변하며 끝없
이 뉴욕에 건너오는 아일랜드 이민자들을 착취한다. 빌의 수하에 들
어간 암스텔담은 미녀 소매치기 제니 에버딘을 사랑하는 끝에 빌과
오래 묵힌 원한 관계를 풀 대결에 들어간다.

　배신과 구원은 갱영화의 익숙한 모티브지만 스코시즈가 뿌리부터
들여다본 뉴욕의 역사는 참담하다. 마이클 치미노가 기념비적인 서
부영화 〈천국의 문〉에서 그랬던 것처럼 스코시즈는 미국의 역사를 토
착민과 이주민의 투쟁, 가진 자와 못 가진 자의 투쟁으로 바라본다.
미국의 역사를 도륙의 역사로 이해하는 그의 상상력은 불경하다. 여
기서 그려지는 것은 선과 악의 투쟁이 아니며 더 많은 부와 권력을 얻

기 위한 폭력의 충돌이 있을 뿐이다.

매순간 〈갱스 오브 뉴욕〉은 등장인물들의 행동에 선과 악의 윤리적 경계 치기를 망설인다. 아버지를 죽인 빌에게서 암스텔담은 다시 한 번 아버지에게 느꼈던 것과 비슷한 부친상을 본다. 빌 더 부처는 암스텔담의 아버지를 적수로서 존경한다고 공공연히 말하고 뉴욕 암흑가를 착취하는 그의 악행에는 어떤 위엄마저 배어 있다. 암스텔담이 이해하게 되는 것은 바로 그 빌 더 부처가 이끄는 폭력의 질서다. 폭력을 통하지 않으면 아무 것도 이뤄지지 않는 살벌한 약육강식의 세계에서 빌 더 부처는 누구보다 용감하게 그 세계와 정면으로 맞선다. 영화 중반, 연인 제니와 동침하고 있던 암스텔담의 침대 밑으로 찾아온 빌 더 부처는 거의 독백하듯이 말한다. 자신의 삶을 그때까지 지탱해온 것은 공포심이라고. 세계를 지배하는 것을 폭력적인 방식으로 확인하지 않으면 언제 비참하게 패배당할지 모른다는, 곧 종말을 맞을지도 모른다는 두려움이 빌 더 부처에게 숭고한 위엄을 부여해준다. 젊은 암스텔담은 그런 빌의 카리스마에 외경심을 느낀다.

암스텔담과 빌의 두 세대에 걸친 복수극을 감싸고 있는 당대 뉴욕의 정치적 현실, 남북전쟁이 벌어지고 가난한 청년들만 총알받이로 징집되는 불합리한 현실은 두 주인공의 삶 속으로 끈질기게 밀고 들어온다. 클라이맥스에서 그들 자신의 의지와 무관하게 그들의 운명을 결정하는 것은 상류계급의 학정에 맞서 일어선 하층 민중의 폭동이다.

여느 때와 달리 스코시즈의 카메라는 〈갱스 오브 뉴욕〉에서 차분하다. 발작적으로 움직이는 특유의 카메라 워크를 자제한 채 스코시즈는 신중하게 뉴욕 역사의 뿌리를 들여다본다. 그것은 장엄하지도, 감동적이지도 않으며 그저 처절할 뿐이다. 나이를 먹었는데도 부드러워지기는커녕, 여전히 날 선 감성을 간직하고 있다는 것은 이 감독이 청년의 감성으로 영화를 만들고 있다는 것을 뜻한다.

스코시즈의 가장 근작인 〈디파티드〉는 한국에서 유독 스코시즈의 쇠락을 증거하는 작품으로 폄하됐지만 난 이 영화도 상당히 좋았다고 생각한다. 스코시즈가 가장 잘 묘사할 수 있는 세계인 길거리 삶에서의 생존투쟁을 격렬하게 파고들었기 때문일 것이다. 스코시즈는 이 영화에서 초기작인 〈누가 내 문을 두드리는가〉나 〈비열한 거리〉를 연출한 시절부터 줄곧 품어온 구원에의 열정을 화면에서 거의 배제해버렸다. 한마디로 〈디파티드〉에 나오는 대다수의 인물들도 잡놈이다. 그들이 품는 삶에의 환상이란 것도 보잘것없기 그지없다. 〈좋은친구들〉이나 〈카지노〉에선 최소한 등장인물들이 한때나마 그들 자신의 삶을 장악하고 있다는 인상을 주지만 이 영화에는 그런 것조차 없다. 들끓는 생존에의 욕망 속에선 날생선의 비릿함 같은 것이 풍겨나온다.

영화 초반 잭 니콜슨이 연기하는 프랭크의 독백 중에 "난 내가 처한 환경의 산물이 되기보다, 환경이 내가 만든 산물이 되길 원한다"는 대사가 나오기는 하지만 그의 그런 그릇된 자신감을 공유할 만한 인물을 이 영화의 다른 등장인물에게서는 찾아보기 힘들다. 프랭크 코스텔로가 조직에서 키워준 후 경찰학교에 보내줘 형사가 된 콜린 설리반(맷 데이먼)이나 프랭크의 조직에 위장 침투한 신참 형사 빌리 코스티건(레오나르도 디카프리오)에게 프랭크는 대결해야 할 아버지가 아니라 본받고 싶은 아버지에 가깝다. 그들은 자신이 세상을 다스린다고 믿는 프랭크의 존재를 본받기 위해 애쓰지만 결국은 조직에서 떨어져나온 가련한 고아에 가까운 존재들이다. 심지어 온 세상의 꼭짓점에 있는 듯이 굴던 프랭크조차도 영화의 후반부에 가면 감추고 있던 신분이 드러난다.

어쨌거나 대중영화의 기대할 만한 꼴을 완전히 거스르는 마지막 장면의 충격까지 포함해 〈디파티드〉는 비극적 장엄미와는 거리가 먼 영화의 활기를 만들어낸다. 이는 스코시즈의 초기작인 〈비열한 거리〉나 이후에 성숙한 거장의 체취를 느끼게 해준 〈좋은 친구들〉과 〈카지노〉에서 자아낸 기운과는 정반대의 것이다. 자신들만의 어떤 왕국을 건설하기 위해 약진하는 등장인물들 한구석에 숨은 죄의식을 전시하면서 그것과 비례해 높아지는 폭력과 배신의 강도 높은 묘사가 있었던 전작들에 비하면 〈디파티드〉는 자신의 야망보다는 정체를 숨기려 안간힘을 쓰며 버티는 가면놀이에 가깝다. 이는 이 영화의 원작이기도 한 〈무간도〉와도 영 딴판인 정서적 질감을 만들어낸다. "열반경 제19권에 따르면 가장 심한 지옥이 '무간'이며 끊임없이 고통을 받는다는 의미를 내포하고 있다"는 제법 현학적인 정의를 자막으로 깔고 시작하는 〈무간도〉는 지옥 같은 세상에서 타락한 임무를 부여받은 두 주인공이 겪는 고통과 그걸 버텨내는 품위를 묘사하고 있다. 등장인물들의 숭고하기조차 한 위엄은 양조위와 유덕화라는 자신들만의 아우라를 지닌 배우들의 육체를 빌려 설득력 있게 관객에게 다가오는데 이로써 〈무간도〉는 홍콩영화에서도 흔치 않은 비극적 장엄미를 획득할 수 있었다.

그에 반해 원치 않은 임무를 부여받은 〈디파티드〉의 두 젊은 주인공은 영화에 자주 나오는 대사대로 쥐새끼 같은 존재들에 가깝다. 특히 레오나르도 디카프리오가 연기하는 빌리 코스티건은 잘생긴 디카프리오의 외모와 어울리지 않는 신경증적 강박에 사로잡힌 인물이다. 영화는 상당 부분을 그의 혼란스런 정체성 상실과 관련된 고통을 묘사하는 데 할애하고 있는데, 최소한 그에게서는 〈좋은 친구들〉의 헨리가 젊은 시절 품었던 왕국에 입성한 자의 으스대는 기분이나 〈카지노〉에서 로버트 드 니로가 연기했던 에이스에게서 잠시나마 풍기던 제왕적 카리스마가 당연히 없다. 그들은 그들이 품는 삶에의 환상보다 그들이 감내해야 하는 삶의 의무에 쩔쩔매는 짓눌린 인물들이다.

나이가 들어서도 인물들에게서 성숙을 보기보다는 왜소함과 초라한 영혼의 흔적들을 집어내 집요하게 밀고 나가는 스코시즈의 저력은 영화의 클라이맥스가 지난 후에도 꽤 오랫동안 펼쳐지는 에필로그에서 그야말로 우리가 인물들에 품을 만한 환상의 한 자락조차

남기지 않는 잔인한 결말을 보여준다. 〈무간도〉가 정체성의 상호교환을 두 인물을 통해 거울처럼 비춰 보여준다면 〈디파티드〉는 여러 개의 깨진 거울을 통해 정착할 곳을 찾지 못한 다양한 인물들의 부서진 영혼을 파편조각 쏟아내듯이 화면에 퍼붓는 영화에 가깝다. 이쪽이 훨씬 난삽하고 조잡하지만 비극조차 되지 못하는 삶의 불행한 감각은 훨씬 세게 전해진다.

〈디파티드〉는 〈무간도〉의 리메이크지만 본질적으로 그 원작 영화가 지향했던 세계와는 다른 곳을 향한다. 우리가 지옥의 공간을 인식한다는 것은 천국의 공간을 갈구한다는 것이기도 하다. 그럴 때 우리는 죄의식과 구원의 열망과 품위 사이에서 자신을 가늠할 안테나를 찾는다. 〈무간도〉의 주인공들에게는 그게 있어보이지만 〈디파티드〉의 주인공들에게서는 그 흔적들조차 사라져버린다. 〈디파티드〉에서도 분명히 종교적 강박의 흔적이 나타나지 않는 것은 아니지만 최근 스코시즈 영화에서는 점점 그 강박의 도가 옅어지고 있다. 이는 그의 영화의 등장인물이 더 비열해지고 왜소해지는 것과도 관계가 있을 것이다. 〈디파티드〉의 초반 장면에서 프랭크 카스텔로는 카페에서 만난 신부와 수녀를 성적으로 비하하며 노골적으로 조롱하는데, 이런 것은 다른 스코시즈 영화에선 찾아보기 힘들었던 것이다. 나이를 먹어서도 이토록 깐깐할 수 있을까.

〈디파티드〉는 굳이 걸작이라고까지는 말할 수 없어도 스코시즈가 현대 미국 영화계에서 여전히 흥미로운 관점을 지닌 감독이자 온갖 영화기교의 선생으로서 경외할 수밖에 없는 감독으로 존재하고 있음을 새삼 보여준다. 그가 영화로 불러모으는 길거리 삶의 흥분, 그리고 거기 동원된 영화광적 기교의 잔치에서 꼬마 시절부터 삼류극장에서 봐왔던 온갖 영화의 반역적 기운이 기운생동하고 있다는 느낌을 받는 것이다.

고다르는 고다르다

장
뤽
고
다르

2004년 칸 영화제에 취재차 갔을 때 프랑스 영화의 전설 장 뤽 고다르가 뒤늦게 경쟁부문에 출품된 자신의 영화 〈아워 뮤직〉 기자회견을 하기 위해 칸에 온다는 소식을 들었다. 젊은 시절 추앙했던 우상을 혹시 면전에서 보게 되지 않을까라는 기대가 생겼다. 백발이 성성한 고다르는 독설가였고 기자회견에서 "영화는 20세기에 이미 죽었다"고 기왕에 선언한 자신의 생각을 다시 강조하고 있었다. 사람들은 조금 과장해 환생한 존 레논을 대하듯 이 거장 감독의 말을 경청했다. 고다르는 유명인사지만 그의 영화를 많은 사람이 보는 것은 아니다. 마치 백남준은 유명하지만 그의 작품을 본 사람이 적은 것과 마찬가지다. 1960년대에는 그렇지 않았다. 그는 적은 예산으로 다작을 연출하는 감독이었고 젊은 관객의 지지를 받았다.

고다르는 훗날 누벨바그라 일컬어진, 1950년대 후반에 프랑스 영화계에 나타난 젊은 평론가 출신 감독들이 일으킨 영화사조의 중심 인물이었다. 그의 데뷔작인 〈네 멋대로 해라〉는 장 폴 사르트르의 실존주의 철학을 바탕에 깔고 하릴없이 빈둥거리며 범죄를 일삼는 젊은이를 주인공으로 해서 뚜렷한 이야기 없는 현대영화의 모험을 만천하에 알린 기념비적 작품이었다. 이 영화에서 고다르는 점프컷으로 명명된 연결이 툭툭 튀는 편집을 대담하게 시도하는가 하면 세트가 아닌 거리에 나가 실제 사람들과 배우들을 섞어놓고 기록영화를 찍는 듯한 현실의 생생함을 스크린에 옮겨놓았다.

고다르의 영화는 즉흥성으로 빛나는 자연스러움을 갖고 있었다. 대자본을 확보해놓고 정해진 각본대로 세트에서 찍는 것이 영화라고 생각했던 사람들에게 고다르의 영화는 큰 충격을 줬다. 고다르의 영화는 누구나 찍을 수 있는 영화지만 고다르만 제대로 해낼 수 있는 영화의 역설을 창조했다. 그는 느슨하고 엉성한 영화에서 분방하고 자유로운 상상력의 힘을 느끼게 하는 영화를 창조했다. 무엇보다 그의 영화는 현실을 재창조한 느낌을 주었다. 현실을 조작한 것이 아니라 고다르 자신이 보는 현실을 스크린에 아름답게 재창조한 영화로 관객에게 다가갔다. 그는 현대영화의 맨 앞에서 앞장서 갔으며 전세계의 평단과 영화학도들로부터 영화의 본질을 사고하는 예술가로 추앙받았다.

영화청년 시절 나는 고다르의 초기 영화에 빠져 있었다. 특히 프랑스 문화원에서 본 〈비브르 사 비〉는 내 인생의 영화였다. 드라마라기보다 수필에 가까운 이 영화는 고다르 영화 가운데 가장 편안하게 즐길

만한 영화이기도 했다. 무엇보다 여주인공의 운명이 자기만의 삶을 살고자 결심한 스무 살 청년에게는 지울 수 없는 인상으로 다가왔다.

〈비브르 사 비〉의 여주인공인 나나는 이혼녀다. 전남편 폴은 돈을 빌려달라는 나나의 부탁을 매정하게 물리친다. 집 주인은 방세가 밀린 나나에게 열쇠를 주지 않는다. 나나는 사이비 에이전시를 통해 영화에 출연하려고 하지만 그것도 여의치 않다. 우발적으로 돈을 훔쳤다가 유치장 신세를 진 나나가 빠져든 건 매춘이다. 나나는 라울이라는 포주 밑에서 매춘을 하고 그의 보호를 받지만 물건 취급을 당한다. 나나는 라울과 같이 일하는 청년 루이지를 사랑하면서 매춘부의 삶에서 벗어날 것을 꿈꾸는데 그의 소망은 부질없다. 라울은 다른 갱단에게 나나를 팔아넘기려 하고 예기치 않은 불행이 일어난다.

젊고 아름다운 여성이 겪는 수난은 눈물 없이 볼 수 없지만 고다르는 관객에게 '당신은 나나가 아니다'라는 걸 수시로 알려주고 싶어 신중한 방법을 쓴다. 이야기를 12개의 장으로 나누고 각 장이 시작할 때마다 '나나는 남편 폴과 카페에 앉아 있다'라는 식의 자막이 뜨는 것이다. 이 영화에는 등장인물이 카메라에 등을 돌리고 있거나 카메라를 정면으로 쳐다보는 장면들도 유난히 많다. 극영화에선 흔히 쓰지 않는 이런 구도로 화면을 잡아서 고다르는 관객으로 하여금 불편하게 나나의 상황을 엿보게끔 한다. 사물들을 그대로 보여주기보다는 사물들 사이의 관계를 보여주기 위해 베르톨트 브레히트가 주장한 '거리두기 효과'를 영화에 옮겨온 사례였다.

영화에 나오는 한 에피소드에서 나나는 카페에서 이베트라는 옛 친구를 만난다. 이베트는 남편이 영화에 빠져 돈을 벌어오지 않자 매춘으로 아이들을 먹여 살리는 자기 생활을 얘기한다. 나나와 이베트가 얘기를 나누는 동안 옆자리에는 젊은 남녀가 앉아 따뜻한 눈길을 주고받고 있고 주크박스에선 남녀의 사랑을 예찬하는 감상적인 노래가 흘러나온다. 카메라는 나나에게 서서히 다가가 그의 아름답고 투명한 눈을 비춘다. 통속하고 감상적인 사랑찬가와 여성의 현실을 대비시키는 이런 식의 통렬한 비유 때문에 아무리 차분해지려 해도 이 영화는 뭔가 보는 이의 가슴을 치고 만다.

〈비브르 사 비〉라는 제목은 '살아야 할 나의 삶'이라는 뜻이지만 주인공 나나는 자기 의지대로 살지 못한다. 이 영화는 나나라는 개인의 일생에 관한 영화지만 동시에 여성의 일반적인 생존조건을 비유하고 있다. 또한 당시 고다르의 아내이자 나나를 연기한 여배우 안나 카리나에게 바치는 고다르의 사랑편지이기도 하다.

칼 테오도르 드레이어 감독의 걸작 무성영화 〈잔 다르크의 수난〉을 보면서 화형으로 죽게 될 잔 다르크의 운명에 눈물을 흘리는 카리나의 아름다운 표정은 불가사의하다. 영화의 한 에피소드에서 고다르는 할리우드 뮤지컬의 한 장면처럼 나나로 하여금 사업 얘기에 정신이 팔려 있는 남자들 주위를 춤을 추며 돌아다니게 했다. 냉랭하기 그

지없는 영화 속 남자들의 눈길은 남자들의 관계에서 소외된 여자의 운명을 떠올리게 하지만 관객은 춤을 추는 안나 카리나의 우아한 자태에 매혹된다. 이 영화는 그런 모순된 아름다움 때문에 눈이 부시다. 고다르와 안나 카리나에게 동시에 매혹된 관객이라면 이 영화가 내 인생의 영화가 되는 게 당연하다. 스무 살의 관객이었던 내가 그랬던 것이다.

그 뒤로 고다르는 한계가 없는 길을 향해 나아갔다. 1960년대 중반에 무정부주의자의 감수성으로 영화형식을 마구 해체한 〈미치광이 피에로〉라는 영화를 만든 뒤에 고다르는 친구인 프랑수아 트뤼포에게 다음과 같이 말했다.

"난 네가 이 영화를 좋아하는지 싫어하는지는 알고 싶지 않아. 잘된 영화인지 아닌지 평가를 구하는 것도 아냐. 나는 이것이 영화인지, 아니면 그 뭣도 아닌 샌드위치 같은 것인지 알고 싶어."

1960년대 내내 고다르는 영화가 다다를 수 있는 형식의 경계 너머에 도달하려고 애썼다. 시대는 그런 고다르의 실험을 존경했지만 내용과 형식 모두 급진적인 영화를 만들겠다는 고다르의 꿈은 1970년을 고비로 주춤해졌다. 무엇보다 그의 영화의 고정관객들이 점점 떨어져나갔기 때문이다. 특히 대중을 위한 혁신적인 영화를 만들고자 했던 1960년대 후반에 그가 연출한 영화들은 비지식인 계층의 몰이해 앞에서 좌초되고 말았다.

1970년대 내내 비디오 실험에 몰두하며 스위스에 칩거해 있던 고다르는 1980년 〈할 수 있는 자가 구하라〉라는 다소 선언적인 제목의 영화로 다시 상업영화계에 복귀했다. 고다르는 프랑스 영화의 전설이 됐고 새로 만드는 영화마다 지식인 사회에 자극을 줬다. 영화의 역사에서 '고다르 이전과 고다르 이후'만 있을 뿐이라는 말이 있을 만큼 그의 영화는 기존 영화의 경계를 무너뜨린 거대한 발걸음의 흔적으로 점철돼 있다.

고다르가 영화를 통해 해내려고 했던 것은 무엇보다도 이야기 외에 이미지로 소통하려는 의지의 확인이다. 고다르에 따르면 미국인들과 달리 프랑스인들은 전통적으로 이야기를 재미있게 전달하는 데 무능한 사람들이다. 플로베르의 『보바리 부인』과 같은 소설도 뚜렷한 이야기가 없다. 대신 다른 걸 보여준다는 것이다. 고다르 자신의 영화도 그와 마찬가지여서 그는 사람들이 보고 싶어하는 이야기를 제조하는 대신, 문학과 회화와 음악이 어우러진 일종의 영상과 음향의 시적인 총체 비슷한 것을 스크린에 창조한다. 이런 영화혁신가의 신작을 한국의 극장가에서 찾아볼 수 없었던 것은 당연하다. 고다르의 영화는 현재형이지만 한국에서 그의 영화세계는 영화과 강의실에서나 존재감을 확인할 수 있는 역사적인 것이 돼버렸기 때문이다.

고다르는 영화와 여타 예술에 대한 명상이기도 한 〈영화의 역사〉 시리즈를 꾸준히 만든 1990년대 이후에도 여전히 신작을 발표하고 있다. 그의 영화를 제대로 이해하는 사려 깊은 관객이 점점 줄어드는 상황에서도 그가 계속 신작을 만들 수 있다는 것은 여하튼 경이로운 일이다. 또한 젊은 시절에 아방가르드를 추구한 예술가가 나이 들어서도 저만치 앞서 있거나 세속의 영화산업의 규칙을 초월한 영화를 계속 만들고 있다는 것도 대단한 일이다. 칸 영화제의 기자회견장에서 먼발치로 본 고다르는 독설가였으며 비관주의자였고 자기만의 성에 은거해 있다가 모처럼 속세에 나온 은둔 성자처럼 보였다.

'지옥' '연옥' '천국'의 세 단락으로 나뉜 〈아워 뮤직〉은 폭력에 잠식된 세계의 이미지를 조합하며 음악과 영상의 충돌과 조화를 통해 그야말로 이미지를 통한 천국에의 입구를 갈망하려는 듯한 영상시다. 포탄이 떨어지는 세상의 복판에서 그 포탄들이 끼칠 살육의 결과를 근심하면서 아름다운 음악을 듣고 있는 시인의 마음으로 만들어진 이 영화에는 역시 별다른 이야기 전개가 없다.

1980년대 이후 장 뤽 고다르가 만든 영화는 한때 정치적으로 급진주의자였던 청년 시절의 고다르 대신 자연과 세계와 예술의 본질에 대한 고다르 특유의 장광설과 명상으로 가득 찬 일종의 시와 같은 것이었다. 장편영화 분량으로 이어지는 그 시의 아름다움을 이해하는 것은 한 번의 관람 체험으로는 불가능하다. 아마도 그의 영화는 좋은 시집이나 화집을 대할 때처럼 책상머리맡에 두고 생각날 때마다 두고두고 접해야 할 그런 종류의 예술이다. 당연히 상업화된 대다수 주류 영화의 경계에선 멀리 떨어져 있다.

2004년 칸 영화제에서 특이했던 것은 경쟁 출품작이 상영되기 전장 뤽 고다르에게 존경을 바치는 의미로 그의 영화에서 발췌한 특정 장면의 클립을 보여준 주최 측의 이벤트였다. 그때 본 클립의 한 장면, 수위의 제지를 뚫고 루브르 박물관을 달리는 안나 카리나와 두 남자의 모습을 담은 고다르의 초기 영화 〈국외자들〉의 한 장면은 서구 부르주아 사회에서 개인의 의지를 주장했던 활력을 기운차게 드러낸다. 기존 사회의 모럴에 어떤 식으로든 대드는 영화의 그 모험 정신을 추구했던 선배 감독들과 달리 현재의 상당수 유럽 감독들은 안이하게 보호받는 영화예술의 위치에 만족하고 있는 게 아닐까.

이제 영화예술가라고 불릴 수 있는 사람들은 점점 줄어들고 있다. 고다르는 최후의 영화예술가다. 감동이라는 명분을 걸고 돈을 셈하는 주류 영화산업의 질서에서 벗어나 영화란 무엇인가, 도대체 우리는 왜 영화를 보러 가는 것인가, 그리고 영화가 우리에게 줄 수 있는 것이지만 우리가 쓴 약처럼 거부하고 있는 영화의 진정한 미학이란 무엇인가를 직접 영화로 만들어 비평하는 아방가르드 감독이 장 뤽 고다르일 것이다. 20세기에 주로 활동했으나 21세기적인 예술가를 대표하는 감독 고다르의 새 영화를 볼 기회는 그리 많지 않았다. 스스로 영화 교양의 시험에 들고 싶은 소수의 관객들에게 고다르의 영화를 적극 추천한다. 거기, 영화의 미래가 있기 때문이다. 어쩌면 끝내 실현되지 못할 미래가.